mtb

Der Preis dieses Bandes versteht sich einschließlich der gesetzlichen Mehrwertsteuer.

Umwelthinweis:
Dieses Buch wurde auf chlor- und säurefreiem Papier gedruckt.

Alex Kava

Eiskalter Wahnsinn

Thriller

Aus dem Amerikanischen von
Margret Krätzig

mtb

MIRA® TASCHENBUCH
Band 25745
1. Auflage: Mai 2014

MIRA® TASCHENBÜCHER
erscheinen in der Harlequin Enterprises GmbH,
Valentinskamp 24, 20354 Hamburg
Geschäftsführer: Thomas Beckmann

Titel der nordamerikanischen Originalausgabe:
At The Stroke Of Madness

erschienen bei: MIRA Books, Toronto

Published by arrangement with
Harlequin Enterprises II B.V./S.àr.l

Konzeption/Reihengestaltung: fredebold&partner GmbH, Köln
Umschlaggestaltung: pecher und soiron, Köln
Redaktion: Thorben Buttke
Titelabbildung: Thinkstock / Getty Images, München; pecher und soiron, Köln
Autorenfoto: © Harlequin Enterprises S.A., Schweiz
Satz: GGP Media GmbH, Pößneck
Druck und Bindearbeiten: CPI – Ebner & Spiegel, Ulm
Printed in Germany
Dieses Buch wurde auf FSC®-zertifiziertem Papier gedruckt.
ISBN 978-3-95649-010-1

www.mira-taschenbuch.de

1. KAPITEL

Samstag, 13. September
Meriden, Connecticut

Es war fast Mitternacht, trotzdem wartete Joan Begley ab.

Sie trommelte mit den Fingernägeln auf das Lenkrad und hielt im Rückspiegel nach Scheinwerfern Ausschau. Die gelegentlichen Blitze in der Ferne versuchte sie zu ignorieren und redete sich ein, das heraufziehende Gewitter gehe in die andere Richtung. Ihr Blick wanderte immer mal wieder durch die Windschutzscheibe, ohne dass sie die spektakuläre Aussicht auf die Lichter der Stadt bemerkt hätte. Lieber vergewisserte sie sich noch einmal in den Seitenspiegeln, ob sie dort etwas entdeckte, was ihr im Rückspiegel entgangen war.

„Manches ist näher, als man denkt."

Der Aufdruck auf dem Spiegel der Beifahrerseite ließ sie schmunzeln. Schmunzeln und zugleich frösteln. In dieser verdammten Dunkelheit konnte sie einfach nichts erkennen. Wahrscheinlich sah sie ihn erst, wenn er schon direkt an ihrem Wagen stand.

„Na klasse, Joan", tadelte sie sich. „Mach dir nur richtig Angst."

Sie musste positiv denken und sich eine positive Einstellung bewahren. Was nützten die vielen Sitzungen bei Dr. Patterson, wenn sie das Gelernte nicht beherzigte?

Was hielt ihn so lange auf?

Vielleicht war er vor ihr hier gewesen und hatte keine Lust gehabt, auf sie zu warten? Schließlich hatte sie sich zehn Minuten verspätet. Nicht absichtlich. Er hatte die Straßengabelung vor dem Anstieg zur Hügelkuppe nicht erwähnt, was ihr einen unerwarteten Umweg beschert hatte. Schlimm genug, dass es hier oben unter dem Baldachin aus dicht belaubten Ästen, die nicht mal den Mondschein durchließen, pechschwarz war. Der Mond würde bald hinter Gewitterwolken verschwinden, und stattdessen brach dann vermutlich eine Lichtshow aus Blitzen los.

Herrgott, sie hasste Gewitter! Sie spürte die Elektrizität bereits an den Haaren und schmeckte sie, metallisch und unangenehm wie eine frische Füllung vom Zahnarzt. Die geladene Atmosphäre verstärkte ihre Angst, zerrte an ihren Nerven und machte ihr bewusst, dass sie nicht hier sein sollte. Was sie vorhatte, war nicht gut, sie sollte es nicht tun … nicht schon wieder.

Diese dummen, störenden Gewitterwolken hatten ihr sogar den Orientierungssinn geraubt. Zumindest gab sie ihnen die Schuld, obwohl sie genau wusste, dass ihre Orientierung schon dahin war, sobald sie ein Mietauto bestieg und die Türen schloss. Und es half ihr nicht gerade, dass die Straßen in den Städten Connecticuts in alle möglichen Richtungen verliefen, nur nicht im rechten Winkel und geradeaus. Wie oft sie sich in den letzten Tagen hier verfahren hatte, war unglaublich. Auch heute Abend war sie ständig falsch abgebogen, obwohl sie sich fest vorgenommen hatte, es nicht zu tun. Wäre der alte Mann mit seinem Hund nicht gewesen, sie hätte sich auf der Suche nach dem West Peak ständig im Kreis bewegt.

„Ich bin Walnüsse sammeln“, hatte er ihr erklärt, und sie hatte sich nichts weiter dabei gedacht, weil sie zu sehr mit der Wegsuche beschäftigt gewesen war. Aber wenn sie jetzt so darüber nachdachte, fiel ihr auf, dass er weder Eimer noch Beutel bei sich gehabt hatte. Nur eine Taschenlampe. Wer ging mitten in der Nacht Walnüsse sammeln? Seltsam. Ja, der Mann war irgendwie seltsam gewesen. Trotz des verlorenen, in die Ferne gerichteten Blickes hatte er jedoch nicht gezögert, ihr den Weg hinauf zur Kuppe zu weisen, wo im tosenden Wind Schatten werfende Äste knackten.

Warum war sie bloß hergekommen?

Sie nahm ihr Handy, gab die Nummer auswendig ein und hoffte, sie war da. Doch sie wurde enttäuscht. Nach dem zweiten Klingeln meldete sich der Anrufbeantworter. „Sie haben den Anschluss von Dr. Gwen Patterson erreicht. Bitte hinterlassen Sie Namen und Telefonnummer, und ich werde so schnell wie möglich Kontakt zu Ihnen aufnehmen."

„So schnell wie möglich könnte zu spät sein", sagte Joan anstelle einer Begrüßung und lachte. Dann bedauerte sie die Bemerkung, denn Dr. Patterson würde zwischen den Zeilen lesen. Aber zahlte sie ihr nicht genau dafür gutes Geld? „He, Dr. P., ja, ich bin's wieder. Tut mir leid, dass ich Ihnen so auf den Wecker falle. Aber Sie hatten Recht. Ich tue es schon wieder. Also nein, ich glaube, ich habe meine Lektion nicht gelernt. Denn ich sitze hier mitten in der Nacht in meinem dunklen Wagen und warte auf ... ja, Sie ahnen es, auf einen Mann. Aber Sonny ist wirklich anders. Wissen Sie noch, ich habe Ihnen in meiner E-Mail von ihm erzählt. Wir haben uns getroffen, um zu reden, einfach nur zu reden. Jedenfalls bisher. Er scheint wirklich sehr nett zu sein. Eigentlich gar nicht mein Typ, was? Nicht dass ich in puncto Männer eine besonders gute Menschenkennerin wäre. Genau genommen könnte er auch ein Axtmörder sein, oder?"

Wieder ein gezwungenes Lachen. „Also ich hatte gehofft ... ich weiß nicht ... vielleicht hatte ich gehofft, Sie würden es mir ausreden und mich vor ... Sie wissen schon ... mich vor mir selbst schützen, wie Sie das immer tun. Wer weiß, vielleicht kommt er gar nicht. Jedenfalls sehen wir uns am Montagmorgen zu unserer üblichen Sitzung. Dann dürfen Sie mich anschreien, okay?"

Sie unterbrach die Leitung, ehe sich automatisch die Liste weiterer Vorgehensweisen abspulte, wonach sie ihre Botschaft noch einmal hätte hören, verändern oder löschen können. Sie war es leid, Entscheidungen zu treffen, jedenfalls für heute Nacht. In den letzten Tagen hatte sie nichts anderes getan als entschieden. Das feierliche Arrangement oder das De-Luxe-Vorzugsarrangement für den Fall, dass man sich schuldig fühlte? Weiße Rosen oder weiße Lilien? Der Walnusssarg mit Messingbeschlägen oder der Mahagonisarg mit Seidenauskleidung?

Allmächtiger! Wer hätte gedacht, dass die Beisetzung eines Menschen so viele dumme Entscheidungen erforderte?

Joan warf das Handy in ihre Tasche, fuhr mit den Fingern in das dichte blonde Haar und schob sich ungeduldig die feuchten Strähnen aus der Stirn. Sie schaltete das Licht über dem Spiegel ein und besah sich im Rückspiegel den dunkel nachwachsenden Haaransatz. Darum würde sie sich bald kümmern müssen. Blond zu sein erforderte einigen Aufwand.

„Du bist arbeitsintensiv geworden, Schätzchen", sagte sie dem Spiegelbild ihrer Augen. Augen, die sie an manchen Tagen kaum erkannte, da immer mehr Krähenfüße ihre Lachfalten verdrängten. Würde das ihr nächstes Projekt werden, als Teil des neuen Images, das sie sich zulegte? Sie hatte sogar schon einen plastischen Chirurgen aufgesucht. Was bildete sie sich überhaupt ein? Dass sie sich neu erschaffen konnte wie eine ihrer Skulpturen? Tonform, Messingguss und fertig? Und wenn sie schon mal dabei war, gab sie der so geschaffenen Joan Begley auch gleich noch ein paar neue Verhaltensmuster mit.

Vielleicht war dieses Umkrempeln der Persönlichkeit ein hoffnungsloses Unterfangen. Allerdings schien sie allmählich ihre vielen Diäten samt Jo-Jo-Effekten unter Kontrolle zu bekommen. Okay, *Kontrolle* war vielleicht nicht das richtige Wort, denn sie war nicht überzeugt, dass sie sich wirklich unter Kontrolle hatte. Aber sie musste zugeben, dass sich ihr neuer, abgespeckter Körper gut anfühlte. Richtig gut. Sie konnte jetzt Dinge tun, zu denen sie schon lange nicht mehr fähig gewesen war. Sie konnte sich bei der Arbeit wieder um ihre Metallskulpturen herumbewegen, ohne alle fünf Minuten aus der Puste zu sein. Wie eine Öllampe ohne Öl hatte sie dann warten müssen, bis genügend nachgepumpt war, ehe sie weitermachen konnte.

Ja, die neue, schlanke Figur hatte auch Auswirkungen auf ihre Arbeit. Sie ging mit einem völlig neuen Lebensgefühl daran. Warum wurde sie dann diese ärgerliche kleine Stimme im Hinterkopf nicht los, die dauernd nörgelnd fragte: „Wie lange wird es diesmal halten?"

So wunderbar sie ihren neuen Zustand auch fand, in Wahrheit traute sie dieser neuen Joan nicht. Sie traute ihr so wenig wie zuckerfreier Schokolade oder fettfreien Kartoffelchips. Da musste es einen Haken geben, wie schlechten Nachgeschmack oder chronische Diarrhö. Worauf es eigentlich hinauslief, war ihr mangelndes Selbstvertrauen. Da steckte ihr Problem, das brachte sie in Schwierigkeiten. Deshalb wartete sie in finsterer Nacht hier oben auf der Hügelkuppe im Auto auf einen Typen, mit dem sie sich hoffentlich gut fühlte und der ihr das Gefühl gab – oh Gott, sie mochte es kaum zugeben –, vollwertig zu sein.

Dr. P. behauptete, das käme daher, weil sie glaube, es nicht zu verdienen, glücklich zu sein. Sie fände, Glück nicht wert zu sein – oder irgend so ein Psychokrampf. Immer wieder hatte ihr Dr. P. gesagt, es nütze wenig, das Äußere zu verändern, solange man im Innern die Alte blieb.

Wie sie das verabscheute, wenn ihre Seelenklempnerin recht hatte.

Sie überlegte, ob sie Dr. P. noch einmal anrufen sollte. Nein, das wäre lächerlich. Sie sah kurz in den Rückspiegel. Er kam wahrscheinlich sowieso nicht.

Plötzlich merkte sie, wie enttäuscht sie war. War das nicht lächerlich? Sie hatte ihn wirklich für etwas Besonderes gehalten, für anders als ihre üblichen Bekanntschaften – ruhig, scheu und interessiert. Ja, er war richtig an ihr interessiert gewesen und hatte ihr zugehört. Das hatte sie sich nicht eingebildet. Sonny war nicht nur interessiert, sondern sogar besorgt um sie gewesen. Besonders als sie ihm diesen Mist über ihr Gewicht aufgetischt hatte – dass ein Hormonmangel daran schuld gewesen sei. So als hätte sie nichts dagegen tun können, dauernd futtern zu müssen. Anstatt es als die dumme Ausrede zu entlarven, die es war, hatte Sonny ihr geglaubt. Er hatte ihr einfach *geglaubt*.

Wenn sie ehrlich war, hockte sie genau deshalb hier mitten im Nirgendwo im Finstern. Wann hatte das letzte Mal ein Mann Interesse an ihr gezeigt? Echtes Interesse an ihr als Person, nicht an ihrem Äußeren, der neuen schlanken Figur und den blondierten Haaren?

Sie schaltete die Innenbeleuchtung aus und blickte auf die Lichter der Stadt hinab. Ein schöner Anblick. Wenn sie entspannt wäre, würde sie es trotz des ärgerlichen Donnergrollens sogar als romantisch empfinden. War das ein Regentropfen auf der Windschutzscheibe? Na, großartig! Wunderbar! Das fehlte ihr gerade noch.

Erneut mit den Fingernägeln auf das Lenkrad trommelnd nahm sie ihre Nachtwache wieder auf und blickte abwechselnd in die Seitenspiegel und den Rückspiegel.

Warum kam er so spät? Hatte er es sich anders überlegt? Aber warum sollte er?

Sie schnappte sich ihre Handtasche, durchsuchte sie bis zum Boden und hörte das Knistern. Sie zog den Beutel M&Ms heraus, riss ihn auf und kippte sich etliche in die Hand. Danach begann sie die Kugeln eine nach der anderen in den Mund zu werfen, als wären es Zoloft-Tabletten. Sie hoffte, die Schokolade würde sie beruhigen. Gewöhnlich tat sie das.

„Ja, natürlich kommt er", sagte sie halblaut, als müsste sie zur Bestätigung den Klang der eigenen Stimme hören. „Ihm ist etwas dazwischengekommen, um das er sich kümmern musste. Er ist sehr beschäftigt."

Nach allem, was er in der letzten Woche für sie getan hatte … nun ja, da konnte sie wirklich ein bisschen warten.

Sie hatte sich etwas vorgemacht zu glauben, Grannys Tod berühre sie nicht besonders. Granny war der einzige Mensch gewesen, der sie verstanden und unterstützt hatte. Sie war für ihre Enkelin eingetreten und hatte sie verteidigt, wo immer es ging. Zum Beispiel hatte sie überall erzählt, Joan sei aufgrund ihres unabhängigen Naturells mit Vierzig noch Single und keineswegs ein bedauernswerter Fall.

Und nun war Granny, ihre Beschützerin, ihre Vertraute, ihre Anwältin, nicht mehr da. Auch dass sie ein langes und wunderbares Leben gehabt hatte, tröstete sie nur wenig. Sonny hatte ihren Schmerz über den Verlust und ihre Trauer erkannt und ihr durch die letzte Woche geholfen. Er hatte ihr erlaubt und sie sogar darin bestärkt zu trauern. Und er hatte sie ermutigt, ein bisschen zu jammern und zu klagen.

Sie lächelte, als sie sich sein Gesicht mit der ernst gefurchten Stirn vorstellte. Sonny wirkte immer sehr ernst und beherrscht. Und im Moment brauchte sie jemanden, der diese ruhige Stärke ausstrahlte.

In der Sekunde erhellten wie zur Belohnung ihrer Gedanken zwei Scheinwerfer die Dunkelheit. Sie sah einen Wagen die kurvenreiche Allee zur Kuppe mühelos nehmen, als kenne der Fahrer die Strecke zu diesem Treffpunkt hoch über der Stadt auch im Dunkeln – als käme er oft hierher.

Unerwartet hatte sie vor Aufregung und Beklommenheit Schmetterlinge im Bauch und schalt sich dafür. Diese Nervosität konnte sie einem unreifen Schulmädchen nachsehen, aber keiner Frau ihres Alters.

Sie sah den Wagen hinter ihrem anhalten und spürte geradezu

die starken Scheinwerfer im Nacken, als wären es seine kräftigen Hände, die manchmal leicht nach Vanille rochen. Er hatte erklärt, der Vanilleduft überlagere die anderen penetranten Gerüche, mit denen er regelmäßig zu tun habe. Dabei war er leicht verlegen gewesen, doch ihr machte der Geruch nichts aus. Im Gegenteil, sie mochte ihn inzwischen ganz gern. Vanille hatte etwas Tröstliches.

Der Donner grollte jetzt über ihr. Die Regentropfen wurden dicker und zahlreicher, pladderten auf ihre Windschutzscheibe und nahmen ihr die Sicht. Sie sah einen Schatten, die schwarze Silhouette eines Mannes mit Hut, aus dem Wagen steigen. Er hatte den Motor ausgeschaltet, die Scheinwerfer jedoch nicht, was es ihr fast unmöglich machte, ihn gegen das grelle Licht und durch die feuchte Scheibe zu erkennen.

Er holte etwas aus dem Kofferraum. Eine Tasche. Kleidung zum Wechseln? Vielleicht hatte er ihr ein Abschiedsgeschenk gekauft? Bei dem Gedanken musste sie wieder lächeln. Doch als er näher kam, merkte sie, dass der Gegenstand lang und schmal war. Etwas, das er an einem Griff tragen konnte … eine Reisetasche vielleicht?

Er hatte ihren Wagen fast erreicht, als sie in einem Blitz das Glänzen von Metall sah. Jetzt erkannte sie auch den Kettenmechanismus um die Schneide und die herabbaumelnde Leine des Anlassers. Sie musste sich irren. Vielleicht war das ein Witz. Ja, ein Witz. Warum sollte er eine Kettensäge mitbringen?

Dann sah sie sein Gesicht.

Im Wolkenbruch erhellt vom grellen Blitzlicht wirkte es finster und entschlossen. Er starrte sie unter dem Rand des Hutes hinweg an, die Miene zornig, der Blick durchdringend, wie sie es noch nie gesehen hatte. Durch den Regen und die trennende Seitenscheibe starrte er ihr in die Augen. Hier war etwas auf entsetzliche Weise nicht in Ordnung. Er sah aus wie ein Besessener.

Joan fürchtete den Verstand zu verlieren vor Panik. Er stand an ihrer Autotür und starrte zu ihr hinein. Ein Donnerschlag über ihr erschreckte sie so, dass sie zusammenzuckte, ließ sie aber auch schlagartig aktiv werden, wie durch einen kleinen Stromschlag animiert. Fieberhaft tastete sie in der Dunkelheit nach Knöpfen, suchte, fühlte, drückte. Ihr Herzschlag pochte ihr in den Ohren, oder war das ein weiteres Donnergrollen? Verzweifelt probierte sie mehrere Knöpfe aus. Ein Surren, und die Fensterscheibe glitt hinab. Falscher Knopf. Verdammtes Mietauto! Sie probierte weiter.

Oh mein Gott! Zu spät!

Er riss die Wagentür auf. Dem klingelnden Warnton folgte das laute Trommeln der Regentropfen. Der ärgerliche Warnton teilte ihr mit, dass der Schlüssel noch im Zündschloss steckte, und bestätigte ihr zugleich, dass es zu spät war.

„Guten Abend, Joan", sagte er mit seiner sanften Stimme, die in Verbindung mit der finsteren Miene jedoch nur seinen Wahn unterstrich. In dem Moment wusste Joan Begley, dass niemand sie mehr jammern und klagen und niemand ihren letzten Schrei hören würde.

2. KAPITEL

Montag, 15. September
Wallingford, Connecticut

Luc Racine tat, als wäre es ein Spiel. So hatte es vor einigen Monaten angefangen, als albernes Ratespiel mit sich selbst. Außer dass er jetzt in Socken am Ende seiner Zufahrt stand und auf die in Plastik eingehüllte Zeitung am Boden blickte, als wäre sie eine Rohrbombe, dort abgelegt, ihn zu täuschen.

Er drehte sich einmal im Kreis, um zu sehen, ob seine Nachbarn ihn beobachteten. Was für keinen von ihnen eine leichte Aufgabe gewesen wäre. Vom Ende seiner Straße hier oben konnte Luc kaum ihre Häuser erkennen, geschweige denn ihre Fenster, die hinter dichtem Blattwerk verborgen waren. Die Strahlen der über dem Bergkamm aufgehenden Sonne konnten das dichte Blätterdach der alten Eichen- und Walnussbäume am Whippoorwill Drive nicht durchdringen. Es war unmöglich, oberhalb oder unterhalb seines Hauses etwas auf der Straße zu erkennen. Die Autos blieben nur für Sekunden sichtbar, ehe sie wieder verschwanden.

Die Straße schlängelte sich – zu beiden Seiten von Bäumen und Kletterpflanzen gesäumt, die manchmal sogar oben zusammenwuchsen –, sodass man nie mehr als zwanzig, dreißig Meter überblicken konnte. Wer sie befuhr, fühlte sich wie auf einer schlingernden Achterbahn. Sie führte steil bergan, um dann plötzlich in Windungen von neunzig Grad hinabzuführen, was einem drei, vier Sekunden Heiterkeit bescherte, während einem der Magen in die Kehle geschoben wurde und der Fuß über der Bremse verharrte. Die schöne Umgebung und die dramatische Abfahrt nahmen einem buchstäblich den Atem. Das gehörte zu den Dingen, die Luc Racine an dieser Gegend liebte, und er sagte es jedem, der es hören wollte. Ja, hier im Herzen von Connecticut hatten sie alles: Berge, Wasser, Wald, und der Ozean war nur Minuten entfernt.

Seine Tochter neckte ihn häufig, er könne verdammte Reklame für die Tourismusbehörde machen. Worauf er gewöhnlich antwortete: „Ich habe dich nicht dazu erzogen, zu fluchen wie ein Seemann. Du bist nicht zu groß, dass ich dir nicht immer noch den Mund mit Seife auswaschen könnte."

Lächelnd dachte er an sein kleines Mädchen. Sie hatte wirklich eine große Klappe, besonders jetzt als erfolgreicher Detective in … verflixt! Warum konnte er sich nicht an den Namen der Stadt erinnern? Es war doch ganz einfach. Da, wo die ganzen Politiker waren, das Weiße Haus und der Präsident. Der Name lag ihm auf der Zunge.

Er merkte, dass er schon wieder auf dem Weg zur Haustür war, aber mit leeren Händen.

„Mist!" Er drehte sich um und sah den Weg zurück. Die Zeitung lag noch dort, wo der Austräger sie hingeworfen hatte. Wie sollte er sich merken, welches Datum gerade war, wenn er nicht mal daran dachte, die dumme Zeitung mitzunehmen? Das konnte kein gutes Zeichen sein. Er zog ein kleines Notizbuch mit Schreibstift aus der Hemdtasche, notierte das Datum – zumindest glaubte er, dass es dieses Datum war – und schrieb: „Bin zum Ende des Weges gegangen und habe Zeitung vergessen."

Als er das Notizbuch wieder einsteckte, merkte er, dass er sein Hemd falsch geknöpft hatte. Diesmal waren zwei Knöpfe falsch. Er liebte seine Oxfordhemden – kurzärmelig für den Sommer, langärmelig im Winter –, aber leider musste er sich von ihnen verabschieden. Während er zum Ende des Gartenweges trottete, stellte er sich vor, wie er mit seinem schwarzen Barett in T-Shirts oder Poloshirts aussehen würde. Wirkte das vielleicht albern? Und wenn schon, machte ihm das etwas aus?

Er nahm den *Hartford Courant*, zog ihn aus seiner Plastikhülle und entfaltete ihn schwungvoll wie ein Magier. „Und der Tag heute ist der ... ja, Montag, der 15. September." Erfreut faltete er die Zeitung wieder zusammen, ohne sich auch nur eine einzige Schlagzeile anzusehen, und stopfte sie sich unter den Arm.

„He, Scrapple!", rief er seinem Jack Russell Terrier zu, der aus dem Wald gelaufen kam. „Ich hatte wieder recht." Doch der Hund beachtete ihn nicht. Völlig auf den riesigen Knochen in seiner Schnauze konzentriert, vollführte er einen Balanceakt zwischen Tragen und Zerren und verlor fast seine Beute.

„Scrap, mein alter Junge, eines Tages werden dir die Kojoten auflauern, weil du ihnen ihre Beute klaust", scherzte er. Kaum hatte Luc zu Ende gesprochen, gab es ein lautes Krachen auf der anderen Seite des Wäldchens, als schlüge Metall gegen Fels. Erschrocken ließ der Hund den Knochen fallen und kam ängstlich zu Luc gelaufen, als wären die Kojoten tatsächlich hinter ihm her.

„Ist schon okay, Scrapple", beschwichtigte er den Hund, als ein weiterer Schlag den Boden erzittern ließ. „Was ist da denn los?"

Luc schlüpfte eilig in seine Schuhe und ging den Pfad entlang, der in den Wald führte. Etwa eine Viertelmeile Wald und Buschwerk trennten sein Grundstück von einem stillgelegten Steinbruch. Der Besitzer hatte das Geschäft schon vor Jahren aufgegeben und den Steinbruch einfach verfallen lassen. Wobei Geräte und Berge von Fels, die noch zerkleinert und abtransportiert werden mussten, zurückgeblieben waren. Wer hätte gedacht, dass der wertvolle Sandstein den Abgasen von New York City eines Tages nicht mehr standhalten würde?

Irgendjemand hatte angefangen, den abgelegenen Steinbruch als freie Müllkippe zu missbrauchen. Luc hatte gehört, dass Calvin Vargus und Wally Hobbs engagiert worden waren, aufzuräumen und den Müll zu entfernen. Bisher hatte er aber nur große gelbe Baufahrzeuge neben dem alten verrosteten Zeug parken sehen. Er wusste noch, wie er gedacht hatte, dass Vargus und Hobbs – oder Calvin und Hobbs, wie sie von den Leuten in der Stadt genannt wurden – den Steinbruch nur als billiges, sicheres und abgeschiedenes Lager für ihre Ausrüstung nutzten.

Jetzt sah er auf der anderen Seite der Bäume, wie die schwere Planierraupe mit ihrer großen Schaufel riesige Felsbrocken von einer Seite zur anderen schaffte. Er hatte vergessen, wie abgelegen dieser Teil war, und konnte zwischen den Bäumen kaum den Lehmpfad, den einzigen Zugang, erkennen. Die überwucherte Weide davor wurde auf einer Seite von dem ausgebeuteten, seines wertvollen Sandsteins beraubten Berg und auf den restlichen von Wald eingerahmt.

Luc erkannte Calvin Vargus im offenen Führerhaus an den Hebeln der Monstermaschine. Er sah ihn mit seinen dicken Armen an den Hebeln ziehen und drücken, damit die Schaufel wie ein großes Maul Fels aufnahm. Ein weiterer Hebelzug, und die riesige gelbe Maschine drehte sich zur Seite und spie den Fels polternd und donnernd wieder aus.

Die Erschütterung ließ Calvins Kopf wackeln. Der Schirm einer orangefarbenen Baseballkappe schützte seine Augen vor der Morgensonne, jedoch bemerkte er Luc aus den Augenwinkeln und winkte.

Luc erwiderte den Gruß und nahm ihn als Aufforderung näher zu treten. Das Geräusch der schweren Baumaschine dröhnte ihm in den Ohren, und er spürte die Vibrationen von den Zehen bis zu den Zähnen. Was Luc faszinierte, ängstigte Scrapple halb zu Tode. Was für eine Memme, stahl riesige Knochen und hatte Angst vor ein bisschen Lärm. Der kleine Hund folgte Luc so dichtauf, dass er ihm mit der Nase in die Waden stieß.

Das riesige gelbe Maul der Raupe nahm noch einen Bissen, der aus zerkleinertem Fels, Gebüsch und Müll bestand. Diesmal löste sich ein verrostetes Fass und rollte den Felshaufen hinab. Es krachte gegen die scharfen Felskanten, platzte auf, und der Deckel flog wie eine Frisbee-Scheibe davon.

Luc sah dem Deckel nach, verblüfft von seiner Geschwindigkeit und Flugbahn. Den verschütteten Fassinhalt bemerkte er nur aus den Augenwinkeln. Zuerst hielt er es für alte Kleidung oder einen Haufen Lumpen. Dann entdeckte er einen Arm und dachte an eine Schaufensterpuppe. Schließlich diente das hier jemand als Müllkippe.

Aber dann bemerkte er den Gestank.

So roch kein gewöhnlicher Müll. Nein, das hier roch anders. Es roch nach ... Tod. Es machte ihm nicht wirklich Angst, bis Scrapple anfing zu heulen – ein hoher lang gezogener Ton, der den Lärm der Maschine übertönte und Luc eine Gänsehaut über den Rücken jagte.

Calvin hielt die Schaufel in der Luft an und schaltete den Motor aus. Plötzlich verstummte auch Scrapple, und eine unheimliche Stille senkte sich herab. Luc ließ das Fass nicht aus den Augen, bemerkte jedoch am Rande, wie Calvin sich die Kappe in den Nacken schob. Reglos warf er einen Blick zu dem kräftigen Mann in der Fahrzeugkabine, der jetzt wie gelähmt dasaß.

Luc bemerkte ein Pochen in den Ohren, das keine Nachwirkung des Maschinenlärms war. Vielmehr hämmerte sein Herz so laut, dass er kaum die vorbeifliegenden Gänse hörte. Ein Schwarm aus dutzenden Tieren schrie und quakte auf der täglichen Pilgerreise zum McKenzie Reservoir oder zurück. In der Ferne hörte er das Brummen des Berufsverkehrs auf der I-91. Die alltägliche Geräuschkulisse eines ganz normalen Tages.

Ein normaler Tag, dachte Luc versonnen, als er die Morgensonne durch die Bäume kommen und das bläulich weiße Fleisch bescheinen sah, das aus dem Fünfundfünfzig-Gallonen-Fass gerollt war. Er fing Calvins Blick auf und erwartete, in dessen Miene dieselbe Panik zu erkennen, die er empfand. Panik war vielleicht vorhanden, eventuell sogar ein wenig Abscheu über den Anblick. Was Luc zu seinem Erstaunen in Calvins Gesicht jedoch nicht sah, war Überraschung.

3. KAPITEL

FBI-Akademie
Quantico, Virginia

Maggie O'Dell langte nach dem letzten Doughnut mit Schokoladenguss und Zuckerstreuseln in grellem Pink und Weiß und hörte bereits das tadelnde „Ts,Ts" ihres Kollegen. Sie warf ihrem Partner, Spezialagent R. J. Tully, einen Blick über die Schulter zu.

„So was isst du zum Lunch?", fragte er.

„Zum Nachtisch." Sie wählte noch ein kleines, in Zellophan gewickeltes Tablett mit der täglichen Spezialität der Cafeteria. Etwas, das auf der Wandtafel als „Tacorito Super" angepriesen wurde. Maggie dachte unwillkürlich, dass nicht mal das FBI etwas so Gutes wie mexikanische Gerichte verhunzen konnte.

„Doughnuts sind kein Dessert", beharrte Tully.

„Du bist nicht zufällig sauer, weil es der letzte war?"

„Ich muss doch bitten. Doughnuts sind Frühstück. Kein Dessert", belehrte er sie und hielt die Schlange auf, während er darauf wartete, dass Arlene ihm ihre Aufmerksamkeit schenkte, die gerade einen aus dem heißen Ofen genommenen Topf mit Sahnemais abstellen musste. Dann deutete er auf das Roastbeef. „Fragen wir die Expertin. Doughnuts sind doch Frühstück, oder, Arlene?"

„Also, wenn ich Agentin O'Dells Figur hätte, könnten Sie mich zu jeder Mahlzeit Doughnuts essen sehen."

„Danke, Arlene." Maggie stellte noch eine Diät-Cola auf ihr Tablett und deutete der Kassiererin, einer kleinen, ihr unbekannten Frau mit Maulwurfsgesicht, an, dass sie auch für die Speisen auf dem nachfolgenden Tablett zahle.

„Wow", machte Tully, als er ihre Großzügigkeit bemerkte. „Aus welchem besonderen Anlass?"

„Willst du behaupten, ich zahle nie, außer zu besonderen Anlässen?“

„Nun ja, einmal das ... und dann der Doughnut.“

„Könnte es nicht sein, dass ich einfach einen guten Tag habe?“, sagte sie ihm auf dem Weg zu einem Fenstertisch. Draußen beendeten auf einer der vielen Bahnen ein halbes Dutzend Rekruten ihren täglichen Lauf mit einem Slalom zwischen den Pinien. „Der Unterricht ist für diese Periode beendet, ich habe keine Albträume mehr, die mich nachts wach halten, und ich nehme mir zum ersten Mal seit ... na ja, ungefähr hundert Jahren ein paar Tage frei. Ich freue mich darauf, in meinem Garten zu arbeiten, und habe mir für die südwestliche Ecke sogar drei Dutzend Narzissenzwiebeln gekauft. Ich werde mit Harvey das wunderbare Herbstwetter genießen, in der Erde buddeln und mit ihm Fangen spielen. Warum sollte mich das nicht in gute Laune versetzen?“

Tully beobachtete sie. Irgendwann, so etwa bei den Narzissenzwiebeln, merkte sie, dass er ihr nicht glaubte. Er schüttelte den Kopf. „Du hast dich noch nie über Freizeit gefreut, O’Dell. Ich habe dich vor einem dreitägigen Wochenendurlaub für alle erlebt. Du hast jeden angepflaumt, nur ja Dienstagmorgen frühzeitig im Büro zu sein, damit dich keiner in deinen Ermittlungen aufhält. Es würde mich nicht wundern, wenn du dir für deinen Gartenurlaub die Taschen mit Akten voll gestopft hättest. Also, was ist nun wirklich mit dir los? Warum grinst du wie ein Honigkuchenpferd?“

Sie verdrehte die Augen. Ihr Partner, stets der Profiler, war immer im Dienst und löste Rätsel. Vermutlich eine Berufskrankheit. „Okay, wenn du es unbedingt wissen musst: Mein Anwalt hat die letzten – wirklich die allerletzten – Scheidungspapiere von Gregs Anwalt zugesandt bekommen. Diesmal waren alle unterzeichnet.“

„Demnach ist alles vorüber. Und du kommst damit klar?"

„Natürlich komme ich damit klar. Warum denn nicht?"

„Ich weiß nicht." Tully zuckte die Achseln und steckte sich seine Krawatte, die bereits Kaffeeflecken hatte, ins Hemd. Dann lud er sich den Kartoffelbrei mit Soße auf sein Roastbeef.

Maggie sah zu, wie er die Hemdmanschette, ohne es zu bemerken, in die Soße tunkte, während er aus dem Kartoffelbrei einen Damm baute. Leicht den Kopf schüttelnd widerstand sie der Versuchung, über den Tisch zu langen und an seinem neuesten Fleck zu reiben.

Unterdessen arbeitete Tully weiter mit der Gabel und jetzt auch dem Messer an seiner Lunchkreation. „Ich erinnere mich nur, dass ich sehr gemischte Gefühle hatte, als meine Scheidung durch war." Er hob den Kopf, sah ihr prüfend in die Augen und verharrte mit der Gabel in der Luft, als erwarte er nach seinem Geständnis nun auch eines von ihr.

„Deine Scheidung hat sich nicht über fast zwei Jahre hingezogen. Ich hatte genügend Zeit, mich an den Gedanken, eine geschiedene Frau zu sein, zu gewöhnen." Er sah sie immer noch an. „Mir geht es gut. Wirklich. Es ist verständlich, dass du gemischte Gefühle hattest. Du musst mit Caroline zusammen eure Tochter Emma aufziehen. Greg und ich hatten wenigstens keine Kinder. Wahrscheinlich das Einzige, was wir in unserer Ehe richtig gemacht haben."

Maggie begann ihren Tacorito auszuwickeln und wunderte sich über Arlenes großzügige Verwendung von Zellophan. Schließlich hielt sie inne und konnte einfach nicht anders, als Tully mit der Serviette die Soße von der Manschette zu tupfen. Solche Gesten waren ihm längst nicht mehr peinlich, und diesmal hielt er ihr sogar das fehlgeleitete Handgelenk hoch.

„Wie geht es Emma überhaupt?", fragte sie und widmete sich wieder ihrem Lunch.

„Gut. Sie ist beschäftigt. Ich sehe sie kaum noch. Zu viele Aktivitäten nach der Schule. Und Jungs … zu viele Jungs."

Maggies Handy meldete sich und unterbrach ihre Unterhaltung.

„Maggie O'Dell."

„Maggie, hier ist Gwen. Können wir reden?"

„Ich sitze gerade mit Tully bei einem frühen Lunch. Was ist los?" Maggie kannte Gwen Patterson gut genug, um die Dringlichkeit aus ihrem Tonfall herauszuhören, obwohl Gwen das hinter kühler Professionalität zu verbergen suchte. Sie hatte Dr. Patterson vor zehn Jahren kennen gelernt, als sie Assistentin im forensischen Programm des FBI gewesen war und Gwen eine beratende Psychologin, die oft von ihrem Boss, dem stellvertretenden Direktor Kyle Cunningham, hinzugezogen wurde. Trotz des Altersunterschiedes – Gwen war dreizehn Jahre älter als Maggie – waren sie sofort Freundinnen geworden.

„Ich habe mich gefragt, ob du etwas für mich nachprüfen könntest."

„Sicher. Was brauchst du?"

„Ich mache mir Sorgen um eine Patientin. Ich fürchte, sie könnte in Schwierigkeiten stecken."

„Okay." Maggie war ein wenig überrascht. Gwen sprach nur selten über ihre Patienten, und um Hilfe bat sie schon gar nicht. „In was für Schwierigkeiten?"

„Ich weiß es nicht genau. Vielleicht ist ja gar nichts dran, aber ich würde mich besser fühlen, wenn jemand es überprüfen könnte. Sie hat mir Samstagnacht eine beunruhigende Nachricht geschickt. Ich konnte sie seither nicht erreichen. Dann hat sie heute Morgen unsere Sitzung versäumt. Das tut sie sonst nie."

„Hast du schon ihren Arbeitgeber oder ihre Familie angerufen?"

„Sie ist Künstlerin, selbstständig. Sie hat keine Familie, außer ihrer Großmutter. Und zur Beerdigung eben dieser Großmutter war sie gefahren. Das ist noch so eine Sorge. Du weißt, was Beerdigungen emotional auslösen können."

Damit kannte sich Maggie allerdings aus. Selbst nach über zwanzig Jahren konnte sie an keiner Beerdigung teilnehmen, ohne Visionen ihres im Feuerwehreinsatz den Heldentod gestorbenen Vaters zu haben, wie er in dem großen Mahagonisarg lag, die Haare zur falschen Seite gekämmt, die verbrannten Hände in Plastik eingewickelt und an die Körperseiten gelegt.

„Maggie?"

„Könnte sie nicht einfach beschlossen haben, noch ein, zwei Tage zu bleiben?"

„Ich bezweifle, dass sie das tun würde. Sie wollte eigentlich nicht mal zur Beerdigung fahren."

„Vielleicht hatte sie auf der Rückfahrt eine Autopanne." Maggie fragte sich, ob Gwen überreagierte. Es war doch durchaus logisch, dass jemand noch ein, zwei Tage auszuspannen versuchte, anstatt gleich wieder nach Hause zu einer Sitzung mit der Seelenklempnerin zu fahren, die analysierte, wie es einem ging. Aber Maggie wusste auch, dass nicht jeder auf Stress und Tragödien so reagierte wie sie selbst.

„Nein, sie hat am Ort ein Auto gemietet. Das ist auch so eine komische Sache. Der Wagen wurde noch nicht zurückgebracht. Das Hotel sagte, sie hätte gestern ausziehen sollen, hat aber weder ausgecheckt noch mitgeteilt, dass sie länger bleiben möchte. Und sie hat gestern ihren Flug verpasst. Das ist nicht ihre Art. Sie hat psychische Probleme, jedoch nicht im Hinblick auf die Organisation ihres Alltags oder ihre Zuverlässigkeit."

„Du hast selbst gesagt, dass Beerdigungen emotional belastend sein können. Vielleicht wollte sie sich nur ein paar Tage freinehmen, ehe sie wieder in den Alltagstrott zurückkehrt. Außerdem würde mich interessieren, wie du rausgekriegt hast, dass sie ihren Flug verpasst hat?" Fluglinien gaben nicht einfach so ihre Passagierlisten preis. Nach Gwens jahrelangen Predigten, sie solle sich beruflich gefälligst an die Regeln halten, erwartete Maggie nun das Eingeständnis eines Regelverstoßes von ihr. Genau betrachtet war Gwen an eine Menge Informationen gelangt, die normalerweise nicht herausgegeben wurden.

„Maggie, da ist etwas faul", erwiderte Gwen erneut eindringlich, jedoch ohne auf ihre Frage einzugehen. „Sie wollte sich mit jemandem treffen – mit einem Mann. Das hat sie mir auf Band gesprochen. Sie rief mich an, damit ich ihr dieses Rendezvous ausrede. Sie hat diese ... diese Tendenz ... also, Maggie, ich möchte nicht über Details ihres Problems reden. Sagen wir einfach, dass sie in der Vergangenheit in Bezug auf Männer einige sehr schlechte Entscheidungen getroffen hat."

Maggie sah über den Tisch und merkte, dass Tully sie lauschend beobachtete. Wie ertappt wandte er rasch den Blick ab. Ihr war seit Kurzem aufgefallen, dass er an allem interessiert schien, was Gwen Patterson betraf – obwohl er das zu verbergen suchte. Oder bildete sie sich das ein?

„Was willst du damit sagen, Gwen? Glaubst du, dass dieser Mann ihr etwas angetan hat?"

Wieder Schweigen. Maggie wartete. Erkannte Gwen inzwischen, dass sie überreagierte? Warum sorgte sie sich ausgerechnet um diese Frau so sehr? Sie hatte nie erlebt, dass Gwen eine Art Kindermädchenfunktion bei ihren Patienten übernahm. Bei Freunden schon, aber nicht bei Patienten.

„Maggie, hast du eine Möglichkeit, die Sache zu überprüfen? Kannst du irgendwo Erkundigungen einziehen?"

Maggie sah wieder zu Tully. Der hatte seinen Lunch beendet und blickte scheinbar desinteressiert aus dem Fenster. Unten schlängelte sich eine weitere Rekrutengruppe in verschwitzten T-Shirts zwischen den Bäumen hindurch.

Maggie pickte mit der Gabel auf ihrem Teller herum. Wieso spielte Gwen plötzlich die Fürsorgerin? Der Fall schien doch ziemlich eindeutig zu sein. Da nahm sich jemand ein paar Tage, um zu trauern, und fand vielleicht Trost bei einem freundlichen Fremden. Warum sah Gwen das so dramatisch?

„Maggie?"

„Ich tue, was ich kann. Wo hat sie gewohnt?"

„Die Beerdigung war in Wallingford, Connecticut, aber sie wohnt im Ramada Plaza Hotel in Meriden. Ich habe Adresse und Telefonnummer hier. Ich kann dir später noch weitere Informationen zufaxen, einschließlich einer E-Mail, die sie mir wegen dieses Mannes geschickt hat."

Maggies Magen reagierte nervös, als sie die Informationen notierte. Dabei dachte sie andauernd: nicht ausgerechnet Connecticut.

4. KAPITEL

Sheriff Henry Watermeier schob den Hut zurück und wischte sich den Schweiß von der Stirn.

„Scheiße!“, brummte er vor sich hin und wäre am liebsten losmarschiert, um sich den Frust abzulaufen. Doch er blieb, wo er war. Hände an der Gürtelschnalle, wartete er ab, beobachtete, dachte nach und versuchte den Gestank des Todes und das Summen der Fliegen zu ignorieren. Mein Gott, diese Fliegen waren die reinste Pest. Minihyänen, ungeduldig und beharrlich trotz der Plastikplane.

Es war nicht die erste Leiche, die er an ungewöhnlichen und sonderbaren Orten versteckt gesehen hatte. Während seiner dreißig Jahre bei der New Yorker Polizei hatte er sein Maß an Abartigkeiten erlebt. Aber doch nicht hier.

Verbrechen wie dieses passierten in Connecticut gewöhnlich nicht. Exakt solchen Taten hatte er zu entfliehen gehofft, als er sich von seiner Frau überreden ließ, hierher mitten ins Nirgendwo zu ziehen. Natürlich, Fairfield County und die Küstenregion bekamen auch ihren Teil an Kriminalität ab. Da gab es reichlich Aufsehen erregende Fälle – verdammt große Fälle sogar, wie den der dämlichen Publizistin, die mit ihrem Geländewagen sechzehn Leute überfahren hatte. Oder der Mord an Martha Moxley, den man erst nach Jahrzehnten aufklären konnte. Oder Alex Cross, Connecticuts eigener junger Vergewaltiger. Ja, an der Küste und näher zu New York gab es reichlich Kriminalität, aber im Herzen von Connecticut war es ruhiger. Eine Sauerei wie diese sollte hier nicht passieren.

Er hatte seine Deputys angewiesen, den Bereich weiträumig mit gelbem Band abzusperren. Es würde verdammt viel Band draufgehen. Er beobachtete zwei seiner Männer, wie sie es von Baum zu Baum wickelten. Dabei hatte Arliss eine verdammte

Zigarette aus dem Mundwinkel hängen, und Truman, dieser Grünschnabel, keifte jeden an, der sich auch nur auf zehn Fuß näherte.

„Arliss! Passen Sie auf, dass die Kippe nicht auf dem Boden landet!“ Der Deputy blickte erstaunt auf, als habe er keinen Schimmer, wovon sein Boss redete. „Ich meine die verdammte Zigarette. Nehmen Sie die aus dem Schnabel. Sofort!“

Endlich dämmerte es Arliss. Er nahm die Zigarette aus dem Mund, drückte sie an einem Baumstamm aus und wollte sie wegwerfen, hielt jedoch in der Bewegung inne. Henry sah, wie Verlegenheitsröte den Nacken des Deputy hinaufkroch, bevor er den Zigarettenstummel schließlich unter dem Hut hinter sein Ohr schob. Henry war fast so wütend, als hätte Arliss den Stummel tatsächlich weggeworfen. Seine erste Ermittlung am Tatort eines Kapitalverbrechens als County Sheriff von New Haven konnte sehr leicht zur letzten seiner Laufbahn werden. Und diese verdammten Tölpel ließen ihn wie einen Idioten aussehen.

Henry blickte über die Schulter, als gelte sein Interesse der Umgebung allgemein. In Wahrheit wollte er nur prüfen, ob Kanal 8 immer noch die Kamera auf ihn richtete. Die Scheißlinse zielte auf seinen Rücken. Er hätte es wissen müssen, er konnte es spüren, wie das Auftreffen eines Laserstrahls. Und genauso gefährlich konnte es werden, wenn er nicht sehr vorsichtig war.

Warum bloß hatte dieser Calvin Vargus die Medien informiert? Natürlich wusste er, warum. Dabei kannte er Vargus nicht einmal persönlich, sondern nur seinen Ruf, dem der Hurensohn mehr als gerecht zu werden schien, wie er da mit dieser hübschen kleinen Reporterin aus Hartford brabbelte, obwohl er ihn ausdrücklich gebeten hatte, den Mund zu halten. Er konnte Vargus jedoch nicht zur Verschwiegenheit zwingen, es sei denn, er sperrte ihn ein. Und danach war ihm zumute.

Er musste sich auf den Fall konzentrieren. Vargus war sein kleinstes Übel. Er hob die Plane und zwang sich, die Leiche zu betrachten, zumindest den Teil, der aus dem Fass ragte. Soweit er es erkennen konnte, trug sie eine Seidenbluse mit französischen Manschetten. Die Fingernägel waren professionell manikürt, die Haare vermutlich gefärbt und am Ansatz eine Spur dunkler. Aber das war nicht eindeutig zu klären, so verklebt und blutverschmiert, wie sie waren. Eine Menge Blut klebte da. Das war eindeutig die Verletzung, die zum Tod geführt hatte. Man brauchte keinen Gerichtsmediziner, um das zu erkennen.

Er ließ die Plane fallen und fragte sich, ob die arme Frau von hier stammte. Ehe er sein Büro verlassen hatte, war er die Liste von Vermissten durchgegangen und hatte besonders auf die aus New Haven County geachtet. Doch auf keinen traf die vorläufige Beschreibung dieser Toten zu. Die Liste umfasste einen College-Studenten, der seit dem Frühling nicht mehr zu Vorlesungen erschienen war, einen Drogensüchtigen, der vermutlich von zu Hause abgehauen war, und eine ältere Frau, die angeblich morgens zum Milchholen ging und nicht mehr gesehen wurde. Eine gut Vierzigjährige mit langem Haar, teurer Seidenbluse und manikürten Fingernägeln war nicht darunter.

Henry atmete tief durch, um seinen Kopf zu klären und besser denken zu können. Er blickte zum wolkenlosen Himmel hinauf und entdeckte einen zweiten Gänseschwarm. Glückliche Viecher. Vielleicht wurde er langsam alt und müde. Vielleicht war er aber auch einfach noch nicht so weit, seine Pensionsträume in die Tat umzusetzen: endlos lange Angeltage an den Ufern des Connecticut River mit einem Kühler voller Budweiser und Sandwiches mit geräucherter Pute, Salami und Provolone. Ja, Sandwiches, aber nicht irgendwelche, sondern die mit allem Drum und Dran aus Vinnys Delikatessengeschäft und ordentlich in dieses weiße Papier eingewickelt. Davon könnte er jetzt eins vertragen.

Er warf einen letzten Blick auf das Fass. Die Fliegen krochen unter die Plane, und ihr Summen wurde stärker anstatt leiser. Verdammte Plagegeister. Sie würden die feuchten Körperregionen besiedeln und sich dort einnisten, noch ehe der Rechtsmediziner kam. Nichts als Fliegen und ihre verdammten madigen Nachkommen. Er hatte gesehen, welchen Schaden sie in wenigen Stunden anrichten konnten. Ekelhaft. Und er stand hier und dachte an Vinnys Sandwiches. Nun ja, da musste schon einiges mehr passieren, ehe er den Appetit verlor.

Rosie, seine Frau, würde behaupten, seine mangelnde Anteilnahme sei Ausdruck seiner Erschöpfung. Herrgott, sie redete tatsächlich so geschwollen daher. Er erklärte lieber, er sei schlichtweg leer gepisst und ausgebrannt. Dieser kurze Einsatz als County Sheriff von New Haven hätte ihm helfen sollen, den Übergang von der unerträglichen Hektik New Yorks zur Gelassenheit Connecticuts zu finden, um schließlich in Ruhe und Frieden in Pension zu gehen.

Aber das hier … nein, so hatten sie nicht gewettet. Er brauchte keinen ekelhaften, ungeklärten Mord, der ihm den Ruf ruinierte. Wie sollte er hier mit Rosie seinen Ruhestand verleben, wenn hinter seinem Rücken getuschelt und gelästert wurde?

Er warf wieder einen Blick zu Arliss hinüber. Der gottverdammte Idiot hatte ein Stück Absperrband am Schuh kleben, das er hinter sich her zog wie Toilettenpapier, und der Dummkopf merkte es nicht mal.

Nein, mit einer Pleite wollte er seine berufliche Laufbahn keinesfalls beenden.

5. KAPITEL

Tully sah O'Dell einige auf ihrem Schreibtisch gestapelte Aktenordner durchgehen.

„So viel zum Thema Urlaub", sagte sie, und ihre gute Laune hatte einen leichten Dämpfer erhalten.

Er hatte geglaubt, nach dem Telefonat mit Dr. Patterson sei ihr die Laune endgültig verdorben gewesen, doch Maggie ignorierte fröhlich das Faxgerät, das mehrere Seiten Details zu Pattersons vermisster Patientin ausspie. Anstatt sich die Blätter zu holen und zu lesen, suchte O'Dell etwas, das offenbar in dem Stapel verloren gegangen war. Vielleicht ein Fall, den sie mit nach Hause nehmen wollte, um ihn in den Pausen ihrer Gartenarbeit zu studieren. Was war schon einer mehr, wenn sie auch noch Dr. Pattersons übernahm?

Tully sank in den Sessel, den sie zu seinem Erstaunen noch in ihr kleines, aber geordnetes Büro gequetscht hatte. Ihre Büros in BSU, der Behavioral Science Unit, der Abteilung für wissenschaftliche Verhaltensstudien, konnte man eher als Schachtel bezeichnen. Trotzdem fanden in O'Dells noch ordentlich sortierte Bücherregale Platz, in denen nicht ein Buch quer obenauf lag. Bei genauem Hinsehen bemerkte er, dass die Bücher außerdem nach Themen alphabetisch geordnet waren.

Sein Büro hingegen sah wie ein Lagerschuppen aus, mit Bergen von Büchern, Akten und Magazinen – nicht zwangsläufig zu Stapeln geordnet – auf Regalen, dem Schreibtisch, dem Gästestuhl und sogar dem Boden verteilt. An manchen Tagen fand er nur mit Glück einen Weg zu seinem Schreibtisch, unter dem es auch nicht viel besser aussah. Dort stand eine Reisetasche mit Laufschuhen, Shorts und Socken, von denen einige – besonders die schmutzigen – irgendwie nie in der Tasche blieben. Wenn er so darüber nachdachte, erklärten sie möglicherweise den seltsamen Geruch, der sich seit Neuestem in seinem Büro breit machte. Er vermisste ein Fenster. In Cleveland hatte er ein Eckbüro im dritten Stock gehabt und es hier in Quantico gegen eine fensterlose Schuhschachtel vier Stockwerke unter der Erde eingetauscht. Ihm fehlte die frische Luft, besonders in dieser Jahreszeit. Der Herbst war ihm immer die liebste gewesen, zumindest früher einmal, vor seiner Scheidung.

Seltsam, wie er seine Erinnerungen in letzter Zeit einteilte: vor der Scheidung und nach der Scheidung. Vor der Scheidung war er viel organisierter gewesen, jedenfalls nicht so chaotisch wie jetzt. Seit dem Umzug nach Quantico kam er irgendwie nicht mehr zu Potte. Nein, das stimmte nicht. Es hatte wenig mit dem Umzug zu tun. Seit seiner Scheidung von Caroline war sein Leben ein einziges Chaos. Ja, es war die Scheidung, die seinen Absturz bewirkt hatte, dieses Trudeln in die Unorganisiertheit. Vielleicht war es das, was ihn an O'Dells Haltung so störte. Sie schien das Ende ihrer Ehe als eine Art Befreiung zu empfinden. Vielleicht beneidete er sie ein wenig.

Er wartete, während O'Dell weitersuchte, das Surren der Faxmaschine ignorierend. Er hätte gern etwas gesagt, um ihre gute Laune wiederherzustellen. Etwas wie: „Was? Kein farbcodiertes Aktensystem?" Doch ehe er das sagen konnte, bemerkte er, dass die herausgezogenen Akten alle eine rote Markierung trugen. Er rieb sich das Gesicht, um sein Lächeln zu verbergen. Warum konnte er bei dieser Berechenbarkeit seiner Partnerin nicht vorhersagen, was sie vorhatte? Zum Beispiel, wie lange sie ihn noch mit dem letzten Doughnut reizen wollte. Sie hatte ihn in der Zellophanhülle aus der Cafeteria mit ins Büro gebracht und auf die Ecke ihres Schreibtisches gestellt – und da stand er nun und führte ihn in Versuchung.

Schließlich stopfte sie die Akten in ihre Tasche und begann die Faxseiten einzusammeln. „Sie heißt Joan Begley", sagte O'Dell, las die Informationen und ordnete die Seiten. „Sie ist seit über zehn Jahren Gwens Patientin."

Gwen. Tully gestattete sich immer noch nicht, sie beim Vornamen zu nennen. Für ihn war sie Dr. Gwen Patterson. Psychologin in Washington, beste Freundin seiner Partnerin und manchmal Beraterin des FBI für ihren Boss, den stellvertretenden Direktor Cunningham. Für gewöhnlich machte sie ihn ein bisschen wahnsinnig mit ihrem arroganten, allwissenden Psychogequatsche. Dass sie rötlich blondes Haar und schöne Beine hatte, machte die Sache auch nicht besser.

Letzten November hatten sie sich während der Ermittlungen an einem gemeinsamen Fall hinreißen lassen, sich zu küssen. Es war nicht bloß ein Kuss gewesen, es war ... ach, egal. Danach waren sie übereingekommen, dass sie einen Fehler begangen hatten und die Sache vergessen wollten. O'Dell sah ihn an, als erwarte sie eine Antwort. Da erst wurde ihm bewusst, dass er eine Frage überhört hatte. Pattersons Schuld.

„Tut mir leid, was hast du gesagt?"

„Sie war oben in Connecticut zur Beerdigung ihrer Großmutter. Seit Samstagabend hat niemand mehr etwas von ihr gehört oder gesehen."

„Es kommt mir merkwürdig vor, dass Dr. Patterson sich so um eine Patientin sorgt. Gab es da eine persönliche Beziehung?"

„Also wirklich, Agent Tully, es wäre wohl höchst unprofessionell von mir, Dr. Patterson diese Frage zu stellen." Sie sah ihn lächelnd an, was ihn nicht davon abhielt, die Augen zu verdrehen. O'Dell mochte organisiert sein, aber in puncto Protokoll und Verfahrensweisen, manchmal auch bei schlichter Höflichkeit, vergaß sie geflissentlich, wem sie auf die Füße trat. „Also nur zwischen dir und mir, ich halte es auch für ein wenig seltsam."

„Und was wirst du nun machen?"

„Ich habe ihr gesagt, ich würde es überprüfen, also werde ich es wohl überprüfen." Maggie klang dabei ganz lässig. „Kennst du jemanden von der Polizei in Connecticut, den ich anrufen könnte?", fragte sie und konzentrierte sich bereits wieder auf einen anderen rot gekennzeichneten Aktenordner, den sie auf dem Tisch vergessen hatte. Sie nahm ihn auf, blickte kurz hinein und stopfte ihn in ihre Tasche.

„Wo in Connecticut?"

„Moment mal. Ich weiß, sie hat es mir gesagt." O'Dell musste die Faxseiten durchblättern, und Tully fragte sich verwundert, warum sie sich nicht an die wesentlichen Informationen aus dem Telefonat erinnerte. War sie gedanklich bereits bei ihrem Gartenurlaub? Irgendwie mochte er das nicht glauben. Wahrscheinlicher war sie auf die rot gekennzeichneten Akten konzentriert. „Da ist es", sagte sie schließlich. „Sie wohnte in Meriden, aber die Beerdigung war in Wallingford."

„Wallingford?"

O'Dell sah noch einmal nach. „Ja. Kennst du da jemanden?"

„Nein, aber ich bin schon mal durchgefahren. Eine schöne Gegend. Weißt du, wer dir sagen könnte, wen du anrufen musst? Unsere Freundin Detective Racine aus Washington. Sie stammt von dort."

„*Unsere* Freundin? Wenn du weißt, woher sie stammt, ist sie wohl eher deine Freundin."

„Komm schon, O'Dell. Ich dachte, ihr kommt ganz gut miteinander klar ... oder habt wenigstens Burgfrieden geschlossen."

Julia Racine und Maggie O'Dell waren wie Feuer und Wasser. Aber bei einem Fall vor fast einem Jahr hatte Julia Racine O'Dells Mutter das Leben gerettet. Wie groß ihre Differenzen auch gewesen sein mochten, beide Frauen entwickelten seither eine, wie er das nannte, gesunde Toleranz füreinander.

„Weißt du, dass meine Mutter einmal im Monat mit Racine essen geht?“

„Wirklich? Das ist schön.“

„Nicht mal ich gehe so häufig mit meiner Mutter essen.“

„Vielleicht solltest du.“

O'Dell sah ihn stirnrunzelnd an und widmete sich wieder den Faxseiten. „Vermutlich könnte ich einfach die entsprechende Außenstelle des FBI anrufen.“

Tully schüttelte den Kopf. Für eine so kluge Frau war seine Partnerin manchmal bemerkenswert dickköpfig.

„Und weshalb hat diese Joan Begley Dr. Patterson aufgesucht?“

O'Dell sah ihn über die Faxseiten hinweg an. „Du weißt, das kann Gwen mir nicht erzählen. Schweigepflicht.“

„Es könnte uns aber helfen, wenn wir wüssten, wie abgedreht sie ist.“

„Abgedreht?“ Wieder zog sie die Stirn in Falten. Er verabscheute das, weil sie ihm das Gefühl gab, unprofessionell gewesen zu sein. Auch wenn sie damit recht hatte.

„Du weißt genau, was ich meine. Es kann uns helfen, wenn wir wissen, zu was sie fähig ist. Ist sie beispielsweise selbstmordgefährdet?“

„Gwen schien sich Sorgen zu machen, dass sie sich mit einem Mann eingelassen haben könnte. Jemand, den sie dort kennen gelernt hat. Und dass sie wirklich in Gefahr ist.“

„Wie lange war sie denn in Connecticut?“

O'Dell blätterte in den Seiten. „Sie hat Washington letzten Montag verlassen, somit eine Woche.“

„Wie konnte sie sich in weniger als einer Woche mit einem Mann einlassen? Und du hast gesagt, sie wäre wegen einer Beerdigung hingefahren. Wer schließt Bekanntschaften auf einer Beerdigung? Ich kann nicht mal im Waschsalon Frauen abschleppen.“

Sie lächelte ihn an. Welche Seltenheit. O'Dell quittierte seine Versuche, witzig zu sein, nicht oft mit einem Lächeln. Offenkundig war ihre gute Laune noch nicht ganz abgetaucht.

„Sag's mir, wenn du Hilfe brauchst, okay?" Sein Angebot brachte ihm einen argwöhnischen Blick ein. Und er fragte sich nicht zum ersten Mal, ob Dr. Patterson O'Dell von ihrem kleinen Schäferstündchen in Boston erzählt hatte. Mein Gott, Schäferstündchen war nicht das richtige Wort, das klang ja albern. Und albern war es ganz und gar nicht gewesen. Es war … O'Dell lächelte ihn wieder an. „Was ist?"

„Nichts."

Er stand auf, um zu gehen, wollte aber, dass sie sein Angebot ernst nahm. „Ich habe es ernst gemeint, O'Dell. Sag's mir, wenn du Hilfe brauchst. Bei dem Fall, meine ich. Nicht bei der Gartenarbeit. Du weißt, kaputtes Knie."

„Danke", erwiderte sie, immer noch ein Lächeln um die Mundwinkel.

Klar, sie wusste es. Zumindest wusste sie irgendetwas.

6. KAPITEL

Wallingford, Connecticut

Lillian Hobbs liebte Montage. Es war der einzige Tag, an dem sie Rosie während der emsigen Hauptgeschäftszeit beim Milchschäumen für Caffè latte und Kassieren für klebrige Plunderteilchen oder die New York Times allein ließ. Doch Rosie machte das nichts aus. Sie sagte, je mehr Betrieb, desto besser. Schließlich war es ihre Idee gewesen, ihrem kleinen Buchladen eine Kaffeebar anzugliedern.

„Das bringt mehr Geschäft“, hatte Rosie frohlockt. „Laufkundschaft, die wir sonst nicht hätten.“

Laufkundschaft war genau das, was Lillian fürchtete. Und deshalb hatte sie zuerst rebelliert. Na ja, rebelliert war vielleicht ein zu starkes Wort. In ihren sechsundvierzig Jahren hatte sie noch nie gegen etwas rebelliert.

Sie hatte schlicht die Klugheit von Rosies Nebengeschäft angezweifelt und befürchtet, dass die Kaffeebar eher vom Hauptgeschäft ablenkte und nur Klatschmäuler anzog, die dann ihre eigenen Geschichten erfanden und zum Besten gaben, anstatt Bücher zu kaufen.

Rosie hatte jedoch recht behalten. Wieder mal. Die Kaffeegäste waren gut fürs Geschäft. Nicht nur, dass sie ihnen den täglichen Stapel an *New York Times* und *USA Today* abbauten. Auch bei Magazinen und Taschenbüchern kam es zu Impulskäufen. Bald stöberten die täglichen Kaffeetrinker – sogar die Moccalatte-Typen mit dem extra Schlag Sahne und die Espressosüchtigen – die Buchregale durch und kamen sogar nach der Arbeit und an Wochenenden hereingeschlendert. Manchmal brachten sie ihre Familien oder Freunde mit. Okay, Laufkundschaft war also keine so üble Sache.

Ja, Rosie hatte recht behalten.

Es machte Lillian nichts aus, das einzuräumen. Rosie war die mit dem Geschäftssinn, ihre Stärke waren die Bücher, weshalb sie sich als Geschäftspartnerinnen ausgezeichnet ergänzten. Es störte sie auch nicht, dass Rosie ihr gelegentlich den guten Kaufmannsinstinkt unter die Nase rieb. Wie könnte es, wo sie doch an jedem Tag ihrer Leidenschaft frönen durfte. Aber Montage waren am besten. Sie waren wie Weihnachten. Weihnachten in einem vollen, dunklen Lagerraum, gestärkt von einer Tasse Milchkaffee und bewaffnet mit einem Kistenöffner.

Kartons aufzuschneiden war jedes Mal wie das Öffnen eines wertvollen Geschenks. Zumindest kam es ihr bei jeder neuen Büchersendung so vor, wenn sie die Klappen des Kartons zurückschlug und das Aroma von Druckerschwärze, Papier und Einbänden aufstieg, das sie in eine andere Welt versetzte. Ob es eine Fuhre historischer Romane aus dem achtzehnten Jahrhundert, Liebesromane oder der letzte Bestseller der *New York Times*-Liste war, spielte dabei keine Rolle. Sie liebte den Geruch und den Anblick von Büchern. Gab es etwas Himmlischeres?

An diesem Montag konnten jedoch auch die Kartons neuer Bücher ihre Gedanken nicht am Abschweifen hindern. Roy Morgan, der Antiquitätenhändler von nebenan, war vor gut einer Stunde völlig atemlos und wirr stammelnd in ihren Laden gestürmt. Mit dem hochroten Kopf – sie hatte bemerkt, dass sogar seine Ohrläppchen glühten – und dem wilden Blick hatte er ausgesehen, als träfe ihn gleich der Schlag. Entweder das, oder er stand kurz vor einem Nervenzusammenbruch. Allerdings war Roy so ungefähr der nervenstärkste Mensch, den sie kannte.

Als er dann zu reden begonnen hatte, hastig und abgehackt, war er geradezu über die eigenen Worte gestolpert wie jemand am Rande des Wahnsinns. Und was er sagte, klang in der Tat, als hätte er den Verstand verloren.

„Eine Frau in einem Fass", wiederholte er mehrmals. „Sie haben sie in ein Fass gestopft gefunden. Ein Fünfundfünfzig-Gallonen-Fass. Etwas nördlich vom McKenzie-Reservoir. Unter einem Berg Sandstein vergraben, im alten McCarty-Steinbruch."

Die Geschichte klang nach einem Thriller. So etwas könnte einer Patricia Cornwell oder einem Jeffrey Deaver eingefallen sein.

„Lillian!", rief Rosie von der Tür zum Lagerraum, und Lillian zuckte zusammen. „Die bringen was in den Nachrichten. Komm schnell!"

Als sie aus dem Lager eilte, hatten sich alle Anwesenden um einen kleinen Fernseher geschart, den sie noch nie gesehen hatte. Er stand zwischen Gebäckauslage und den Serviettenhalter gequetscht. Sogar Rosies begehrter antiker Krug, in den sie die rosa Päckchen von „Sweet'n Low" gab, war beiseite geschoben. Als Lillian den Fernseher entdeckte, wusste sie Bescheid. Zuerst die Kaffeebar, jetzt auch noch ein Fernseher. Das würde alles verändern, und nicht zum Besseren. Das spürte sie wie ein aufziehendes Gewitter – oder wie früher in der Kindheit die sich anbahnenden Tobsuchtsanfälle der Mutter.

Auf dem kleinen Bildschirm sah sie Calvin Vargus, den Geschäftspartner ihres Bruders, vor einer zierlichen Nachrichtenreporterin stehen. Calvin sah aus wie eine karierte Eisenbahnschwelle, solide, steif und massig, aber mit einem albernen jungenhaften Grinsen im Gesicht, als hätte er einen verborgenen Schatz entdeckt.

Lillian lauschte Calvins Beschreibung, wie er mit seiner Maschine das Fass aus dem Geröll gegraben hatte – allerdings wurde es eine Piepton-Version.

„Ich habe es fallen lassen. Rums. Einfach so. Und dieser ‚Piep'-Deckel ist irgendwie abgesprungen, als es auf den Boden krachte. Und ‚Piep', da war eine ‚Piep'-Leiche drin."

Lillian suchte unter dem versammelten Dutzend ihrer Stammkunden nach ihrem Bruder Wally. War er schon hier gewesen, um sich seine tägliche Bärentatze und das Glas Milch abzuholen und wie üblich zu jammern und zu klagen? Einmal war es der Rücken, dann wieder die Schleimbeutelentzündung in der Schulter oder der überempfindliche Magen. Sie fragte sich, was er vom Fund seines Partners hielt.

Schließlich entdeckte sie Walter Hobbs am Ende des Tresens, drei Hocker von der Versammlung entfernt allein seine Milch trinkend. Lillian ging um die Gruppe herum und setzte sich neben ihn. Er warf ihr einen kurzen Blick zu und widmete sich wieder seiner *Newsweek*, die geöffnet vor ihm lag, mehr an den Schlagzeilen über tote El-Kaida-Mitglieder auf der anderen Seite der Welt interessiert als an der Leiche im eigenen Hinterhof.

Ohne sie anzusehen oder ihre Frage abzuwarten, bemerkte Walter kopfschüttelnd: „Warum zum Teufel konnte er nicht da wegbleiben und den verdammten Steinbruch in Frieden lassen?“

7. KAPITEL

Luc Racine war es übel. Und es war ihm peinlich, dass der Anblick der Leiche ihm weniger zugesetzt hatte als die Kamera. Es war ihm ganz gut gegangen, bis sie die Kamera einschalteten und die kleine Reporterin ihm Fragen stellte. Er war ganz fasziniert gewesen, wie ihre Augen hinter den dicken Brillengläsern optisch hervortraten. Riesige blaue Augen, die ihn an die Augen eines exotischen Fischs in einem Aquarium erinnerten. Aber dann nahm sie die Brille ab, die Kamera wurde eingeschaltet, und die Linse war auf ihn gerichtet wie der Lauf eines Präzisionsgewehrs.

Die Fragen der jungen Reporterin kamen jetzt immer schneller. Er konnte sich schon nicht mehr an ihren Namen erinnern, obwohl sie sich gerade vor laufender Kamera vorgestellt hatte. Vielleicht hieß sie Jennifer … oder Jessica? … nein, es war Jennifer. Vielleicht. Er musste genauer aufpassen. Er konnte nicht im selben Tempo denken und antworten, in dem sie fragte. Aber wenn er nicht schnell genug antwortete, würde sie sich dann wieder Calvin zuwenden?

„Ich lebe gleich da drüben", erzählte Luc ihr und machte eine winkende Bewegung über die Schulter. „Nein, ich habe nichts Ungewöhnliches gerochen", fügte er hinzu, und ein wenig Speichel flog in ihre Richtung. „Kein bisschen." Sie sah ihn nur an, ohne eine weitere Frage zu stellen. Ach herrje, er hatte sie tatsächlich angespuckt. Er sah den kleinen glänzenden Fleck auf ihrer Stirn. „Die Bäume schotten das Gebiet hier irgendwie ab." Er winkte in die andere Richtung. Vielleicht hatte sie die Spucke nicht bemerkt. Warum hob er den Arm so hoch? „Dieses ganze Gebiet ist sehr abgeschieden."

„Sehr abgelegen", sagte Calvin und bedachte Luc mit einem missbilligenden Blick. Den konnte die Kamera jedoch nicht einfangen, da Calvin durch den Rücken der Reporterin verdeckt wurde.

Sein Kommentar lenkte ihre Aufmerksamkeit jedoch wieder auf ihn. Sie wandte sich ihm zu und hielt ihm das Mikrofon hin. Dafür musste sie sich strecken. Calvin Vargus war riesig. Als er vorhin in seinem Bagger gesessen hatte, war er Luc wie eine Maschine vorgekommen: groß, kräftig und dauerhaft wie ein Stück Stahl. Ja, wie ein Metallklotz ohne Markierungen wie Hals oder Taille.

Neben Calvin wirkte die Reporterin wie ein Zwerg. Sie musste sich auf die Zehenspitzen stellen, um ihm das Mikro an die fleischigen Lippen zu halten. Trotzdem widmete sie ihm ihre ganze Aufmerksamkeit, obwohl er seine morgendliche Entdeckung vorhin recht drastisch geschildert hatte. Natürlich bevorzugte sie Calvins Version, zumal er sie mitteilte und nicht spuckte. Wer würde nicht einem halslosen Giganten den Vorzug geben vor einem winkenden Spucker?

Luc sah zu. Was hätte er auch sonst tun können? Er hatte seine Chance gehabt und vertan. Und das nicht zum ersten Mal. Er war schon einmal im Fernsehen gewesen, während der Antrax-Geschichte. Eine Frau auf seiner Route war krank geworden, und er hatte den Brief ausgeliefert. Eine Woche lang hatten sie die Poststation in Wallingford geschlossen, alle Einrichtungen überprüft und alle Austräger wegen der künftig zu treffenden Sicherheitsmaßnahmen geschult. Damals war er im Fernsehen gewesen, aber er hatte nicht viel sagen dürfen. Die Frau war gestorben. Wie lange war das her? Ein Jahr, zwei? Sicher nicht so lange, dass es normal war, sich nicht an ihren Namen zu erinnern.

Nun erschien er wieder im Fernsehen, weil eine weitere Frau tot war. Er kannte nicht mal ihren Namen. Er schaute zurück zur Absperrung, von der sie ein gutes Stück entfernt waren. Von der Absperrung und von dem Deputy, der sie bei jedem Näherkommen anschrie. Trotzdem sah Luc das umgestürzte Fass mit der Delle. Ein großer Steinbrocken verhinderte, dass es die Halde ganz hinabkullerte. Man hatte eine Plastikplane darüber gedeckt. Vor seinem inneren Auge sah er jedoch immer noch den grau-blauen Arm aus der Tonne ragen, der halb herausgeragt hatte, als versuche die Leiche hinauszukrabbeln. Mehr hatte er nicht sehen können, aber das reichte ihm auch – ein Arm und verklebtes Haar.

Luc spürte einen Stupser am Bein. Ohne hinzusehen langte er hinab, damit der Hund ihm die Hand lecken konnte. Da die erwartete Reaktion ausblieb, blickte er zu Scrapple hinunter, der sofort in Abwehrstellung ging und die Beute fester packte, die er seinem Herrchen zur Begutachtung gebracht hatte. Noch ein Knochen. Luc ignorierte ihn und blickte wieder zu der Menschenansammlung hinter den Bäumen hinüber.

Schlagartig wurde es ihm jedoch bewusst. Warum hatte er nicht früher daran gedacht? Er sah wieder zu seinem Hund hinab, der die große Beute jetzt mit beiden Pfoten packte, während er am fleischigen Ende kaute und versuchte, den ganzen Knochen mit den Zähnen zu umschließen. Luc wurden die Knie weich.

„Heiliger Strohsack, Scrapple! Woher in aller Welt hast du das?“, fragte er seinen Jack Russell. Inzwischen war es um ihn herum still geworden, da sich alle nach ihm umdrehten.

Luc sah die Reporterin an und fragte: „Glauben Sie auch, dass es das ist, wonach es aussieht?“

Anstatt einer Antwort und wie zur Bestätigung seiner Vermutung erbrach sie sich auf Calvin Vargus’ riesige Stiefel. Sie hob die Hand, um die Kameralinse abzudecken. Zwischen Würgereizen schrie sie: „Abschalten! Um Himmels willen, schalte die Kamera aus!“

8. KAPITEL

Sheriff Watermeier brauchte keinen forensischen Experten, um zu erkennen, auf was er da schaute. An dem großen Knochen, den Luc Racine ihm hinhielt, hing noch genügend Fleisch, das die kleineren Knochen zusammenhielt. Obwohl ein paar kleinere Knochen fehlten und das Fleisch schwarz und verwest war, bestand kein Zweifel, was der Jack Russell Terrier ausgegraben hatte. Was Luc Racine in Händen hielt, Handflächen nach oben, als reiche er eine Gabe dar, war ein menschlicher Fuß.

„Wo zum Teufel hat er das gefunden?"

„Keine Ahnung", erwiderte Luc, trat näher und sah Henry in die Augen, als wollte er vermeiden, mehr als nötig auf den Fund des Hundes zu blicken. „Er hat es mir gebracht, aber ich weiß nicht, wo er es gefunden hat."

Henry winkte jemand von der mobilen Spurensicherung herbei, einen dünnen Asiaten in blauer Uniform, auf dessen Namensschild Carl stand. Zum Glück kannte er die Leute von der mobilen Spurensicherung nicht namentlich, weil er normalerweise nichts mit ihnen zu tun hatte. Sie kamen aus dem kriminaltechnischen Labor von Meriden. Die Stadt lag ein Stück entfernt. Das hieß zugleich, die wirklich schlimmen Verbrechen geschahen irgendwo außerhalb der Grenzen von New Haven County. Zum zweiten Mal an diesem Tag hoffte er, dass dieser kranke Bastard von einem Täter ihm nicht seine Pensionspläne ruinierte. Bis heute war seine Bilanz makellos, er hatte in seiner Laufbahn keine ungelösten Fälle hinterlassen. Und so sollte es verdammt nochmal auch bleiben.

„Das ist nicht aus dem Fass gefallen, oder?", fragte Carl, schüttelte einen Beweisbeutel aus Papier auf und hielt ihn Luc unter die Hände, damit er die Knochen hineinfallen lassen konnte.

Doch Luc, der es vorher nicht hatte abwarten können, die

Dinger loszuwerden, starrte Henry nur an. Als der ihm zunickte, er solle die Knochen in den Beutel geben, schien ein Ruck durch Luc zu gehen, als sei er aus einer kurzen Trance erwacht, und er ließ die Knochen fallen.

Henry behielt ihn sorgfältig im Auge. Luc Racine war einer der Ersten gewesen, die er und Rosie hier kennen gelernt hatten. Jeder kannte Luc. Er war der beste und freundlichste Briefträger der Gegend, der jeden mit Namen anredete. Henry erinnerte sich, dass Luc einmal ein Päckchen geliefert hatte, als er nicht zu Hause gewesen war. Luc hatte es in Plastik eingewickelt hingelegt und einen Zettel dazu getan, es habe nach Regen ausgesehen. Das war noch gar nicht so lange her, und nun war Luc vorzeitig in Pension gegangen. Man munkelte, er habe die ersten Symptome einer Alzheimer-Erkrankung.

Wie war das möglich? Der Mann sah jünger aus als er selbst. Obwohl sein Haar silbergrau war, hatte er eine Menge davon. Sein Haar hingegen wurde zunehmend schütter und die Stirnglatze immer größer. Racine wirkte schlank und fit mit muskulösen Armen vom jahrelangen Heben und Austragen der Post. Dafür konnte Henry trotz eines kleinen Bauchansatzes stolz darauf verweisen, immer noch in seine erste New Yorker Polizeiuniform zu passen, die er vor über dreißig Jahren bekommen hatte.

Während Henry den vor ihm stehenden Luc betrachtete, musste er zugeben, dass der geradezu wie das Musterbeispiel eines gesunden Mannes in den Sechzigern wirkte. Mal abgesehen von dem leeren Blick, der plötzlich da war, so wie jetzt. Dann wirkte er verloren und völlig abwesend.

„Ich glaube, da sind noch mehr“, sagte Luc, griff unter sein schwarzes Barett und fuhr sich kratzend mit den Fingern ins dichte Haar, als könnte das seiner Erinnerung auf die Sprünge helfen.

„Noch mehr?“ Henry sah Luc prüfend in die Augen. War das wieder Ausdruck seiner Krankheit? Redete er Unsinn? Hatte er vergessen, wo er war und was gerade geschah? „Noch mehr wovon?“

„Knochen“, erwiderte Luc. „Der alte Scrap hat mir vielleicht noch mehr gebracht. Er schleppt mir dauernd so’n Zeugs an: Reste, Knochen, alte Schuhe. Aber die Knochen ... ich dachte immer, er hätte Reste von Tieren gefunden. Sie wissen schon, von dort unten am Teich.“

„Haben Sie welche aufbewahrt?“

„Nein.“

„Verdammt!“

„Aber Scrapple wahrscheinlich. Ich bin mir sicher, er hat einige auf dem Grundstück vergraben.“

„Dann müssen wir nachsehen. Sie haben doch nichts dagegen, Luc, oder?“

„Nein, nein, überhaupt nicht. Glauben Sie, die Knochen gehören zu der Lady in dem Fass?“

Ehe Henry antworten konnte, lenkte Charlie Newhouse, einer seiner Deputys, durch Zuruf die Aufmerksamkeit aller Anwesenden auf sich. Charlie und zwei Leute vom kriminaltechnischen Labor hatten versucht, das Fass mit der Frauenleiche vorsichtig von den Felsen zu heben. Alle Fotos waren gemacht, die Beweise eingesammelt, und der assistierende Gerichtsmediziner hatte die Anfangsuntersuchung durchgeführt. Es wurde Zeit für den Abtransport, doch Charlie schien sich über irgendetwas aufzuregen. Charlie regte sich nie auf, außer nach ein paar Bier und auch dann nur, wenn die Yankees einen Triple schafften.

„Okay, Charlie, was gibt’s?“ Henry gesellte sich zu den anderen und blickte zu Charlie hinauf, wobei er mit einer Hand in Stirnhöhe die Augen vor der grellen Sonne schützte. „Charlie, was zum Teufel ist da los?“

„Ist vielleicht nicht wichtig, Sheriff!“, rief Charlie, balancierte von Fels zu Fels und sah dabei so aufmerksam zu Boden, als suche er verlorenes Wechselgeld. Dann ging er in die Hocke, um noch besser sehen zu können. „Ist vielleicht überhaupt nicht wichtig. Aber da unten scheinen noch mehr Fässer zu liegen. Und etwas stinkt hier zum Himmel.“

9. KAPITEL

Adam Bonzado schob Tom Clancy beiseite und lenkte, am alten geborstenen Vinyllenkrad ziehend und drückend, mit einer Hand den Pick-up die kurvige Straße hinauf. Bei jeder neuen Steigung stöhnte der alte El Camino, als riefe er nach einem anderen Gang. Adam brachte den Kassettenstapel auf dem Beifahrersitz durcheinander, in dem auch die drei von Tom Clancys *Red Rabbit* steckten. Immer wieder einen kurzen Blick hinüberwerfend suchte er etwas, das besser zu seiner Stimmung passte. Tom Clancy traf es heute nicht.

Sheriff Henry Watermeier hatte aufgeregt geklungen, vielleicht sogar ein wenig nach Panik. Im letzten Winter hatten sie zusammen einen Fall bearbeitet. Beim Abriss eines alten Gebäudes in Meriden war ein Schädel zum Vorschein gekommen. Adam hatte lediglich feststellen können, dass es sich um den Kopf eines kleinen männlichen Weißen im Alter zwischen zweiundvierzig und siebenundsiebzig Jahre gehandelt hatte, der vor fünfundzwanzig bis dreißig Jahren gestorben war. Da ihm nur der Schädel zur Verfügung stand, war es schwierig gewesen, weitergehende Aussagen zu treffen. Der Körper war offenbar woanders begraben worden. Trotz umfangreicher Suche hatten sie ihn nicht entdeckt, und so blieb die Todeszeit eine eher auf architektonischen denn auf archäologischen Fakten basierende Vermutung. Trotz fehlender Beweise war Watermeier überzeugt gewesen, es handele sich um einen Mafiamord.

Adam lächelte darüber. Er konnte sich nicht vorstellen, dass die Mafia mitten in Connecticut operierte, obwohl Watermeier ihn rasch mit ein paar wüsten Geschichten versorgt hatte. Zumindest waren sie ihm wüst vorgekommen. Er war immerhin in Brooklyn aufgewachsen und glaubte, einiges über die Mafia zu wissen. Henry Watermeier hatte seine Karriere allerdings als Streifenpolizist in New York begonnen und wusste deshalb vermutlich auch ein paar Dinge über die Mafia und ihre Morde.

Adam Bonzado fragte sich unwillkürlich, ob sie es im gegenwärtigen Fall vielleicht auch mit dem organisierten Verbrechen zu tun hatten. Leichen in verrostete Fünfundfünfzig-Gallonen-Fässer zu stecken und in einem stillgelegten Steinbruch unter Tonnen von Sandsteinbrocken zu verbergen, klang durchaus nach einem Einfall der Mafia. Wenn allerdings Knochen in der Gegend herumlagen, wie Henry berichtete, hieß das, jemand hatte sich mit der Beseitigung der Leichen nicht allzu viel Mühe gegeben. Die Mafia war gewöhnlich nicht so sorglos.

Adam langte nach der Kassette, die zwischen Sitz und Tür eingeklemmt war, und las die Rückseite. Perfekt. Er hantierte mit der Plastikhülle, senkte das Tempo, als er eine weitere S-Kurve nahm, und befreite die Dixie Chicks aus ihrer Hülle. Mit leichtem Schubs schob er die Kassette ins Laufwerk und drehte die Lautstärke auf.

Ja, das war genau das Richtige für seine Stimmung. Etwas Lebhaftes, dass die Füße automatisch im Takt wippten und das Blut in Wallung kam. Er konnte nichts dafür, Knochen auszugraben brachte ihn auf Touren und pumpte ihm Adrenalin in die Adern. Es gab nichts Spannenderes. Klar, er unterrichtete auch gern, aber das diente nur dem Lebensunterhalt. Das hier – Leichen in Fässern und verstreute Knochen –, dafür lebte er.

Leider verstanden seine Eltern das nach zehn Jahren immer noch nicht. Er hatte einen Doktor in forensischer Anthropologie, eine Professur und war Fachbereichsleiter an der Universität von New Haven. Und seine Mutter stellte ihn immer noch als ihren jüngsten Sohn vor, der Single war und die Konzertina spielen konnte, als seien das seine hervorstechendsten Merkmale.

Er schüttelte leicht den Kopf. War es nicht langsam an der Zeit, dass ihn derlei kalt ließ? Er war schließlich erwachsen. Wie seine Eltern ihn sahen, sollte ihm gleichgültig sein. Dass es das nicht war, bewies ihren Einfluss auf ihn. Offenbar hatte er den ruhigen, rebellischen Geist vom spanischen Vater und den störrischen Stolz der polnischen Vorfahren seiner Mutter geerbt.

Nachdem er die Serpentinen hinaufgekrochen war, ging es wieder hinab. Der alte Pick-up flog nur so dahin. Adam bremste nicht, sondern genoss die Achterbahnfahrt, hantierte mit dem starren Lenkrad, drehte, schob und zog es zu den sinnlichen Klängen der Dixie Chicks. Plötzlich war die Kreuzung da. Adam trat heftig auf die Bremse. Der Pick-up kam schlitternd Zentimeter vor dem Stoppschild zum Stehen und nur Sekunden, bevor ein UPS-Lieferwagen seine Bahn kreuzte.

„Mist! Das war knapp."

Die Hände zu Fäusten verkrampft, die Finger rot, umklammerte er immer noch das Lenkrad.

Der UPS-Fahrer hob jedoch nur winkend die ganze Hand – kein Stinkefinger, kein mit den Lippen geformtes „Scheißkerl". Vielleicht hatte der Knabe gar nicht realisiert, dass er ihm fast in die Seite geknallt wäre. Adam langte hinüber und drehte die Dixie Chicks leiser. Dabei bemerkte er das Stemmeisen, das unter dem Beifahrersitz nach vorn gerutscht war.

Er vergewisserte sich mit einem Blick in den Rückspiegel, dass hinter ihm kein Auto kam, nahm das Stemmeisen vom Boden auf und warf es durch das geöffnete Rückfenster auf die Ladefläche. Es schlug gegen die Auskleidung, und er zuckte zusammen. Hoffentlich hatte er nicht die provisorische Wanne geknackt, die er soeben eingebaut hatte. Sie bestand aus festem Polyurethan in einem geprägten Rechteckmuster, war leicht zu reinigen und würde die Ladefläche vor Rost und Korrosion schützen, gleichgültig wie viel Schlamm, Knochen und Blut er dort hinten verstauen musste. Eine nützliche Maßnahme, damit sein Pick-up nicht zur stinkenden, mobilen Leichenhalle wurde.

Er sah auf den Boden, ob noch mehr Werkzeug herumlag. Er würde seine Studenten erinnern müssen, dass sie es wieder verstauten, wenn sie sich den Wagen ausliehen. Vielleicht sollte er sich nicht beklagen. Das Stemmeisen war immerhin sauber gewesen. Das war ein Anfang.

10. KAPITEL

Die Aktentasche in einer Hand, einen Stapel Post unter dem Arm, eine Diät-Cola und einen Kauknochen in der anderen Hand balancierend, folgte Maggie ihrem Hund auf die Terrasse hinaus. Gleich beim Heimkommen hatte Harvey sie überzeugt, dass sie ihren ersten Urlaubsnachmittag im Garten verbringen mussten.

Eigentlich hatte sie nur kurz in ihrem Büro in Quantico vorbeischauen wollen, um noch etwas Papierkram zu erledigen. Unterlagen mitzunehmen hatte sie nicht vorgehabt. Als sie die nun aus der Tasche auf den gusseisernen Terrassentisch lud, bedauerte sie bereits, sie nicht auf dem Schreibtisch gelassen zu haben, wo sie während der letzten Monate unter anderen Akten geschlummert hatten.

Unterdessen ging Harvey, Nase am Boden, seine Routinepatrouille am Zaun entlang. Das große zweistöckige Haus im Tudor-Stil stand auf einem fast zwei Acres großen Grundstück, wurde vom besten elektronischen Sicherheitssystem bewacht, das es für Geld zu kaufen gab, und war von einer Reihe Pinien geschützt, die es schwierig machten, die Dächer der Nachbarhäuser zu sehen. Trotzdem ging Harvey jedes Mal auf Patrouille, sobald sie aus dem Haus traten, und konnte weder entspannen noch spielen, ehe nicht jedes Eckchen prüfend beschnüffelt war.

So verhielt er sich, seit sie ihn adoptiert hatte. Okay, adoptiert war vielleicht nicht der richtige Ausdruck. Sie hatte ihn gerettet, nachdem seine Besitzerin von dem Serienmörder Albert Stucky entführt und getötet worden war. Und die Frau war nur deshalb zum Opfer geworden, weil sie ihre, Maggies, neue Nachbarin war. Natürlich hatte sie sich danach um Harvey kümmern müssen. Ironischerweise kümmerte er sich auch um sie. Er lieferte ihr den Grund, jeden Abend heimzukehren. Er zeigte ihr, was bedingungslose Liebe, Vergebung und Loyalität bedeuteten. Lektionen, die sie in ihrer Kindheit mit einer alkoholkranken, selbstmordgefährdeten Mutter nicht hatte lernen können. Und auch in ihrer Ehe mit Greg hatte sie derlei nicht erfahren.

Nach Beendigung seiner Routinepatrouille kam Harvey zu ihr und stupste ihre Hand, um seine Belohnung abzuholen. Sie kraulte ihn hinter den Ohren, und er ließ den großen Kopf zur Seite sinken und schmiegte sich in die Liebkosung. Schließlich gab sie ihm den Kauknochen, Harvey trottete davon und ließ sich damit aufs Gras fallen. Den Knochen mit zwei Pfoten haltend begann er zu nagen, ein Ohr lauschend aufgerichtet, sie stets im Blick. Maggie schmunzelte. Konnte man mehr erwarten als Loyalität, Zuneigung, Bewunderung und ständigen Schutz? In zehn Ehejahren mit Greg hatte sie so viel Zuneigung nicht erlebt. Und da wunderte Tully sich, dass sie froh war, ihre Scheidung erledigt zu haben?

Zögernd nahm sie die Unterlagen und warf einen Blick auf die Dose Diät-Cola. Früher hätte sie die Akte nicht zur Hand genommen ohne ein Glas Scotch in der Hand. Eine versiegelte Flasche stand noch im Schrank und diente als Beweis, dass sie den Scotch nicht wirklich brauchte und keineswegs die Trinkgewohnheiten ihrer Mutter geerbt hatte. Die Flasche war Beweismittel, nicht etwa Versuchung. Dennoch leckte sie sich unwillkürlich über die Lippen und ertappte sich bei dem Gedanken, dass ein Schlückchen nicht schaden könnte. Sie würde ihn nicht pur trinken, sondern auf Eis, mit viel Wasser, damit der Alkohol verdünnt war. Das würde ihre Nervosität bekämpfen.

Sie merkte, dass sie die Ecke des ersten Ordners gebogen hatte. Von wegen gebogen, sie hatte sie zur Ziehharmonika gefaltet. Das war ja wohl lächerlich. Sie schnappte sich die Diät-Cola, nahm einen großen Schluck und öffnete die Akte.

Es war eine Weile her, seit sie diese Papiere durchgesehen hatte. Sie hatte sie Stück für Stück zusammengetragen, sich aber nie hingesetzt, um die Informationen detailliert zu lesen. Sie hatte dieses Profil – sie hatte „ihn" – wie eine berufliche Aufgabe behandelt. Nein, sie hatte ihn wie einen ihrer Fälle behandelt und seinen Ordner sogar auf dem Schreibtisch neben Täterprofilen von Serienmördern, Vergewaltigern und Terroristen liegen lassen. Vielleicht wurde es dadurch einfacher für sie, seine Existenz zu akzeptieren, da sie immer noch nicht glauben mochte, dass es ihn wirklich gab.

In dieser Sammlung von Dokumenten, Artikeln und heruntergeladenen Berichten gab es nicht ein einziges Foto. Wenn sie es gewollt hätte, hätte sie wahrscheinlich eines finden können. Sie musste sich nur sein High-School-Jahrbuch oder eine Kopie seiner Fahrerlaubnis beschaffen. In der Zulassungsstelle in Wisconsin hätte ihr garantiert jemand geholfen. Besonders, wenn sie ihre FBI-Marke gezeigt hätte. Aber sie hatte das nicht gemacht, weil er durch ein Foto vielleicht zu real geworden wäre.

Maggie nahm den Umschlag der Mutter vom letzten Jahr zur Hand, der alle Nachforschungen in Gang gesetzt hatte. Als sie von der Existenz eines unehelichen Halbbruders erfahren hatte, war sie überzeugt gewesen, ihre Mutter lüge, um sie für die immer noch innige Liebe zu ihrem heldenhaften toten Vater zu bestrafen. Einer solchen Grausamkeit hatte Maggie sie durchaus für fähig gehalten, da sie mit einer ansehnlichen Dosis von Kathleen O'Dells Strafen aufgewachsen war. Sogar Kathleens viele gescheiterte Selbstmordversuche nach dem Tod des Vaters schienen Maggie einzig ihrer Bestrafung zu dienen. In einer Aufwallung von Zorn hatte Kathleen ihr entgegengeschleudert, ihr Vater habe bis zu seinem Tod eine Affäre gehabt. Geglaubt hatte sie das jedoch erst, als Kathleen ihr den Umschlag mit Namen und Anschrift ihres Halbbruders präsentiert hatte.

Maggie öffnete ihn und zog wie schon oft die einzelne Karte vorsichtig an einer Ecke heraus. Sie erkannte die Handschrift ihrer Mutter mit den lustigen Kringeln über den Is. Ihr Halbbruder hieß Patrick und war nach ihrem Onkel benannt, dem einzigen Bruder ihres Vaters. Maggie hatte diesen Onkel nie kennen gelernt. Der legendäre Patrick war nicht aus Vietnam zurückgekehrt. Heldentum lag offenbar in der Familie, doch sie hatte nichts dafür übrig, denn es hatte ihr den Vater genommen, als sie zwölf war.

Sie schob die Karte in den Umschlag zurück, zumal sie die Adresse inzwischen auswendig kannte. Ihre neuesten Recherchen hatten ergeben, dass sie noch stimmte. Er lebte immer noch in West Haven, Connecticut, nur fünfundzwanzig Meilen von dem Ort entfernt, wo Gwen Pattersons Patientin verschwunden war.

Das Klingeln ihres Handys erschreckte sie und veranlasste Harvey, seinen Knochen zu verlassen und sich vor sie zu setzen. Die Macht der Gewohnheit vermutlich, denn das Klingeln des Telefons bedeutete für Harvey, dass sie bald wegmusste.

„Maggie O'Dell", meldete sie sich und bedauerte, das Telefon nicht ausgeschaltet zu haben. Schließlich hatte sie Urlaub.

„O'Dell, hast du Nachrichten gehört oder gesehen?" Es war Tully.

„Ich bin gerade nach Hause gekommen. Ich habe Urlaub."

„Du möchtest das vielleicht nachprüfen. AP meldet, dass außerhalb von Wallingford, Connecticut, eine Frauenleiche gefunden wurde."

„Mord?"

„Klingt so. In ersten Berichten heißt es, dass sie in einem Steinbruch entdeckt wurde, in einem Fünfundfünfzig-Gallonen-Fass, unter Bergen von Stein."

„Oh Gott, glaubst du, das ist Gwens Patientin?"

„Ich weiß es nicht“, gestand er. „Sonderbar nur, dass es in derselben Stadt passierte. Das ist fast zu viel Zufall, findest du nicht?“

Maggie glaubte auch nicht an Zufälle. Trotzdem, das konnte nicht sein. Tully zog da voreilige Schlüsse, und sie ebenfalls. Vielleicht, weil sie Schuldgefühle hatte. Sie bedauerte jetzt, dass sie Gwen heute Morgen nicht gleich ernst genommen und noch nicht einmal die örtliche Polizei angerufen hatte, um Joan Begleys Spur aufzunehmen oder eine Vermisstenmeldung aufzugeben. „Warum wird das hier in den Nachrichten gemeldet?“

„Weil es vielleicht nicht die einzige Leiche ist. Da könnten noch andere liegen. Vielleicht Dutzende.“

Sie erkannte den Unterton in Tullys Stimme. Sie wusste, dass seine kleinen grauen Zellen bereits arbeiteten und gewisse Möglichkeiten erwogen. Noch so eine Berufskrankheit. Nein, mehr als das. Es war schwer zu beschreiben, aber sie spürte, wie es auch von ihr Besitz ergriff, ein Jucken, ein Reiz, eine Obsession. Genau wie Tully erwog sie bereits Möglichkeiten, stellte sich Fragen und suchte Antworten. Dabei stand eine Frage im Vordergrund: Was, wenn es die Leiche von Joan Begley war?

Gwen hatte in all den Jahren, die sie sich kannten, nie um etwas gebeten – bis heute. Und anstatt ihr zu helfen und sofort alles Nötige in die Wege zu leiten, war sie achselzuckend über ihre Besorgnis hinweggegangen, nur weil der Ort, um den es ging, sie an etwas und jemanden erinnerte, an den sie nicht erinnert werden wollte.

„Hey, Tully.“

„Ja?“

Sie wusste, dass er nicht überrascht sein würde, sondern sie verstand. Warum sonst hätte er sie angerufen, um ihr die Nachricht weiterzugeben. „Glaubst du, du und Emma, ihr könntet Harvey für ein paar Tage nehmen?“

11. KAPITEL

Das war schlimm, richtig schlimm. Wie hatte das passieren können?

Er trat auf die Bremse und achtete auf den Wagen vor ihm. Er musste Abstand halten. Er musste nach vorn blicken und nur gelegentlich prüfend in den Rückspiegel schauen. Ein riesiger Geländewagen folgte ihm dichtauf, und die beiden Idioten verrenkten sich die Hälse, um besser zu sehen. Aber da war nichts zu sehen. Die Entfernung war zu groß, und die Bäume standen zu dicht. Von der Straße aus konnte man nichts erkennen. Er wusste das. Und doch musste er sich zwingen, nicht hinzusehen. *Sieh nicht hin!*

Da waren mindestens ein Dutzend Einsatzwagen. Und Medienvans. Wie hatte das passieren können? Er war außer sich gewesen, als er davon in den Nachrichten hörte. Vor allem, weil diese magersüchtige Reporterschlampe die Neuigkeit, die für ihn den Himmel einstürzen ließ, so munter verbreitete.

Was zum Teufel bildete sich dieser Calvin Vargus ein? Warum musste er ausgerechnet jetzt das Gelände aufräumen? Es lag seit über fünf Jahren brach. Der Besitzer kümmerte sich nicht darum. Es diente ihm nur zur Steuerabschreibung. Er lebte nicht mal in der Gegend. Also warum fing Vargus plötzlich an, das Zeugs zu bewegen? Oder wusste er etwas? Hatte er Verdacht geschöpft? Wollte Vargus ihn fertig machen? Wusste er Bescheid? Aber woher? Unmöglich. Nicht nur unmöglich, schlicht unvorstellbar. Er wusste nichts. Ausgeschlossen.

Atmen. Er musste atmen. Aber es ging nicht. Atme! Der kalte Schweiß brach ihm aus, und es war noch nicht einmal Mitternacht. Das Kribbeln begann in den Fingern. Die Eiseskälte kroch ihm vom Nacken bis in die Taille hinab. Er musste es stoppen.

Stopp, stopp, stopp! Er musste die Panik aufhalten, ehe sie ihm den Magen umdrehte.

Den Blick auf die Straße gerichtet, wühlte er mit einer Hand suchend in der Reisetasche auf dem Beifahrersitz. Der Wagen vor ihm fuhr zu langsam. Die Insassen reckten die Hälse. Dämliche Gaffer. Was konnten sie schon sehen? Inzwischen sollten sie wissen, dass sie hinter den Bäumen nichts entdecken konnten. Arschlöcher. Dämliche Arschlöcher. *Beweg dich! Beweg dich endlich!*

Er spürte schon die Übelkeit. Die Panik begann ihm die Eingeweide zu verkrampfen. Gleich würde ihm ein stechender Schmerz durch den Bauch jagen, als schnitte ihn ein scharfes Messer von innen nach außen auf. Seine Muskeln verkrampften sich bereits, ein Starrereflex, um sich auf den Schmerz vorzubereiten, auf das Entsetzen, die Agonie. Schweiß lief ihm den Rücken hinab, während er verzweifelt mit der Hand wühlte und tastend suchte. Schließlich berührte er die Plastikflasche, umfasste sie und riss sie vom Boden der Reisetasche hoch. Zornig über das Zittern seiner Hände fummelte er an der Kappe mit der Kindersicherung herum und konnte sie zum Glück während der Fahrt öffnen. Wie ein Verdurstender schluckte er die weiße kalkige Flüssigkeit, ohne bei der empfohlenen Dosis Halt zu machen.

Sobald der Schmerz begonnen hatte, war es ein Wettrennen gegen die Zeit, ihn zu unterdrücken. Er nahm noch einen guten Schluck und verzog das Gesicht über den Geschmack. Das Zeug reizte zum Würgen, und das würde er tun, wenn er weiter darüber nachdachte.

Nicht denken. Nicht dran denken!

Diesen Geschmack assoziierte er mit seiner Kindheit, mit einem dunklen, stickigen Schlafzimmer, der kühlen Hand seiner Mutter auf der Stirn und ihrer sanften lockenden Stimme, die sagte: „Du wirst dich gleich besser fühlen. Ich verspreche es."

Er drehte die Kappe wieder auf die Flasche und wischte sich mit dem Hemdsärmel über den Mund. Abwartend schaute er nach vorn auf die Straße und die flammend roten Rücklichter des vorderen Wagens. Rote Dämonenaugen strahlten ihn an, während die Idioten im Innern weiter Maulaffen feilhielten. Er hätte gern auf die Hupe gedrückt, konnte es aber nicht. Er durfte keine Aufmerksamkeit auf sich lenken. Er musste warten. In der Schlange bleiben und warten. Warten, einfach warten.

Vielleicht war es gar nicht Vargus gewesen. Seine Gedanken begannen wieder um den Steinbruch zu kreisen. Was war mit diesem anderen Typen – Racine? Luc Racine. Luc mit „c" hatten sie am unteren Rand des Fernsehbildes eingeblendet. Der Name kam ihm bekannt vor. Waren sie sich schon begegnet? Ja, er war sich dessen ziemlich sicher. Aber wo? *Wo, wo, wo?* Wo hatte er ihn schon gesehen? War der Alte ihm etwa gefolgt? War er es gewesen, der Vargus auf den Steinbruch aufmerksam gemacht hatte? Was konnten die beiden vorhaben? Waren sie in den Steinbruch gegangen, um zu graben? Aber nach was oder nach wem?

Wie hatten sie es herausgefunden? Vargus war dumm, ein Tier. Aber dieser Racine, der vielleicht nicht. Vielleicht wusste der was? Ja, Luc Racine musste etwas wissen.

Aber wie war das möglich? Er war doch sorgfältig gewesen. Und immer sehr vorsichtig. Auch wenn er die Ausrüstung benutzte, hinterließ er jedes Mal alles so, wie er es vorgefunden hatte. Niemand konnte etwas wissen. Ja, er war sorgfältig gewesen, sehr sorgfältig sogar.

Doch das war jetzt gleichgültig. Den Steinbruch konnte er nicht mehr benutzen. Nie, nie mehr. Die ganze Gegend wimmelte nur so von Bullen und Reportern. Und er steckte hier in der Autoschlange wie einer der Gaffer. Die waren schlimmer als die Idioten, die jeden Herbst die Straßen verstopften und sich das bunte Laub der Bäume ansahen. Das ging bald wieder los. In den nächsten Wochen. Lange Autoschlangen schoben sich über die Nebenstrecken, und die Leute glotzten die Bäume an, als hätten sie noch nie bunte Blätter gesehen. *Dumme, dämliche Idioten.* Okay, dann tat er jetzt so, als wäre er auch einer. Nur dieses eine Mal, nur um den Aufruhr da drüben zu sehen und die Lage zu peilen, um einzuschätzen, was da los war.

Schließlich konnte er abbiegen und entkam in eine Seitenstraße. Niemand folgte ihm. Die anderen konnten und wollten nichts von der Sensation versäumen. Er fuhr die gewundene Straße hinauf und spürte, wie die Anspannung aus seinem Rücken wich. Aber nur ein bisschen. Es gab immer noch genügend Dinge, um die er sich sorgen und kümmern musste. Doch er musste ruhig und gelassen werden. Er durfte nicht zulassen, dass die Panik zurückkehrte. Panik und Schmerzen konnten ihn paralysieren, wenn er nicht aufpasste. *Er durfte es nicht zulassen, nicht zulassen.* Dieser Schmerz, der ihm aus der Kindheit vertraut war, konnte immer noch unerwartet zuschlagen, scharf und intensiv, als hätte er eine Packung Nägel und ein Filetiermesser geschluckt.

Er musste jetzt aufhören zu grübeln und sich an die Arbeit machen. Aber wie konnte er das, wenn ihm diese Gedanken durch den Kopf jagten? Wie sollte er funktionieren? Was sollte er tun? Was konnte er tun, da er keine sichere Deponie mehr hatte?

12. KAPITEL

Adam Bonzado blickte auf die Stücke, die der Kriminaltechniker namens Carl auf einer Plastikplane ausgebreitet hatte. Einige hatte er schon in Beutel gegeben und mit Etiketten versehen, je nach Fundort und Vermutung, was es sein könnte. Nach einem ersten Überblick konnte Adam bereits sagen, dass die Teile mindestens von zwei Leichen stammten.

„Der Hund hat das hier gebracht", sagte Carl und deutete auf etwas, das ein linker Fuß sein musste.

Adam nahm es vorsichtig mit Handschuhen auf und betrachtete es von allen Seiten. Die meisten Zehenglieder fehlten. Metatarsus und einige Tarsalglieder wurden jedoch von dem wenigen noch vorhandenen Gewebe zusammengehalten. Sogar das Fersenbein hing noch daran.

„Haben Sie die restliche Leiche gefunden?"

„Nein. Und ich bezweifle, dass wir sie finden werden. Einige Fässer sehen durchgerostet aus. Da haben sich vermutlich schon Füchse oder andere Tiere bedient. Überall im Bezirk können Leichenteile verstreut liegen."

„Wie viel brauchen Sie, um eine Person zu identifizieren?", fragte Sheriff Henry Watermeier und betrachtete das Knochensortiment.

„Das hängt von vielen Dingen ab. An dem hier ist noch genügend Gewebe", erklärte Adam und gab Carl den Fuß zurück. „Daraus bekommen wir eine DNA. Aber das nützt uns nicht viel, wenn wir keine Vergleichs-DNA haben."

„Damit ich den Vorgang richtig verstehe", sagte Watermeier in einem Ton, der Adam nach Erschöpfung zu klingen schien. „Wir können eine Person nur über ihre DNA identifizieren, wenn wir bereits etwas von dieser Person besitzen, wie zum Beispiel Haarproben, um deren DNA zu vergleichen."

„Man kann auch eine umgekehrte DNA-Analyse machen, wenn man jemand Bestimmtes sucht. So hat man einige Opfer am World Trade Center identifiziert."

„Was meinen Sie mit umgekehrter Analyse?"

„Sagen wir, eine Person wird vermisst, wir haben aber keine DNA von ihr, um unsere Probe damit zu vergleichen. Dann bestimmt man die DNA von einem Elternteil oder beiden oder manchmal von Geschwistern, um zu sehen, ob es genügend Übereinstimmungen mit der Probe gibt. Das kann ein bisschen kompliziert werden, aber es funktioniert."

„Mit anderen Worten", sagte Watermeier, „wir werden vielleicht nie erfahren, wessen Scheißfuß das ist."

„Wenn wir genügend Körperteile finden, die zur selben Person gehören, könnte ich vielleicht Stück für Stück ein Profil erstellen. Sie wissen schon, es zumindest einengen auf männlich oder weiblich. Vielleicht kann ich Ihnen ein ungefähres Alter nennen. Dann haben Sie einen Anhaltspunkt, den Sie mit der Vermisstenliste abgleichen können."

„Haben Sie eine Ahnung, wie viele Leute jedes Jahr vermisst gemeldet werden, Bonzado?"

Adam zuckte die Achseln. „Ja, okay, Sie haben recht. Wir werden vielleicht nie erfahren, wessen Scheißfuß das ist."

Carl brachte noch ein paar Knochenstücke heran. Einige waren eindeutig vergraben gewesen, wie Adam erkannte. Sie hatten durch die Erde eine rötlich schwarze Färbung angenommen. Er deutete auf ein kleines weißes Stück. „Ich glaube, das ist kein Knochen."

„Nein?" Carl nahm ihn auf, um ihn genauer zu betrachten. „Sind Sie sicher? Für mich sieht das nach Knochen aus." Er reichte Adam das Stück.

„Das lässt sich leicht feststellen", erwiderte Adam, nahm das Stück an den Mund und berührte es mit der Zungenspitze.

„Guter Gott, Bonzado! Was in aller Welt tun Sie denn da?“

„Knochen ist im Gegensatz zu Stein porös“, erklärte Adam. „Wenn es Knochen ist, klebt er an der Zunge.“ Er warf das Stück zu Boden. „Das da ist nur Stein.“

„Wenn es Ihnen recht ist“, erwiderte Carl, dem von Adams Demonstration offenbar mulmig geworden war, „sammele ich das Zeugs nur ein, und Sie dürfen es identifizieren.“

„Dabei fällt mir ein …“ Adam sah Sheriff Watermeier an. „Haben Sie etwas einzuwenden, wenn ich ein paar von meinen Studenten mitbringe? Sie können mir helfen, die Fundstücke zu sichten.“

„Ich kann nicht zulassen, dass Sie hier draußen Vorlesungen halten, Bonzado.“

„Nein, natürlich nicht. Kommen Sie, so weit können Sie mir schon trauen. Nur zwei oder drei graduierte Studenten. Es sieht mir ganz danach aus, als könnten Sie die Hilfe gebrauchen. Ich meine wirkliche, körperliche Hilfe beim Graben und Einsammeln, oder was immer getan werden muss. Wir rühren nur an, was wir Ihrer Meinung nach anrühren dürfen. Also, Henry, wenn Carl schon beim Absuchen der Oberfläche so viel Zeug zusammentragen konnte, überlegen Sie mal, wie viel dann beim Umgraben der Steinhaufen zu Tage kommt.“

„Da haben Sie recht.“ Watermeier griff sich unter den Hut und kratzte sich das schüttere graue Haar. Adam bemerkte ein leichtes Hängen der Schulter in der normalerweise straffen Haltung des Sheriffs.

„Wie viele Fässer liegen da?“, fragte Adam.

„Ich weiß nicht genau. Könnten fast ein Dutzend sein. Ich lasse zuerst die Spurensicherung das Gebiet bearbeiten – Fotos machen, Beweisstücke einsammeln. Wenn wir anfangen, die Fässer auszugraben, könnten alle Spuren an der Oberfläche zertrampelt oder verschüttet werden.“

„Das ergibt Sinn."

„Wir werden eine von diesen Planierraupen brauchen, um an die Fässer zu gelangen. Und wir müssen auf Dr. Stolz warten. Er ist als Zeuge geladen, oben in Hartford. Wahrscheinlich kann er erst morgen früh hier sein. Das erste Fass hat sein Assistent geöffnet. Aber da wussten wir noch nicht, dass da noch mehr Leichen liegen. Stolz meint, es sei besser, wenn er bei den nächsten Funden persönlich dabei ist. Ich kann es ihm nicht verübeln. Ich habe die State Patrol gebeten, heute Nacht einige Jungs als Wachen aufzustellen. Es fehlte mir gerade noch, dass sich hier ein paar Medienhyänen einschleichen. Ich gehe kein Risiko ein. In diesem Fall sitzt uns wahrscheinlich sowieso bald der Gouverneur im Nacken."

„So schlimm?"

Watermeier trat näher an Bonzado heran und sah sich um, ob auch niemand mithörte. „Da liegen ein paar Fässer mit durchgerosteten Seiten. Man kann hineinsehen."

„Und?"

„Sieht nicht erfreulich aus, Bonzado", sagte Watermeier leise. „Ich habe so was noch nicht gesehen, und ich habe in meinen Dienstjahren schon einiges erlebt. Aber das hier ist eine verdammte Sauerei."

13. KAPITEL

Luc Racine starrte auf den Fernseher. Er mochte diese Sendung wirklich. Sie lief jeden Abend zur selben Zeit. Wiederholungen. Doch jede Episode erschien ihm neu. Er konnte sich nicht an die Namen der Personen erinnern, bis auf den Vater, weil der ihn an sich selbst erinnerte. Vielleicht nur, weil er auch einen Jack Russell Terrier hatte. Eddie, so hieß der Hund. Typisch, dass er sich an den Namen des Hundes erinnerte.

Er sah sich um und dachte, dass er eine Lampe einschalten sollte. Der Bildschirm war die einzige Lichtquelle im dunkler werdenden Raum. Wann hatte es angefangen, dunkel zu werden? Ihm kam es vor, als hätte er sich gerade erst zum Lunch hingesetzt.

Er hasste die Dunkelheit. Manchmal machte er sich Sorgen, dass er irgendwann vergaß, Licht einzuschalten. Was, wenn er irgendwann nicht mehr wusste, wie ein Schalter funktionierte? Das war ihm schon mit dieser Kiste in der Küche so ergangen. Diesem Ding, dieser Kiste – diesem Ding zum Essenwärmen. Mist. Er konnte sich nicht mal mehr erinnern, wie man das verdammte Ding nannte.

Er langte hinüber und schaltete zwei Lampen an, sah sich um und fragte sich, was mit der Fernbedienung passiert war. Ständig verlegte er sie. Nun ja, er mochte diese Sendung. Deshalb bestand kein Grund, den Kanal zu wechseln. Er lehnte sich zurück, sah fern und kraulte Scrapple abwesend die Ohren. Der Hund war von den Abenteuern des Tages erledigt. Es war doch immer noch Montag, oder?

Das Läuten des Telefons erschreckte Luc. Das geschah jedes Mal, wenn es klingelte, weil er wenig Anrufe erhielt. Trotzdem stand der Apparat aus irgendeinem Grund immer in seiner Reichweite.

„Hallo?“

„He, Pop! Der Sergeant im Department hat mir gesagt, du warst in den Abendnachrichten.“

„Wie habe ich ausgesehen?“

„Pop, verdammte Scheiße, was ist da los bei dir?“

„Mädchen, du weißt, dass ich eine solche Ausdrucksweise nicht mag.“

„Er hat gesagt, du hast in McCartys altem Steinbruch eine Leiche gefunden? Ist das wahr?“

„Calvin Vargus hat ein paar Felsbrocken weggeschoben, und da ist eine Frau aus einem Fass gefallen.“

„Du machst Witze. Wer zum Teufel ist sie?“

„Weiß nicht. Klingt nach einer Geschichte, die eher bei dir da unten in D.C. passiert, was?“

„Sei bloß vorsichtig, Pop. Mir gefällt das nicht. Und ich möchte nicht, dass du allein da irgendwo in der Einöde herumläufst.“

Luc sah auf den Bildschirm. „Frasier“, sagte er, als er den Titel der Sendung eingeblendet sah.

„Was ist los, Pop?“

Diesmal spürte er es, als würde ein Schalter umgelegt. Er blinzelte einige Male, doch es half nichts. Er sah sich im Raum um und geriet in Panik.

Draußen vor den Fenstern war es dunkel. Er hasste die Dunkelheit. Hier im Raum sah er Bücherregale an den Wänden. In der Ecke lag ein Stapel Zeitungen. Bilder hingen an den Wänden, und an der Tür hing ein Jackett. Nichts von alledem kam ihm bekannt vor. Wo war er bloß?

„Pop, bist du okay?“, schrie ihm jemand ins Ohr. „Was zum Teufel ist da los?“

Sie schrie, doch es klang, als spräche sie durch einen Windkanal. Da war ein Echo. Das Echo verworrener Worte, unterbrochen von einem Bellen. Und diesem Bellen folgte noch eines und noch eines.

Manchmal war es, als wache er erschrocken aus tiefem Schlaf auf. Diesmal weckte ihn Scrapple, der vor ihm saß, ihn fixierte und ihn rhythmisch anbellte, als gebe er einen Morsecode durch.

„Pop, bist du noch da?“

„Jules, ich bin hier, Mädchen.“

„Alles in Ordnung mit dir?“

„Aber sicher.“

Jetzt herrschte Schweigen am anderen Ende. Er wollte ihr keine Sorgen machen. Schlimmer war, dass ihm sein Zustand peinlich wurde. Er wollte nicht, dass sie erfuhr oder sah, wie sich sein Zustand verschlechterte.

„Hör zu, Pop.“ Ihre Stimme klang jetzt ganz sanft und leise, wie sie als kleines Mädchen gesprochen hatte, lieb und schüchtern. „Ich versuche so schnell wie möglich zu dir zu kommen. Vielleicht in ein paar Tagen, okay?“

„Das muss nicht sein. Mir geht es gut.“

„Sobald ich meinen Dienstplan kenne, sage ich dir Bescheid.“

„Ich möchte nicht, dass du meinetwegen deine Termine umwirfst.“

„Verdammt, mein Beeper. Ich werde gebraucht, Pop. Ich muss los. Und du hältst dich aus allen Schwierigkeiten heraus. Wir reden später nochmal.“

„Halte du dich auch aus Schwierigkeiten heraus. Ich liebe dich.“ Doch sie war schon fort, und der Wählton summte ihm im Ohr. Bei ihrem nächsten Anruf würde er sie überzeugen, dass es ihm gut ging. Das war wichtig. So gern er sie auch bei sich hatte, er musste verhindern, dass sie seine Aussetzer miterlebte. Er könnte es nicht ertragen zu merken, wie peinlich es ihr war oder – schlimmer – wie leid er ihr tat.

Luc sah sich im Raum um, getröstet und beruhigt, weil er seine Umgebung wiedererkannte. Er blickte zum Fenster, hatte in dem Moment jedoch den Eindruck, dahinter bewege sich jemand. Er verharrte. Hatte er sich das eingebildet? Bewegte sich da ein Schatten am rückwärtigen Fenster?

Nein, das war verrückt. Er hatte keinen Motor gehört, keine Autotür, die zuschlug. Da draußen würde niemand im Dunkeln herumlaufen. Er litt unter dem Stress des Tages. Das musste alles Einbildung gewesen sein.

Doch während er den Raum durchquerte, um die Vorhänge zuzuziehen und zu prüfen, ob die Tür verschlossen war, sah er, dass Scrapple immer noch das Fenster beobachtete. Der Hund hatte lauschend die Ohren aufgerichtet und wirkte ängstlich.

Er hatte vermutet, der Hund hätte gebellt, um ihn aus seiner Trance zu holen. Aber vielleicht hatte Scrapple auch jemanden gesehen?

14. KAPITEL

Es war fast Mitternacht. Geduckt zwischen Bäumen verborgen sah er vom Kamm aus zu. Von hier konnte er in den Steinbruch hinabblicken, obwohl fast nichts mehr los war. Nur ein paar Officer der State Patrol winkten mit Taschenlampen und stellten Fackeln auf. Einige Medienvans waren schon abgefahren. Die Zurückgebliebenen hatten auf den Dächern grelle Scheinwerfer montiert. Was glaubten die da zu sehen?

Sein Zorn war vorläufig tiefer Erschöpfung gewichen. Der Magen schmerzte ihm vom vielen Übergeben. Seit seiner Kindheit hatte er sich nicht mehr so heftig erbrochen. Er hasste es, wenn er die Kontrolle verlor. *Hasste, hasste, hasste es.* Selbst jetzt, als er zusah, wie man in sein Versteck eindrang und es entweihte, konnte er die Krämpfe nicht beherrschen, diesen schneidenden Schmerz, der ihm die Eingeweide aufzureißen schien.

Und das alles nur wegen dieses einen Mannes, der ihn offenbar fertig machen wollte. Er konnte das Haus des Alten in der Ferne sehen, eigentlich nur das diffuse gelbe Licht, das durch die Vorhänge des vorderen Zimmers fiel. Er wusste aus näherer Erkundung, dass dort der Wohnraum lag. Er hatte sich eingeprägt, wo das Sofa mitten in dem großen Raum stand, gegenüber dem breiten Fenster, vor dem sich ein Fernseher auf einem billigen Rollwagen befand. So konnte der Mann fernsehen und zugleich jeden im Auge haben, der die lange Zufahrt heraufkam.

Als er Luc Racine in den Nachrichten gesehen hatte, war der ihm sofort bekannt vorgekommen. Er wusste, dass sie sich schon begegnet waren, aber da war noch eine zweite Erinnerung, die ihn den ganzen Tag nicht losgelassen hatte. Und plötzlich fiel es ihm blitzartig ein. Ja, die Blitze, die Donnerschläge.

Der alte Mann war Samstagnacht im Hubbard Park gewesen. Trotz Regen und Gewitter war er mit seinem dummen kleinen

Hund dort umhergewandert. Wie hatte er das nur vergessen können? Ja, er erinnerte sich an die komische schwarze Kappe auf dem silbrigen Haar. Er hatte sogar gesehen, wie er Joan die Richtung zum West Peak gezeigt hatte. Um von dem Alten nicht entdeckt zu werden, hatte er vorsichtig abgewartet, bis der wieder gegangen war. Deshalb war er zu spät gekommen, obwohl er Verspätungen verabscheute.

Trotz aller Vorsichtsmaßnahmen wusste der Alte also Bescheid. Zumindest wusste er irgendetwas. Vielleicht hatte er ihn ja doch in jener Nacht entdeckt und sich im Dunkeln versteckt gehalten? Aber was konnte er gesehen haben? Und wie in aller Welt hatte er die Sache mit dem Steinbruch herausgefunden?

Nein, nein, nein. Das ergab alles keinen Sinn.

Falls der alte Mann etwas gewusst und den Sheriff informiert hätte, wäre der längst mit einem Haftbefehl zu ihm gekommen. Aber was für ein Spiel trieb der Alte? Wollte er ihn einfach nur zermürben, war es das? Warum sollte er das tun?

Noch so eine chaotische Sauerei, und er hasste Sauereien. Seine Mutter hatte ihn immer gezwungen, seine eigene Sauerei wegzumachen. Sie hatte neben ihm gestanden, und wenn er nicht schnell genug gewesen war, hatte sie ihn mit dem Gesicht ins Erbrochene gedrückt.

„Du hast es gemacht, du machst es weg“, hörte er sie noch keifen.

Also musste er anfangen, auch diese Sauerei wegzumachen, und zwar rasch.

15. KAPITEL

Dienstag, 16. September

Maggie sammelte am Flughafen ihre verstreuten Schlüssel, das Abzeichen und ihr Handy vom Band der Sicherheitsschleuse, während sie die umgekippte Plastikschale beiseite schob und gleichzeitig versuchte, ihren ankommenden Laptop vom Band zu angeln. Sie drückte mehrere Knöpfe am Handy und klemmte es zwischen Schulter und Ohr ein, während sie den Laptop wieder in seine Umhüllung schob. Inzwischen sollte sie Übung darin haben, aber immer wieder kämpfte sie mit den Velcro-Gurten, die den Computer hielten.

„Hallo", sagte eine Stimme in ihr Ohr.

„Gwen, ich bin's, Maggie. Gut, dass ich dich erwische."

„Wo steckst du denn? Du klingst, als würdest du vom Grund des Potomac anrufen."

„Nein, nicht vom Grund des Potomac. Viel schlimmer. Sicherheitsüberprüfung am National Airport." Sie lächelte, als sie sah, dass eine der Beamtinnen über ihre Bemerkung die Stirn runzelte. Prompt winkte sie Maggie mit ihrem Abtaststab beiseite. „Oh Mist, warte eine Minute, Gwen."

„Arme seitlich ausstrecken", kommandierte die Frau. Maggie stellte ihren Laptop auf einen Stuhl, legte das Telefon darauf und folgte den Anweisungen, die sie auswendig kannte. So war das immer. Ständig wurde sie herausgewinkt, und sofort fing das Prüfgerät an zu piepsen.

Sie nahm Schlüssel und Abzeichen aus der Tasche und legte sie ebenfalls auf den Laptop.

„Setzen Sie sich und ziehen Sie bitte die Schuhe aus."

Maggie schlüpfte aus den flachen Schuhen und hielt dem Gerät die Sohlen hin. Dabei lächelte sie die Frau die ganze Zeit an. Die erwiderte die höfliche Geste jedoch nicht. Mit einem knappen Nicken ließ sie von Maggie ab und ging wieder zu den Schleusen, um den nächsten potenziellen Terroristen oder den nächsten Klugscheißer zu fangen.

Maggie nahm ihr Handy auf. „Gwen, bist du noch da?"

„Du lernst es wohl nie", begann ihre Freundin zu tadeln. „Du bist FBI-Agentin. Gerade du solltest wissen, wie wichtig die Sicherheit am Flughafen ist. Und trotzdem kannst du es dir nicht verkneifen, die Leute zu ärgern."

„Ich ärgere niemanden. Ich kann nur nicht einsehen, warum ich am Schalter mit meinem Gepäck auch meinen Humor abgeben soll."

„Ich dachte, du hättest dir freigenommen. Wohin schickt dich Cunningham denn diesmal?"

„Es geht nach Connecticut."

Schweigen, so ausgeprägt, dass Maggie schon glaubte, die Verbindung sei unterbrochen.

„Gwen?"

„Hast du etwas über Joan herausgefunden?"

„Nein, noch nicht." Maggie suchte Flugsteig 11. Natürlich war es der, wo die Passagiere bereits an Bord gingen. „Ich dachte mir, ich suche selbst nach ihr. Vielleicht entdecke ich sie ja am Pool des Ramada Plaza Hotels beim Piña-Colada-Schlürfen."

„Maggie, das habe ich nicht von dir verlangt. Ich dachte nur, du hättest das vielleicht mit ein paar Telefonaten erledigen können. Du solltest nicht für mich nach Connecticut fliegen, schon gar nicht in deinem Urlaub."

„Warum nicht? Du sagst mir doch immer, ich müsste mal raus." Wo hatte sie bloß ihre Bordkarte hingesteckt? Gewöhnlich schob sie die in die Jackentasche.

„Du musst auch raus, um wirklich Urlaub zu machen. Wann war dein letzter richtiger Urlaub, Maggie?"

„Ich weiß nicht. Letztes Jahr war ich in Kansas City." Sie begann die vielen Fächer ihrer Computertasche zu durchsuchen. Irgendwo musste die Karte doch sein. Tullys Chaotentum schien allmählich auf sie abzufärben.

„Kansas City? Das war vor zwei Jahren. Außerdem war das eine dienstliche Konferenz. Das war kein Urlaub. Weißt du überhaupt, was Urlaub ist?"

„Natürlich weiß ich das. Das ist doch diese Sache, wo man sich irgendwo am Strand lümmelnd mit Piña Coladas, diesen Drinks mit den kleinen rosa Schirmchen, beduselt, sich einen schrecklichen Sonnenbrand holt und Sand an Stellen hat, wo ich wirklich keinen haben will. Das ist nichts, was mich interessieren könnte."

„Und in deinem Urlaub nach einer Vermissten zu suchen interessiert dich mehr? Also, wenn du schon mal nach Connecticut fliegst, könntest du vielleicht einen gewissen Herrn in der Nachbarschaft aufsuchen."

„Da ist sie ja", sagte Maggie erleichtert, als sie die Bordkarte entdeckte. Sie war hinter den Laptop gerutscht, vermutlich als sie mit den Haltegurten gerungen hatte. Sie ignorierte Gwens Bemerkung über den gewissen Herrn, womit nur ein gewisser stellvertretender Staatsanwalt in Boston gemeint sein konnte. „Gwen, wenn es da noch etwas gibt, was du mir über Joan Begley sagen müsstest, wäre jetzt der geeignete Zeitpunkt dafür."

Schweigen am anderen Ende der Leitung.

„Gwen?"

„Ich habe dir alles gefaxt, was ich dir mitteilen kann."

Maggie bemerkte die sorgfältige Wortwahl. „Also Gwen, ehe du es aus den Nachrichten erfährst, da gibt es etwas, das du wissen solltest. Gestern Morgen wurde in einem Steinbruch außerhalb von Wallingford eine Frauenleiche entdeckt."

„Oh mein Gott! Es ist Joan, oder?"

Maggie mochte nicht hören, welche Panik in Gwens Stimme mitschwang. Immerhin blickte sie zu dieser Frau auf, wenn sie Stärke und Unterstützung brauchte.

„Nein, das weiß ich nicht. Ich hätte es nicht erwähnt, wenn es nicht bereits in den landesweiten Nachrichten gebracht worden wäre. Man hat sie noch nicht identifiziert. Ich habe versucht, den Sheriff zu erreichen, der die Ermittlung leitet. Er soll mich zurückrufen, aber ich stehe sicher am Ende einer sehr langen Liste." Maggie stopfte sich das Handy wieder zwischen Hals und Schulter, während sie für die Stewardess Ausweis und Ticket bereithielt. „Gwen, ich muss jetzt an Bord. Ich rufe dich an, sobald ich etwas weiß, okay?"

„Maggie, danke, dass du das tust. Ich hoffe, es ist nicht Joan, aber ich muss dir gestehen, ich habe kein gutes Gefühl bei der Sache."

„Versuch dir keine Sorgen zu machen. Ich melde mich wieder."

Sie schob das Handy in die Tasche, als die Stewardess nach ihrem Ticket griff.

Endlich an Bord suchte sie wieder in allen Taschen – warum war sie plötzlich so unorganisiert? – nach dem Taschenbuch, das sie am Flughafen erstanden hatte: Lisa Scottolines neuesten Gerichtskrimi. Ihr letzter hatte sie während des Flugs glatt vergessen lassen, dass sie sich 38000 Fuß über der Erde befand. Mit dem Buch entdeckte sie auch den Briefumschlag, den sie in letzter Minute in ein Seitenfach geschoben hatte, als sie sich entschloss, die Akte daheim zu lassen.

Sie schob ihr Bordcase ins Gepäckabteil über dem Kopf und quetschte sich in den Fenstersitz. Eine kleine grauhaarige Frau zappelte nervös auf dem Nachbarsitz herum. Maggie öffnete ihr Taschenbuch, um zu lesen, doch ihr Blick blieb auf dem Briefumschlag haften.

Gwens Bemerkung, sie solle einen gewissen Herrn in der Nachbarschaft besuchen, hatte sich offenbar auf Nick Morelli bezogen. Der Vorschlag kam nicht von ungefähr. Nick lebte in Boston, vermutlich nur eine Autostunde vom Herzen Connecticuts entfernt. Die kleine Romanze, die sich vor einigen Jahren bei gemeinsamen Ermittlungen zwischen ihr und Nick entwickelt hatte, war jedoch während ihres langen Scheidungsverfahrens im Sande verlaufen. Sie hatte keine neue Beziehung eingehen wollen, ehe die Scheidung nicht ausgesprochen war. Weniger aus rechtlichen Gründen als vielmehr, weil sie sich dem emotionalen Stress nicht gewachsen fühlte.

Wenn sie ehrlich war, musste sie jedoch zugeben, dass sie ihren Gefühlen für Nick Morelli nie richtig getraut hatte – zu leidenschaftlich und zu intensiv waren sie gewesen. Was ihnen an gemeinsamen Interessen fehlte, hatten sie an gegenseitiger Anziehung wettgemacht. Die Chemie zwischen ihnen hatte nicht nur gestimmt, ihre Gefühle waren geradezu explodiert. Das genaue Gegenteil hatte sie in ihrer Ehe mit Greg erlebt. Vielleicht hatte vor allem das sie an Nick so angezogen.

Dann im letzten Jahr, irgendwann vor dem Erntedankfest, hatte sie Nick angerufen. Eine Frau hatte sich gemeldet und ihr mitgeteilt, Nick könne nicht ans Telefon kommen, weil er unter der Dusche stehe. Von da an hatte sie Distanz gewahrt, was sich in immer selteneren Anrufen, versäumten Rückrufen oder nicht beantworteten Nachrichten auf dem Anrufbeantworter ausdrückte.

Sie hatte nicht von Nick verlangt, dass er auf sie wartete, bis sie frei war. Auch wenn sie über die Frau am Telefon ein wenig überrascht gewesen war – und, zugegeben, auch ein wenig gekränkt –, hatte die Entdeckung, dass er sein Leben ohne sie fortsetzte, in den Tagen danach auch etwas Erleichterndes gehabt. Sie fühlte sich in ihrem Entschluss bestärkt, dass es besser war, allein zu bleiben, wenigstens für eine Weile.

Die Stewardess unterbrach ihre Gedanken mit den Notfallanweisungen, die Maggie geflissentlich ignorierte. Die Frau neben ihr suchte jedoch fieberhaft in der Sitztasche vor ihr nach den Sicherheitsempfehlungen. Maggie nahm ihr Exemplar heraus und reichte es der Frau, die eifrig mit dem Zeigefinger die Liste durchging, um ja nichts zu versäumen.

Maggie öffnete endlich ihr Taschenbuch und begann zu lesen, wobei sie den Briefumschlag als Lesezeichen benutzte.

16. KAPITEL

Lillian Hobbs kam mit einem Arm voll Taschenbücher und setzte sie vorsichtig auf dem Auslagentisch ab, wo Rosie gerade ein neues Schaugestell aufbaute. Rosie hatte wieder mal eine exzellente Idee gehabt, doch Lillians Gedanken schweiften ab. Wie sollte sie sich konzentrieren, wenn alle halbe Stunde ein anderer Medienvan vorbeirauschte? Das war weitaus interessanter als der übliche Blick auf die kahlen grauen Grabsteine jenseits der Mauer des Center Street Friedhofs.

Heute Morgen hatten sie ein halbes Dutzend auswärtige Reporter bedient, während im neuen tragbaren Fernseher *Good Morning America* gelaufen war. Vielleicht war es nur eine Frage der Zeit, bis Diane Sawyer oder Charlie Gibson sich an ihrem kleinen Kaffeetresen einfanden. Tatsächlich glaubte Lillian, einen Reporter erkannt zu haben, der einen doppelten Espresso bestellt hatte. Sie hatte ihn in Fox News gesehen, aber sie erinnerte sich nicht an den Namen.

Sie sah die Bücher durch und behielt dabei die Schaufensterscheibe im Auge. Rosie hatte vorgeschlagen, auf einem Tisch nur Mordgeschichten auszustellen, dazu vielleicht ein oder zwei Sachen über Serientäter. Das passte zweifellos zur gegenwärtigen Atmosphäre, obwohl es ein wenig makaber war. Rosie hielt es für eine gute Geschäftsidee. Lillian fürchtete allerdings, dass sich der eine oder andere daran stoßen und es geschmacklos finden könnte. Sie überwand ihre Bedenken jedoch, als ihr klar wurde, dass sie auf diese Weise ihre Lieblingsautoren herausstellen konnte.

Vieles von dem, was heutzutage geschah, erinnerte sie an Fälle aus Büchern, die sie gelesen hatte. Diese Geschichte im Steinbruch bildete da keine Ausnahme und klang in der Tat, als sei sie der Fantasie von Jeffrey Deaver oder Patricia Cornwell entsprungen. Mit Fiktion konnte Lillian gut umgehen. Krimis waren riesige Puzzle, deren Einzelteile nur darauf warteten, geordnet und richtig zusammengefügt zu werden. Was gewöhnlich zu einem aufregenden Höhepunkt und einer sauberen, ordentlichen Lösung führte. Und wenn nicht ordentlich und sauber, dann doch wenigstens sinnvoll.

Die Realität war nicht so leicht zu durchschauen und ergab manchmal gar keinen Sinn.

Sie unterbrach das Arrangieren der Bücher, nahm das obere Buch auf und blätterte es durch. In dieser Serie kannte sie alle Protagonisten, die Handlungsstränge und die Vorgehensweise der Killer. Sie konnte sogar einige Lieblingsstellen auswendig aufsagen. Aber diese Morde vom Steinbruch waren sonderbar.

Die Realität übertraf mal wieder jede Fiktion. Sie ertappte sich dabei, die realen brutalen Morde gedanklich zu analysieren, wie den Krimi eines neuen Autors, wo sie beim Lesen so viele Hinweise wie möglich suchen würde, um das Rätsel zu lösen. Automatisch hatte sie schon begonnen, das Profil des Killers zu erstellen, wobei sie Wesensmerkmale und deren Abweichungen heranzog, wie sie es von den Meistern ihres Faches wie Cornwell, Deaver oder Patterson gelernt hatte.

Ein anderer fand ihre Überlegungen bestimmt albern, weshalb sie ihre Gedanken auch für sich behielt. Allerdings versuchte sie Rosie alle Informationen zu entlocken, die Henry, deren Mann, vielleicht ausgeplaudert hatte.

Lillian stapelte die Taschenbücher zu einer kreativen Pyramide und wählte dann ein halbes Dutzend aus, die aufrecht stehen sollten, wobei sie die innovativen neuen Plastikständer benutzte, zu deren Kauf Rosie sie überredet hatte. Sie packte den blendend weiß-blauen Einband von Dennis Lehanes *Mystic River* zwischen den schwarz-roten von Jan Burkes *Bones* und die schwarz-weiße schwer zu findende Ausgabe von *The Prettiest Feather* von John Philpin und Patricia Sierra. Dies war eine ausgezeichnete Gelegenheit, Rosie zu beweisen, dass ihre zwanghaften Käufe letztlich kluge finanzielle Entscheidungen waren.

Die Türglocke läutete, und Lillian blickte über die Schulter. Ihr Bruder Wally grüßte, indem er winkend einen Finger hob. Sie erwiderte den Gruß und bemerkte unwillig, dass Calvin Vargus ihm folgte. Calvin füllte mit seiner massigen Gestalt und dem donnernden Lachen sofort den Laden. Er klopfte Wally auf den Rücken, was bei seiner Pranke eher dem Schlag mit einem Tennisschläger gleichkam.

Lillian widmete sich wieder ihrem Arrangement. Sie wollte gar nicht wissen, über was die beiden lachten. Da gab es immer etwas, das sie für lustig hielten. Aber sie verabscheute es zu sehen, wie Wally Calvins Misshandlungen hinnahm. Obwohl Wally es niemals so nennen würde.

Ihr Bruder und sein Geschäftspartner hatten eine eigenartige Beziehung zueinander. Calvin hatte sich zu einer größeren und noch gemeineren Ausgabe des Tyrannen entwickelt, der er bereits während ihrer gemeinsamen Schulzeit gewesen war. Wally, der ewige Tölpel, schien zufrieden oder sogar erfreut, dass er den Tyrannen jetzt auf seiner Seite hatte, ungeachtet der Folgen für ihn. Lillian schob sich in einer raschen, nervösen Geste die Brille auf die Nase. Sie war nicht die Einzige, der das seltsame Arrangement der beiden Männer auffiel. Warum sonst hießen sie überall nur Calvin und Hobbs, nach dem Comicstrip über den fantasievollen, manchmal seltsamen kleinen Jungen und seinen imaginären Tiger, der ausschließlich in Calvins Gegenwart lebendig wurde.

Lillian beobachtete den üblichen Auftritt des Tyrannen mit seinem willigen irischen Trottel. Doch heute sah sie es nicht nur angewidert, sondern auch beschämt. Warum war ihr Bruder so schwach, warum wehrte er sich nicht? Es schien, als genieße er die Aufmerksamkeit, gleichgültig, zu wessen Lasten sie ging. Warum sonst ließe er es sich gefallen? Vielleicht lag es aber auch an jahrelanger Gewohnheit, dass er einfach stillhielt. Vielleicht war das Aufwachsen bei einer tyrannischen Mutter, die oft im selben Satz strafte und lobte, der wahre Grund für seine Duldsamkeit.

Vielleicht empfand sie weniger Scham als vielmehr Reue, dass sie als ältere Schwester ihren Bruder nicht hatte beschützen können. Aber wie hätte sie das anstellen sollen? Schließlich war sie auch nicht von den Attacken der Mutter verschont geblieben. Allerdings hatte sie Trost in Büchern gesucht und gefunden. Sie hatte gelernt, in ihre Fantasiewelt zu entfliehen, zu fantastischen Freunden, an fantastische Orte. Wally hatte dieses Glück nicht gehabt. Merkwürdig, wie einige Morde in der Nähe solche Erinnerungen ausgruben. Ausgruben! Ach herrje, was für ein Lapsus. Lillian musste schmunzeln.

Calvin prahlte, wie er die erste Leiche gefunden hatte. Er brüstete sich mit der Geschichte, die er in immer neuen Varianten erzählte. Wie oft wohl in den letzten vierundzwanzig Stunden? Und jedes Mal kamen zur Ausschmückung weitere Details hinzu, die er in der Ursprungsfassung wohl vergessen hatte.

„Ich wusste sofort, dass sie tot ist", verkündete er lautstark einem neuen Publikum, das auf jedes grausige Detail lauerte. „Ich konnte sehen, dass man ihr den verdammten Schädel eingeschlagen hatte. Da war überall Blut. Es tropfte aus dem Fass. Eimerweise. Zum Glück war der alte Wally nicht bei mir. Der ist so'n Weichei, der hätte das Frühstück der ganzen letzten Woche ausgekotzt. Stimmt's nicht, Wally?" Calvin wuschelte ihm mit seiner riesigen Pranke das Haar, als wäre er ein kleines Kind.

Lillian verdrehte die Augen und merkte, dass Wally sie ansah. Obwohl sein Partner ihn niedermachte, blieb er neben ihm am Kaffeetresen stehen, ein dümmlich schiefes Lächeln im Gesicht.

„Unsere ganz eigene Kaffeehausunterhaltung", sagte Rosie, stellte sich neben Lillian und zog einige Taschenbücher aus dem Regal hinter ihr.

„Sollen wir sie bitten zu gehen?“, fragte Lillian. Aus Sorge, Rosie könnte sie auffordern, das zu übernehmen, zog sich ihr gleich der Magen zusammen.

„Nein, mach dir nicht die Mühe. Die Leute sind gierig nach Informationen. Sieh sie dir doch an.“ Sie deutete auf die wachsende Menge um Calvin und Wally. „Ist gar nicht so übel, wenn unser kleiner Buchladen zur Informationsbörse wird, an der man sich die grausigen Details holt. Es macht dir doch nichts aus, oder?“

„Nein, natürlich nicht. Aber hat Henry nichts dagegen?“

„Es ist nicht Henrys Laden“, entgegnete Rosie knapp, und Lillian wusste, dass sie etwas Falsches gesagt hatte. „Außerdem, wenn sie die Informationen woanders bekommen können, hören sie vielleicht auf, Henry zu belästigen.“

Lillian verzichtete auf den Hinweis, dass Calvins Informationen vermutlich falsch oder erfunden waren. Sie sah, dass Rosie zu lächeln begann. Die Sorgen der letzten vierundzwanzig Stunden zeigten sich bereits in neuen Linien um ihre Mundpartie und auf der Stirn. Lillian dachte oft, was für eine Schönheit Rosie, die einstige High School Prom Queen, immer gewesen war. Man sah es heute noch. Rosie war immer noch eine attraktive Frau. Und sogar die neuen Linien entstellten ihr Gesicht nicht etwa, sondern machten es interessant.

Da bemerkte Lillian, was die Miene ihrer Partnerin aufgehellt hatte. Ihr großer strammer, gut aussehender John-Wayne-Verschnitt von Ehemann war durch die Tür gekommen. Alle Aufmerksamkeit richtete sich plötzlich auf Henry, der auf dem Weg zur Kaffeebar jedoch allen Fragen auswich.

„Ich gehe besser hin und rette ihn“, sagte Rosie lächelnd.

Während Rosie ihren Mann begrüßte, bemerkte Lillian ihren Bruder Wally aus dem Hinterausgang schleichen. Und er hatte noch nicht einmal seine tägliche Bärentatze und das Glas Milch gehabt.

17. KAPITEL

Sheriff Henry Watermeier schob sich an Kameras und rufenden Reportern vorbei. Die hübsche Kleine mit den dicken Brillengläsern war ihm überall hin gefolgt. Vorhin hatte sie im Buchladen auf ihn gewartet, als wüsste sie, dass er jeden Morgen dort vorbeischaute. Aber jetzt hatte sie einen Kameramann dabei, und die Kamera lief. Er merkte es daran, dass sie ihre dicken Brillengläser, die dem Boden einer Colaflasche nicht unähnlich waren, abgenommen hatte. Das tat sie immer, sobald die Kamera eingeschaltet wurde. Er fragte sich, wie sie mit diesen Brillengläsern ausgerechnet im Nachrichtenjournalismus gelandet war.

„Sheriff Watermeier, stimmt es, dass mehr als hundert Leichen im Steinbruch begraben sein könnten?"

„Hundert Leichen?" Er lachte. Das war zwar keine angemessene Reaktion angesichts der Morde, doch ihre Frage war einfach lächerlich. „Das wollen wir doch nicht hoffen."

„Was ist dran an den Gerüchten, einige Leichen seien Kannibalismus zum Opfer gefallen. Können Sie sich dazu äußern, Sheriff?"

Er unterließ es, die Augen zu verdrehen. „Wir werden versuchen, später einige Ihrer Fragen zu beantworten, wenn wir mehr wissen."

Er ging weiter, ohne sich umzudrehen – trotz der auf ihn eindonnernden Fragen, trotz klickender Fotoapparate und summender Videokameras. Er wusste, dass er sich den Medien stellen musste, und zwar bald. Vorhin hatte er einen Anruf von Randal Graham erhalten, dem Assistenten des Gouverneurs. Und der gute alte Randal hatte ihn angewiesen, die Angelegenheit auf kleiner Flamme zu kochen. Laut Randal war der Gouverneur hochgradig besorgt, die landesweiten Medien könnten diese Morde als die schlimmsten Serientötungen in der Geschichte Connecticuts einstufen.

Er hätte diesem Wiesel Graham gern gesagt, dass das wahrscheinlich sogar stimmte. Und wenn er die Sache auf kleiner Flamme gekocht haben wollte, dann solle er seinen Hintern gefälligst herbemühen und selbst dafür sorgen. Stattdessen hatte er dem Assistenten des Gouverneurs erwidert, dass er alles unter Kontrolle habe. Mit anderen Worten, er hatte gelogen.

Dicker Taubelag glitzerte in der Morgensonne auf dem hohen Gras, als er den Steinbruch betrat. Hier konnte er die Reporter nicht mehr hören, da Felsen und Bäume das Gebiet abschlossen. Henry sah sich um. Das zurückgelassene, verrostete Transportbandsystem oberhalb der strahlend gelben Planierraupe von Vargus und Hobbs wirkte an diesem abgeschiedenen Ort deplatziert. Es war wirklich schön hier. Riesige Trittstufen führten die Bergwand hinauf, geschützt von dichtem Immergrün sowie Eichen- und Walnussbäumen mit gelben und orangeroten Blättern. Er musste dem Täter zugestehen, klug gewählt zu haben, als er den Steinbruch zu seiner Deponie machte.

Er hielt sich zunächst von den Aktivitäten fern und beobachtete, wie Bonzado und seine Studenten Ausrüstung von der Ladefläche seines El Camino luden. Die drei Studenten – eine Frau und zwei junge Männer – waren recht unauffällig. Die Farbenprächtigkeit ihres Professors, der heute ein Hawaiihemd in Pink und Blau, dazu Kakihosen und braune Wanderstiefel trug, ging ihnen völlig ab. Henry musste schmunzeln. Er mochte Bonzado, und er vertraute ihm, was er von seinen eigenen Männern nicht behaupten konnte. Die meisten seiner Leute hatten, außer nach Autounfällen, nie blutige Körper gesehen. Er wusste, dass er sich auf die Leute vom kriminaltechnischen Labor verlassen konnte, aber seine Deputys waren unsichere Kantonisten. Wie aufs Stichwort sah er Truman einen Reporter anschreien. Auch das noch! Henry erkannte den Mann von NBC News. Na, wunderbar! Das würde sich heute Abend in den *Nightly News* mit Tom Brokaw gut machen.

Die ganze Sache war eine einzige Scheiße. Nicht mal Rosie konnte ihr etwas Positives abgewinnen. Er brauchte jemanden, dem er notfalls die Schuld zuschieben konnte, falls die Ermittlung den Bach runterging. Einen Experten, an dem niemand zweifelte. Dr. Stolz kam dafür schon mal nicht in Frage. Er sah, wie der Rechtsmediziner sich den Weg durch die Reporter bahnte, wieder mal gekleidet, als ginge er ins Gericht: Anzug mit Krawatte und teure Lederschuhe. Schuhe, die ihn … ja, genauso. Stolz glitt auf dem feuchten Gras aus, verlor das Gleichgewicht und wäre fast auf seinem dürren kleinen Hintern gelandet. Henry verkniff sich ein Lächeln und musste fast lachen, als er merkte, dass Bonzado dasselbe tat.

Sein Handy vibrierte in der Jackentasche, und er griff danach. Beverly hatte Anweisung, nur die wichtigen Anrufe durchzustellen. Hoffentlich war es nicht wieder Graham. Er hätte ihn auf die Liste der Unwichtigen setzen sollen.

„Watermeier!“, bellte er ins Telefon.

„Sheriff Watermeier, hier ist Spezialagentin Maggie O’Dell vom FBI.“

„Ich kann mich nicht erinnern, das FBI um Hilfe gebeten zu haben, Agentin O’Dell.“

„Eigentlich dachte ich eher, dass wir uns gegenseitig helfen könnten, Sheriff.“

„Und wie stellen Sie sich das vor?“

„Ich bin Profilerin, und Ihr Fall klingt, als hätten Sie es mit einem Serientäter zu tun.“

Henry hätte das unverhoffte Hilfsangebot fast automatisch abgelehnt. Wieder jemand in der langen Liste von Besserwissern, denen es nur darum ging, Action zu haben. Doch er besann sich.

Ihr Angebot war vielleicht genau das, was er brauchte. So ungern man hier auch Leute von außerhalb hinzuzog, man konnte nur schwer dagegen argumentieren, dass er sich Hilfe von der Bundespolizei holte. Er brauchte Hilfe. Und diese Agentin O'Dell kam ihm als eventueller Sündenbock gerade recht.

„Sie sagten, wir könnten uns gegenseitig helfen. Was wollen Sie von mir, Agentin O'Dell?"

„Ich suche nach einer vermissten Person."

„Ich habe im Moment nicht so furchtbar viel Zeit für Geisterjagden. Mein Terminplan ist voll, wenn Sie verstehen, was ich meine."

„Nein, Sie verstehen mich falsch, Sheriff Watermeier. Hoffentlich irre ich mich, aber ich denke, Sie haben sie bereits gefunden."

18. KAPITEL

Maggie verlangsamte das Tempo ihres Mietwagens und wünschte, sie hätte die quietschenden Bremsen vor Verlassen des Bradley International Airport bemerkt. Sie hätte etwas anderes als einen weißen, frisch gewaschenen Ford Escort nehmen können. Ohnehin verabscheute sie Mietwagen. Von außen sahen sie immer passabel aus, aber im Innern ließen sich die letzten Fahrer nie verleugnen. In diesem Fall war der letzte ein Raucher mit verschwitzten Händen gewesen, was sie mit herabgelassenen Fenstern, dem Schwenken einiger Erfrischungstücher und dem Aroma einer Portion McDonald's-Fritten allerdings übertünchen konnte.

Bei quietschenden Bremsen war das nicht so einfach. Außerdem sah es danach aus, als kämen die Bremsen bald kräftig zum Einsatz.

Der Anstieg in Serpentinen machte sie mindestens so nervös wie die Abfahrt danach. Und die Strecke schien eine Folge von Anstiegen und Abfahrten zu werden, ein Detail, das weder Watermeier noch Tully bei ihrer Wegbeschreibung erwähnt hatten. Tullys Beschreibung hatte ohnehin mehr nach einer Lektion geklungen. Sie hatte noch gedacht, dass ihm offenbar seine Tochter Emma fehlte, da er ihr, wie einem Teenager vor dem ersten Ausflug, Schritt für Schritt den Weg erklärt hatte, als müsste sie sich andernfalls unweigerlich verirren. Ihren Hinweis, sie könnte sich eine Straßenkarte kaufen, hatte er lediglich mit einem Stirnrunzeln quittiert, was bedeutete, es wäre klüger, ihn nicht zu unterbrechen.

Wer hätte gedacht, dass derselbe R. J. Tully, der sich Notizen auf Papierschnipseln, Quittungen, Servietten und Reinigungszetteln machte, bei Wegbeschreibungen so penibel wurde?

Immerhin war er nach zweijähriger Zusammenarbeit endlich

so weit, die Samthandschuhe auszuziehen und sie wie einen echten Partner zu behandeln. Das gefiel ihr.

Sie warf einen Blick auf Tullys Skizze auf dem Beifahrersitz und versuchte die von Watermeier beschriebene Stelle zu finden. Doch ehe sie die auf der Karte entdeckte, sah sie nach der nächsten Kurve bereits das Wasser und auf einem Schild den Hinweis: McKenzie Reservoir. Sofort fand sie den Whippoorwill Drive, der den See überquerte. Danach folgten noch zwei steile Anstiege und ebenso steile Abfahrten, ehe sie die Menschenansammlung neben der Landstraße bemerkte.

Die Straße verfügte in jede Richtung nur über eine Fahrspur, wovon eine völlig mit schwarzen und weißen Medienvans, Fahrzeugen des kriminaltechnischen Labors und mehreren Limousinen blockiert war.

Ein Uniformierter winkte ihr, sie solle weiterfahren. Selbst als sie neben ihm anhielt, schüttelte er noch den Kopf.

„Fahren Sie weiter, Lady. Hier gibt es nichts zu sehen, und ich beantworte keine Fragen."

„Ich bin vom FBI, Spezialagentin Maggie O'Dell." Sie hielt ihre Kennkarte aus dem Fenster. Doch er stand nur unbeeindruckt da, die Hände auf dem Waffengürtel. Sie versuchte es erneut. „Ich habe gerade vor ein paar Minuten mit Sheriff Watermeier telefoniert."

Der Officer nahm sein Walkie-Talkie von der Schulter und hielt ihren Ausweis gegen das Licht, offenbar um sich zu vergewissern, dass er echt war. „Ja, hier ist Trotter. Ich hab hier 'ne Frau im Mietwagen. Sie sagt, sie ist vom FBI und hat gerade mit Sheriff Watermeier gesprochen." Sein Ton war verächtlich, als glaube er ihr kein Wort.

Unterbrochen von statischem Knacken kam eine Frage zurück. Maggie verstand nichts, doch Trotter schien keine Schwierigkeiten zu haben, das Knacken zu interpretieren. Er hielt wieder den Ausweis hoch und sagte: „Eine Margaret O'Dell."

Es folgte eine zerhackte Antwort, und Maggie bemerkte die Veränderung an Officer Trotter. Höflich gab er ihr den Ausweis durch das Fenster zurück und zeigte ihr, wo sie parken konnte. „Sie müssen dort drüben zur Fundstelle gehen", sagte er und deutete auf einen überwachsenen Lehmpfad, den sie sonst nicht bemerkt hätte. „Sheriff Watermeier holt Sie an der Absperrung ab."

Danach eilte er davon, um die nächsten Passanten durchzuwinken – Touristen aus Rhode Island in einem schwarzen Jeep Cherokee auf der Suche nach den letzten Wundern Connecticuts.

Sie hätte Watermeier auch ohne seine Uniform erkannt. Er erinnerte sie an John Wayne – an die schlanke Version aus den frühen Filmen, allerdings mit einem Sheriffhut anstelle des großen Cowboyhutes auf dem Kopf. Er trug auch kein Nickituch um den Hals, sondern eine Krawatte bei offenem Hemdkragen. Die Hemdsärmel hatte er bis zu den Ellbogen aufgerollt und den Hut tief in die Stirn gezogen. Als er sie sah, wartete er geduldig und hob das Absperrband, damit sie duckend darunter durchgehen konnte. Kein Lächeln, keine Vorstellung, keine hochgezogenen Brauen über ihre Erscheinung. Er kam einfach zur Sache, als hätten sie schon ewig zusammengearbeitet.

„Wir suchen immer noch den Steinbruch ab, wir haben also noch keine weiteren Fässer geöffnet. Um an sie heranzukommen, müssen wir einige Felsbrocken bewegen. Ich möchte nicht, dass dabei Beweise verloren gehen."

„Klingt sehr vernünftig."

„Diese vermisste Person …" Er sah sie argwöhnisch an. „Das ist doch hoffentlich niemand, der hier die Hölle losbrechen lässt, oder?"

„Ich bin mir nicht sicher, was Sie meinen."

„Ich habe Sie überprüft, O'Dell." Er machte eine Pause, als erwarte er ihren Einwand. Da sie nichts sagte, fuhr er fort: „Mein Büro lebt auch nicht gerade in der Steinzeit. Wir können solche Nachprüfungen sehr schnell vornehmen."

„Dessen bin ich mir bewusst, Sheriff Watermeier."

„Nun, ich weiß also, dass Sie aus Quantico kommen. Das FBI sucht nach einer vermissten Person, und die muss ziemlich wichtig sein, oder?"

„Jede vermisste Person, die wir suchen, ist für irgendjemanden wichtig, Sheriff."

Er sah sie an, und diesmal glaubte sie die Andeutung eines Lächelns um seine Mundwinkel spielen zu sehen. Er ging nicht weiter auf das Thema ein.

„Hatten Sie schon mal so einen Fall?" Er ging los und verlangsamte sein Tempo ein wenig, als er merkte, dass sie etwas zurück blieb. „Ich meine, da ist hoffentlich nicht irgendein Verrückter am Werk, der so was schon mal in einem anderen Staat durchgezogen hat, oder?"

„Ich habe es überprüft, aber in VICAP ist nichts aufgeführt."

„Dr. Stolz ..." Er deutete auf einen zierlichen Mann im Anzug mit schütterem Haar, „ist noch nicht dazu gekommen, die Frauenleiche von gestern zu obduzieren. Sie können später an der Sektion teilnehmen, wenn Sie mögen. Allerdings ist die Leiche übel zugerichtet. Ich glaube kaum, dass Sie die Tote per Augenschein identifizieren können."

„Ich kenne ein paar körperliche Merkmale, die Ihre Leiche zumindest als meine vermisste Person ausschließen könnten."

„Der Gerichtsmediziner hat's im Augenblick verteufelt schwer. Wir überlegen, wie wir die geborstenen Fässer am besten zusammenhalten. Er denkt daran, vielleicht vorübergehend eine Art Leichenhalle hier einzurichten. Andererseits, wenn wir sie herausziehen ... Teufel, wer weiß. Meine kurze Überprüfung hat mir verraten, dass Sie seit über zehn Jahren beim FBI sind. Ist Ihnen so was schon mal untergekommen?"

„Da gab es einen Fall in Kansas. Ich glaube 1998 oder 99, John Robinson."

„Ich glaube, ich erinnere mich. Dieser verrückte Internetfreak, richtig?"

„Ja, richtig. Er lockte Frauen über das Internet auf seine Farm, tötete sie und stopfte die Leichen in Fünfundfünfzig-Gallonen-Fässer." Maggie achtete sorgfältig darauf, wohin sie trat. Das kniehohe Gras verdeckte die aus dem Boden ragenden Felsen. „Ich habe den Fall nicht bearbeitet, aber wenn ich mich recht entsinne, wurden die Fässer in einem Lagerschuppen entdeckt. Da bestand nicht die Gefahr, den Inhalt durcheinander zu bringen, so wie bei Ihnen hier. Haben Sie eine Ahnung, wie viele Fässer da liegen? Und wie viele mit Leichen gefüllt sind?"

„Es könnten ein Dutzend sein, vielleicht mehr. Was nicht heißt, dass in allen Leichen stecken. Aber in einigen haben wir Leichen gesehen. Unheimlich, wirklich unheimlich." Er schob seinen Hut zurück und wischte sich den Schweiß von der Stirn. „In einem sieht es aus, als läge da nur ein Haufen Knochen, aber in dem anderen ..." Er schüttelte den Kopf und deutete auf das Fass, das er ihr als Erstes zeigen wollte. „Die Leiche in dem anderen Fass wirkt ziemlich gut erhalten, soweit wir das sehen können. Wie auch immer, wir haben es hier mit einem kranken Hurensohn von Täter zu tun."

Er blieb stehen, und Maggie wartete. Sie waren etwa dreißig Meter vom Geschehen entfernt. Eine Gruppe hatte sich um ein Fass versammelt, das man von einem Felshaufen heruntergeholt hatte. Daneben arbeiteten die Leute von der Spurensicherung. Mit Latexhandschuhen geschützt, suchten sie auf gepolsterten Knien kriechend rasterartig die Felsoberfläche ab. Maggie war beeindruckt, wie sorgfältig der Sheriff den Fundort bearbeiten ließ. Gerade in Kleinstädten erlaubten Polizeikräfte viel zu oft, dass Zivilisten Tatorte betraten. Sie sahen nicht ein, welcher Schaden entstand, wenn ein Bürgermeister oder Ratsmitglied einen Blick auf den Tatort warf. Was sie für einen politisch klugen Schachzug hielten – schließlich wurden Sheriffs gewählt –, hatte oft genug zur Folge, dass Tatorte kontaminiert wurden, was die Beweismittel zweifelhaft machte.

Maggie merkte plötzlich, dass Watermeier zögerte, als wäge er ab, was er ihr erzählen sollte, ehe sie zu den anderen kamen.

„Ich habe über dreißig Jahre bei der New Yorker Polizei gearbeitet. Deshalb bin ich kein Neuling, was solche Tatorte anbelangt, okay?" Er sah ihr in die Augen und wartete auf Bestätigung. Sie nickte kurz, und er fuhr fort: „Ich bin vor vier Jahren mit meiner Frau hierher gezogen. Sie ist Teilhaberin in einem netten kleinen Buchladen in Wallingford. Die Leute hier haben mich gewählt, weil sie jemanden mit echter Erfahrung suchten. Es gefällt uns hier ... sehr sogar. Und wir möchten uns in einigen Jahren hier zur Ruhe setzen."

Er hielt inne, um seine Männer zu beobachten, und sah sich um, als zähle er sie durch. Maggie verschränkte die Arme und verlagerte das Gewicht von einem Bein auf das andere. Sie wusste, dass er keinen Kommentar von ihr erwartete. Offenbar war er noch nicht fertig mit seinen Ausführungen. Deshalb wartete sie ab.

Schließlich sah er sie wieder an. In seinem Blick lag etwas, das sie erkannte: Entschlossenheit, Frustration, ein wenig Ärger, aber auch eine Spur Panik, die ihr verriet, dass Sheriff Watermeier wirklich Angst hatte.

„Das ist ein verdammter Scheiß", sagte er und deutete auf das Fass, um das sich die Gruppe versammelt hatte. „Wer immer das getan hat, treibt sein Unwesen vielleicht schon seit Jahren. Ich mache Ihnen nichts vor, O'Dell. Auch wenn wir Ihre vermisste Person nicht finden, könnte ich Ihre Hilfe gebrauchen, um diesen gottverdammten Psychopathen aufzuspüren. Ich bin niemand, der wettet. Wäre ich es, würde ich einiges darauf setzen, dass sich unser Täter noch in der Gegend herumtreibt. Wenn ich ihn nicht finde und seinen Hintern einkassiere, kann ich meinen Traum von der Pensionierung in dieser Gemeinde vergessen."

Watermeier wartete auf ihre Antwort. Doch diesmal wich er ihrem Blick aus und sah sich suchend und prüfend um. Offenbar war er bemüht, das enorme Vertrauen herunterzuspielen, das er ihr mit seinem Geständnis entgegengebracht hatte. Schließlich vertraute er sich einer Frau an, die er gerade erst kennen gelernt hatte und die sich unaufgefordert in seine Ermittlungsarbeit einmischte. Ob er das aus Verzweiflung tat oder als gewiefter Stratege mit Berechnung, war Maggie nicht klar. Ein harter, unabhängiger Sheriff wie Watermeier machte so etwas jedoch nicht ohne Grund.

Sie wandte sich der Gruppe am Fass zu und erwiderte schlicht: „Dann sollten wir uns wohl besser an die Arbeit machen."

Maggie drehte sich nicht zu ihm um, um seine Reaktion zu sehen. Doch er war sogleich neben ihr und verkürzte wieder seine langen Schritte, damit sie nebeneinander her gehen konnten.

19. KAPITEL

Henry Watermeier stellte Spezialagentin Maggie O'Dell den anderen aus der Ermittlungsgruppe vor und beobachtete die kurzen Begrüßungen und die abschätzenden Blicke. Natürlich erhielt Bonzado den längsten Blick.

Bonz wirkte in seinem Hawaiihemd wie der typische kalifornische Surferboy und nicht wie ein Professor. Trotz seines Aufzugs war er jedoch brillant. Auf eine bescheidene, unaufdringliche Art verstand es auf wundersame Weise, einem Haufen Knochen eine Identität zu geben.

Was Dr. Stolz, der Rechtsmediziner, von ihm hielt, wusste Henry, seit der ihm einen seiner berüchtigten Was-soll-das-Blicke zugeworfen hatte, sobald er Bonzado entdeckte. Stolz verlor auch jetzt kein Wort, seine finstere Miene besagte allerdings: die Bundespolizei? Sie haben schon die verdammte Bundespolizei geholt?

Vermutlich sah er darin besorgt eine Beschneidung seiner Kompetenz. Eigentlich war es Henry egal, was Stolz oder die anderen dachten. Er lebte schon lange nach der simplen Philosophie: Sorg dich um den eigenen Hintern.

Sie hatten inzwischen einen Leichensack unter eines der Fässer geschoben, das geborsten war, als Vargus es aufgerüttelt hatte. Henry hätte es gleich hier aufladen lassen und das männliche Opfer zu dem weiblichen von gestern in die Leichenhalle gebracht.

Die Entscheidungen traf jedoch jetzt Dr. Stolz. Er wollte die geborstenen Fässer hier am Fundort entleeren, aus Sorge, beim Transport könnten die brüchigen Reste weiter zerstört werden. Dieses Verfahren sah für Henry allerdings auch nicht viel schonender aus. Die Verantwortung lag jedoch bei Dr. Stolz, und somit war es sein Risiko.

Von der Leiche im Innern sah man nur Kopf und Schultern, ein Büschel grau melierter Haare und die Aufschläge eines marineblauen Anzugs. Stolz und Bonzado griffen, mit Latexhandschuhen geschützt, ins Fassinnere und packten irgendetwas Festes, in der Hoffnung, dass es weder riss noch knackte oder brach. Am anderen Ende hielten zwei von Henrys Deputys ein Seil, das um die geborstene Fassmitte geschlungen war. Das Unternehmen sah wie ein makaberes Tauziehen aus.

Henry reichte Maggie O'Dell eine kleine Dose Wick Vaporub. Der Gestank würde schlimmer werden, sobald sie das unglückliche Opfer herausgezogen hatten. Doch die Agentin lehnte mit höflichem „Nein, danke“ ab. Etwas sagte ihm, dass es keine aufgesetzte Zurschaustellung von Härte war. Offenbar brauchte sie dieses Hilfsmittel wirklich nicht. Sie war an den Geruch des Todes gewöhnt, obwohl sich wohl niemand wirklich an diesen säuerlich stechenden Gestank gewöhnen konnte. Menschliche Leichen rochen anders als Tierkadaver. Er verabscheute den Gestank, hatte sich nie daran gewöhnt und würde es auch nicht wollen. Trotzdem ließ er das Döschen Wick in die Tasche gleiten, ohne es selbst zu benutzen. Bonzado und Stolz würde er ohnehin nicht davon anbieten, und Bonzados Studenten hielten sich auffallend im Hintergrund. Offenbar auf Anweisung des Professors, der so zeigen wollte, dass sie nicht im Weg waren.

Vorsichtig begannen sie den Leichnam herauszuziehen, und sofort war ein leises, so ekelhaft saugendes Geräusch zu vernehmen, dass Henry sich innerlich wand. Der Leichnam war frisch, das wurde eklig. Henry warf Agentin O'Dell einen Seitenblick zu. Falls er hoffte, etwas wie Widerwillen oder auch nur einen Hauch von Unbehagen zu bemerken, sah er sich getäuscht. Ihre Miene verriet Anspannung, aber keinerlei Unbehagen. O'Dell hatte vermutlich schon viel Schlimmeres gesehen.

Sie war mittelgroß, von zarter, aber athletischer Gestalt und ein bisschen zu attraktiv, um in seine Klischeevorstellung einer FBI-Agentin zu passen. Ihre Selbstsicherheit ging mit einer Aura von Selbstvertrauen einher, die ihn beruhigte. Er hatte es schon während des Telefonats bemerkt. Sie war nicht kess, sondern selbstsicher. Er hätte doch nicht im Traum daran gedacht, sie ins Vertrauen zu ziehen, wenn sie ihm mit dieser üblichen, offenbar in allen Bundesbehörden grassierenden Überheblichkeit begegnet wäre.

Vielleicht war es unklug, so viel Vertrauen in jemanden zu setzen, den er kaum kannte. Aber die kleine Miss Spezialagentin konnte ja nicht ahnen, dass sie sehr schnell zum Sündenbock mutieren würde, falls die Ermittlungen schief gingen. Ergo: Er würde wegen eines Psychopathen nicht den Lohn von dreißig Jahren Polizeiarbeit aufs Spiel setzen. Diese O'Dell schien ganz nett zu sein, aber wenn die Regierung in diesem Fall Ermittlungsresultate verlangte, die er nicht liefern konnte, war es keine schlechte Idee, ihr die Schuld in die Schuhe zu schieben.

„He, Vorsicht!", schrie Dr. Stolz Bonzado an, als die Leiche mit einem Plop aus der Tonne rutschte. Die unteren Extremitäten schwangen frei. Der Rechtsmediziner konnte die Leiche nicht mehr halten, und sie platschte unkontrolliert, Gesicht nach unten, auf den Leichensack, wobei der Torso hart gegen den Fels prallte. Der dumpfe Schlag gegen den Schädel ließ ihn aufspringen.

„Herr des Himmels!", schrie Dr. Stolz. „Wir müssen das irgendwie anders bewerkstelligen. Wir haben dem Toten gerade eine zusätzliche Kopfwunde beigebracht. Wie soll ich jetzt noch feststellen, was das Werk des Killers war und was unseres?"

Es lag Henry auf der Zunge zu sagen: „Diese Vorgehensweise war Ihre Idee." Sie arbeiteten erst am zweiten Fass, und schon trat Stolz' Inkompetenz krass zu Tage. Das bestätigte ihn nur in seiner Entscheidung, Bonzado und O'Dell hinzuzuziehen, die jede Unregelmäßigkeit bezeugen und dokumentieren konnten.

Während die anderen zurücktraten, um in Gruppen diese archaische Methode zu diskutieren, trat O'Dell näher an den Leichnam, kniete sich auf den Fels und betrachtete den Toten genauer. Trotz des gespaltenen, jetzt offenen Schädels schien er keine Verletzungen zu haben, keine grausig blutigen Wunden. Der marineblaue Anzug hatte nicht mal Knitterfalten.

„Der Bursche ist in guter Verfassung", stellte Henry fest.

„In zu guter. Ich sehe nirgends Blut", betonte Bonzado. Er trat beiseite, um dem Techniker namens Carl Platz zu machen, der sich mit seiner Kamera näherte.

Bonzados Studenten wagten sich ebenfalls näher heran. Die junge Frau war die Mutigste und blickte ihrem Professor über die Schulter. Der Ältere, den Bonzado als Simon vorgestellt hatte, hielt ebenfalls eine Kamera in der Hand, jedoch schlaff am herabhängenden Arm, ohne eine einzige Aufnahme zu machen. Vielleicht wartete er, bis Carl fertig war. Henry argwöhnte jedoch, dass Simons Zurückhaltung kein Ausdruck großer Höflichkeit war, sondern eher mit seiner ungewöhnlichen Blässe zu tun hatte. Vielleicht machte er sich gerade Gedanken, ob er wirklich den richtigen Beruf wählte.

„Schöner Anzug", bemerkte Carl, stellte die Kamera beiseite, nahm eine Pinzette heraus und entfernte einen losen Faden vom Rücken des Jacketts.

„Sieht nicht so aus, als hätte der Körper schon angefangen, sich zu verflüssigen." Dr. Stolz ging gegenüber von Agentin O'Dell in die Hocke.

„Ich glaube, der Schädel ist aufgeschnitten worden", sagte sie, auf Händen und Knien abgestützt.

„Vielleicht durch diese Felsen", erwiderte Stolz.

„Nein, das glaube ich nicht. Sehen Sie mal genau hin." O'Dell rückte beiseite, damit Dr. Stolz einen besseren Blickwinkel hatte. Währenddessen schaute sie zu Henry auf. Zum ersten Mal glaubte er einen Hauch von Unbehagen in ihrem Ausdruck zu entdecken. „Sieht mir ganz so aus, als hätte da jemand eine Säge angesetzt. Vielleicht eine Knochensäge, vielleicht eine Stryker-Säge."

„Eine Stryker-Säge?", wiederholte Dr. Stolz interessiert.

O'Dell stand auf und ging um die Felsen herum, damit sie von oben in den Schädel blicken konnte. Der geöffnete Teil hing wie ein Deckel oder ein gelöstes Toupet herab. O'Dell war fast mit der Nase an der Kopfhaut, als sie sagte: „Was immer er benutzt hat, hinterließ nur sehr feine Spuren. Keine Klingenvibration."

„Klingenvibration?", fragte Henry, blickte in die Runde und sah, dass Bonzado O'Dell einen bewundernden Blick zuwarf.

„Ein technischer Begriff." Bonzado sprang mit einer Erklärung ein. „Man nennt das so, wenn eine dünne Klinge während des Gebrauchs leicht von Seite zu Seite springt. Sie wissen schon, wie bei einer Bügelsäge, besonders zu Beginn des Sägevorgangs." Ewig der dozierende Professor, dachte Henry. Allerdings ging es Bonzado wohl wirklich nur darum, Informationen weiterzugeben. Es war nicht seine Absicht, überheblich oder herablassend zu belehren, wie das bei Dr. Stolz der Fall gewesen wäre.

„Soweit ich das sehe", fuhr O'Dell fort, „ist der Schädel leer."

„Eine Stryker-Säge? Und leer? Wovon zum Teufel reden Sie da? Soll das heißen, das Gehirn fehlt?" Dr. Stolz sprang regelrecht auf und landete mit einem merkwürdigen Hopser auf O'Dells Seite der Leiche.

Beinah hätte Henry über den kleinen Mann gelacht, weil der nur selten lebhaft wurde und sich praktisch keine Gefühlsregung gestattete. Gewöhnlich beschränkte Stolz sich auf sein berüchtigtes Mienenspiel. Henry ermahnte sich, seine Aufmerksamkeit nicht allein Stolz zu widmen. Dessen Inkompetenz und wachsende Panik zu sehen war jedoch wesentlich angenehmer, als sich die eigene einzugestehen. Dieser Fall wurde mit jeder Minute merkwürdiger und bedrohlicher.

„Wenn Sie genügend Bilder gemacht haben, sollten wir den Toten umdrehen und ganz auf den Leichensack legen", ordnete Dr. Stolz an.

Henry trat zurück. Auch wenn er es nur ungern zugab, begann es ihm Spaß zu machen, wie nervös der kleine Mann wurde. Außerdem hatte Stolz von Bonzado und zweien seiner Studenten, die zulangten, genügend Hilfe. Sogar O'Dell hatte sich die Jackenärmel hochgeschoben und ergriff eine Schulter. Diesmal ging die Gruppe kein Risiko ein, und der Leichnam entglitt ihnen nicht. Sie hatten den Körper soeben umgedreht, als Henry erschrak.

„Allmächtiger!", stieß er hervor. Alle blickten ihn an, dann wieder auf den Toten, als könnten sie so feststellen, was ihn erschreckte. „Das ist Steve Earlman."

„Sie kennen den Mann?", fragte O'Dell.

Henry lehnte sich an den nächsten Felsblock, ehe ihm die Knie weich wurden. „Ich kannte ihn nicht nur. Ich war auch einer der Sargträger auf seiner Beerdigung."

20. KAPITEL

Maggie sah jetzt die Klammern und Nadeln, die Mr Earlmans Sakkoaufschläge in Form hielten. Sie hob ein Augenlid und entdeckte eine kleine konvexe Plastikscheibe in einer Augenhöhle. Bestatter benutzten so etwas, um den Augenbereich zu betonen und die Lider geschlossen zu halten.

„Das sieht wie der Einschnitt von einer Obduktion aus", sagte Dr. Stolz von der anderen Seite der Leiche, nahm seine Brille ab und steckte sie ein.

„Das kann nicht sein", erwiderte Watermeier. „Es gab keine Obduktion."

„Sind Sie sicher?" Maggie war wieder aufgestanden und inspizierte den Körper, während der Gerichtsmediziner das herabhängende Schädelstück begutachtete. Der Anzug war auffallend sauber, als wäre der Tote vom Sarg direkt in das versiegelte Fass befördert worden. „Das sieht zweifellos nach einer Stryker-Säge aus."

„Auf jeden Fall nach einer Knochensäge", beharrte Dr. Stolz.

„Ich weiß mit Sicherheit, dass es keine Obduktion gab", betonte der Sheriff.

„Wie ist es mit einer Operation?" Bonzado hockte auf Händen und Knien neben Dr. Stolz und blickte nun ebenfalls von oben in den Schädel des Toten.

„Keine Operation", erwiderte der Sheriff. „Steve starb an einem inoperablen Hirntumor."

Maggie blickte zu Watermeier, um sich zu vergewissern, dass er okay war. Sie wusste nur zu gut, wie man sich fühlte, wenn man in einem Opfer einen Freund erkannte. Vor fast einem Jahr hatte sie beim Öffnen eines Leichensacks in das Gesicht eines Freundes mit einem Einschussloch in der Stirn geblickt. Niemals würde sie den Anblick der leeren Augen von Spezialagent

Richard Delaney vergessen. Noch so viele Schulungen und noch so viel Erfahrung konnten einen nicht auf den Schock, die Hilflosigkeit und das elende Gefühl in der Magengegend vorbereiten.

Sheriff Watermeier nahm den Hut ab und wischte sich mit dem Hemdsärmel den Schweiß von der Stirn, obwohl Maggie bereits eine deutliche Kühle in der Luft spürte, da die Sonne hinter dem bewaldeten Felskamm zu sinken begann. Watermeier setzte den Hut wieder auf und schob ihn sich in den Nacken. Maggie blickte suchend zur Ausrüstung der Kriminaltechniker, die sorgfältig und sicher auf einem Felsblock verstaut war. Schließlich entdeckte sie eine rot-weiße Wasserflasche, nahm sie und wartete zu Carl blickend auf sein zustimmendes Nicken.

Danach schraubte sie die Kappe ab, trank langsam einen Schluck und reichte die Flasche wie beiläufig an den Sheriff weiter. Um ihn nicht in Verlegenheit zu bringen, machte sie eine selbstverständliche Geste daraus, als ließe sie die Flasche reihum gehen. Er zögerte nicht, trank einen großzügigen Schluck und reichte die Flasche weiter.

„War das allgemein bekannt?“, fragte sie den Sheriff.

Er sah sie an, wusste, dass sie mit ihm sprach, schien sie jedoch nicht zu verstehen. „Was?“

„Hat Mr Earlman seiner Umgebung von dem Tumor erzählt? Freunden, Familie, Bekannten?“

„Oh ja, natürlich. Er hat es nicht verborgen“, erklärte er. „Aber er hat sich auch nicht beklagt.“

„War es publik gemacht worden? Ich meine, stand das auch als Todesursache in der Todesanzeige?“

Watermeier kratzte sich unter seinem Hut am Kopf. „Das mit der Todesanzeige weiß ich nicht mehr. Aber Steve kannte fast jeder. Ihm gehörte der Fleischerladen in Wallingford. Er hatte ihn vor Jahren dem alten Ralph Shelby abgekauft und den Namen übernommen. Er dachte sich wohl, dass jeder den Laden als Ralphs Fleischerei kannte. So war Steve. Ein bescheidener Bursche und ein guter Freund, aufrichtig und ehrlich. Auch nachdem er krank wurde, hat er noch jeden Tag gearbeitet. Hat das Fleisch noch selbst geschnitten. Nach seinem Tod wurde der Laden geschlossen. Jemand hat das gesamte Inventar gekauft, wollte den Laden aber nicht weiterführen. Jetzt ist da so ein Schnickschnack-Laden drin."

Dr. Stolz blickte aus seiner Position zu Maggie hoch. „In welche Richtung gehen Ihre Gedanken, Agentin O'Dell?"

„Wenn es kein Operationsschnitt war, muss er post mortem zugefügt worden sein. Richtig?"

„Ja, stimmt."

„War der Sarg bei der Beerdigungsfeier offen?", fragte sie Sheriff Watermeier, der jetzt nur nickte. „Demnach muss es nach der Beerdigung geschehen sein."

„Jemand hat sein Grab geöffnet?", fragte der Sheriff, und an seiner Mimik erkannte Maggie, dass er nicht darüber nachdenken mochte.

„Wann und wie hätte jemand das tun können?", fragte Dr. Stolz. „Eine versiegelte Gruft ist nicht so leicht aufzubrechen."

„Nicht alle Särge werden in Grüften bestattet", wandte Bonzado ein. „Kommt darauf an, ob die Familie die zusätzlichen Kosten aufbringen möchte. Wenn ich mich recht entsinne, kommen siebenhundert bis tausend Dollar hinzu."

„Es gibt noch eine Möglichkeit", sagte Maggie. „Man könnte die Leiche entnommen haben, ehe der Sarg beigesetzt wurde."

„Sie meinen, jemand hat den Leichnam aus dem Beerdigungsinstitut geholt?", fragte Bonzado, als er aufstand und sich die Knie abwischte.

Er trug ein strahlend blau-gelbes Hawaiihemd zu Kakihosen und Wanderstiefeln. Ein seltsamer Aufzug für einen forensischen Anthropologen, noch dazu einen Professor. Aber vielleicht nicht für einen exzentrischen Professor mit muskulösen, gebräunten Beinen. Als Maggie sich dabei ertappte, Bonzados Beine zu bewundern, bemerkte sie, dass seine Knie immer noch vom rostroten Staub der Felsen bedeckt waren und am Rand seiner Socken ein grünes Kraut hing. Das bewog sie, die Kleidung des Toten nach ähnlichen Anhaftungen abzusuchen.

„Jemand, der Zugang zur Leichenhalle hatte, hätte den Körper mitnehmen können." Sie unterzog den Anzug einer genauen Prüfung. Ein leichter Wollstoff, feucht und klebrig, vermutlich von einer Einbalsamierungsflüssigkeit. Der Einschnitt im Schädel war eindeutig ausgeführt worden, nachdem man den Leichnam einbalsamiert und für den Sarg zurechtgemacht hatte. Bei einer Zeremonie am offenen Sarg hätte man kaum verhindern können, dass die auslaufende Flüssigkeit gesehen wurde. Es sei denn, die klaffende Öffnung wäre wieder fest verschlossen worden. Dazu hatte ihr Täter jedoch offenbar keine Notwendigkeit gesehen.

Nach genauer Prüfung des blauen Anzugs entdeckte sie weder Kräuterreste noch Anhaftungen von rötlichem Staub. Demnach war die Öffnung des Schädels nicht hier draußen durchgeführt worden. Abgesehen von der klebrigen Balsamierungsflüssigkeit war der Anzug sauber.

„Ich habe geholfen, den Sarg zu tragen", sagte Watermeier ruhig und wie aus weiter Ferne. „Er war schwer. Earl muss in dem Sarg gewesen sein."

Maggie warf einen Seitenblick auf den Sheriff. Der rieb sich die Schläfen, aber nicht als Geste der Verwunderung. Er massierte so heftig, dass es schmerzen musste, als versuche er Bilder seiner Erinnerung zu verscheuchen.

„Ich meine nur, wir müssen alle Möglichkeiten bedenken", erwiderte sie. „Jedenfalls müssen wir feststellen, wer Zugang zum

Sarg und zum Grab hatte. Der Anzug verrät uns vielleicht mehr." Sie merkte, dass Dr. Stolz sie beobachtete, sah ihn an und ignorierte sowohl seine Skepsis als auch den Anflug von Argwohn, den sie sofort bei ihm entdeckt hatte. Die Ermittlungen waren noch keine Stunde alt, und Dr. Stolz sah in ihr bereits Konkurrenz. Das machte nichts. Sie war daran gewöhnt. „Üblicherweise sind die Kleidungsstücke, die der Bestatter dem Leichnam anzieht, sauber, richtig?", fuhr sie fort. „Also müssen alle eventuellen Anhaftungen aus dem Leichenschauhaus stammen oder von einem anderen Ort, an dem sich die Leiche später befand."

Stolz nickte nur.

„Vielleicht finden wir Rückstände vom Täter wie Haare oder Fasern auf dem Stoff. Er konnte den Schädel nicht öffnen, ohne Kontakt mit dem Körper zu haben."

„Er hat sich viel Mühe gemacht, um das Hirn zu entnehmen. Vielleicht verkauft er Teile als Unterrichtsmaterial an Colleges", gab Bonzados Studentin zu bedenken, während sie Carl half, Beweisstücke zu sammeln, die aus dem Fass gefallen sein könnten. Die junge Frau schien emsig bemüht zu helfen und hielt Plastikbeutel auf, während Carl kleine Partikel mit der Pinzette hineingab.

Maggie war beeindruckt, dass Carl bereits mehrere Beutel in der anderen Hand hielt. Ihr Inhalt sah nach Haar oder Pelz und einem Stück geknittertem weißen Papier aus.

„Was ist das?" Sie deutete darauf.

„Ich bin mir nicht sicher", sagte Carl und reichte ihr den Beutel. „Jedenfalls ist es keine Nachricht, falls Sie darauf gehofft haben. Es ist nicht mal Schreibpapier."

Maggie hielt das Papier prüfend gegen das Licht. „Sieht nach einer wachsartigen Textur aus."

„Wir sollten auf Wichtigeres zurückkommen", grummelte Dr. Stolz. „Zum Beispiel auf das fehlende Hirn. Serientäter nehmen sich oft etwas vom Opfer mit: Kleidung, Schmuck, sogar Körperteile.“ Er blickte von Bonzado zu Carl, dann zu Watermeier und schließlich zu Maggie. „Als Trophäen, nicht wahr?“

„Ja. Serienkiller machen das oft. Es gibt da nur ein kleines Problem“, betonte Maggie, dass alle stutzten und sie aufmerksam ansahen. „Mr Earlman wurde nicht ermordet.“

21. KAPITEL

Adam Bonzado half seinem Studenten, Sandwichbeutel und Colas zu tragen, und behielt Simon im Auge. Ramona und Joe hatten sich buchstäblich in dieses Projekt gestürzt, aber Simon … nun ja, es war schwer zu sagen. Das blasse Gesicht und das ruhige Verhalten waren eher typisch für ihn. Als er sich anbot loszufahren, um den Lunch für die Gruppe zu holen, hatte Adam geglaubt, das sei eben typisch Simon, immer der Erste, wenn es darum ging, eine Besorgung zu machen oder eine Aufgabe zu übernehmen, und habe nichts mit dem Wunsch zu tun, von hier wegzukommen.

Inzwischen beobachtete er ihn skeptisch, während sie sich einen Weg durch die wachsende Zahl von Reportern und Kameras bahnten. Officer Trotter von der State Patrol hatte die Medienleute zwar angewiesen, hinter dem Absperrband der Polizei zu bleiben, das hinderte sie jedoch nicht daran, sie mit Fragen zu bombardieren.

„Professor, Jennifer Carpenter von WVXB, Kanal 12. Wann gibt es eine offizielle Erklärung?"

Adam erkannte die attraktive Blondine mit der großen Brille wieder.

„Ich bin nicht Leiter der Ermittlungen, Miss Carpenter. Sie müssen sich an Sheriff Watermeier wenden."

„Das habe ich bereits getan. Was genau finden Sie? Und warum verbergen Sie es?"

„Wir verbergen gar nichts", erwiderte Adam. Und als sie ihre Brille abnahm, bemerkte er, dass der Kameramann hinter ihr filmte. Mein Gott, das fehlte ihm gerade noch. Warum hatte er nicht die Klappe gehalten? „Wir versuchen nur, die Situation einzuschätzen. Sobald es uns möglich ist, werden wir Sie über unsere Erkenntnisse informieren."

Er drehte ihnen den Rücken zu und ging in Richtung Steinbruch. Da erst bemerkte er, dass Simon nicht mehr neben ihm war, sondern ihn bereits jenseits der Baumreihe erwartete.

„Hyänen", sagte er zu seinem Studenten, als er zu ihm aufschloss, und hoffte auf ein Lächeln.

„Ich glaube, die mag Sie."

Adam sah ihn an und erwartete einen kecken Kommentar, da seine Studenten ihn oft mit seinem Singledasein aufzogen. Simon blieb jedoch ernst. Adam wusste, dass er älter war als die anderen, da er erst spät ins Forschungsprogramm aufgenommen worden war. Eigentlich schien er mehr in seinem Alter zu sein. Deshalb wirkte seine Bemerkung erstaunlich unreif. Trotzdem erwiderte Adam: „Ja, glauben Sie wirklich? Ich bin mir nicht sicher, ob sie mein Typ ist."

Bei Spezialagentin Maggie O'Dell war das schon etwas anderes. Sie wäre zweifellos sein Typ, wenn er denn einen bestimmten bevorzugen würde. Nicht nur, dass sie schöne braune Augen hatte und in dem FBI-üblichen marineblauen Anzug sowohl offiziell wie weiblich aussah, sie war auch noch klug. Sie wusste sogar, was Klingenvibration war. Eindeutig eine Frau, die ihm das Herz stehlen konnte. Schon lange – laut seiner Mutter abnorm lange – hatte eine Frau ihn nicht mehr so interessiert, dass er automatisch prüfend auf ihren Ringfinger geschaut hatte.

„Es ist nicht gut für einen so jungen Mann, allein zu sein", belehrte seine Mutter ihn bei jeder Gelegenheit. Aber nach Kates Tod … wie könnte er die Lücke, die sie hinterlassen hatte, mit einer anderen Frau schließen? Als Kate ertrank, hatte sie ihn irgendwie mit hinabgezogen. Auch jetzt konnte er nicht an sie denken, ohne zwanghaft ihren kalten leblosen Körper zu spüren und viele, ihn fortzerrende Hände, während er immer wieder versuchte, ihr Herz zu massieren und Atem zwischen ihre blauen Lippen zu pressen.

Plötzlich wurde Adam bewusst, dass Simon ihn wartend ansah.

„Alles okay mit Ihnen, Professor Bonzado?“

„Danke, alles okay.“ Doch er drehte sich noch einmal wie abgelenkt zur Straße und merkte, dass er tatsächlich etwas vergessen hatte. „Um welche Uhrzeit müssen Sie heute in Ihrem Job anfangen?“

Simon sah auf seine Armbanduhr. „Erst später am Nachmittag.“

„Haben Sie noch meine Schlüssel?“

„Oh ja, Entschuldigung.“ Simon nahm die Sandwichbeutel in eine Hand und holte den Schlüssel aus der Tasche seiner Jeans.

„Würden Sie noch einmal zum El Camino gehen?“

Simon war sofort eifrig bereit.

„Ich habe ein Stemmeisen im Wagen, das uns beim Öffnen der Fässer gute Dienste leisten könnte. Würden Sie das holen?“

„Ja, aber gern.“ Simon übergab ihm die Beutel und vergewisserte sich, dass er auch alle fest im Griff hatte. „Liegt es immer noch unter dem Sitz?“

„Ich habe es auf die Ladefläche geworfen. Es ist sicher nach hinten gerutscht, als wir die anderen Sachen verladen haben.“

Als Simon zurückging, atmete Adam tief durch, um die Bilder der Vergangenheit endgültig zu verdrängen. Henry Watermeier kam ihm winkend auf halbem Weg entgegen und nahm ihm einige Beutel ab, ehe sie ihm entgleiten konnten.

„He, Lunch für alle!“, rief er.

Adam sah die Gruppe innehalten, Werkzeuge ablegen und Beweisbeutel in Container geben. Sie kamen zusammen und setzten sich, als sei es nicht ungewöhnlich, mitten in einem Steinbruch, umgeben von Fässern voller toter, verrottender Leiber, Sandwiches zu essen und Cola zu trinken.

„Wo haben Sie die geholt?“, fragte Agentin O'Dell und wickelte ein Sandwich aus.

„Ich glaube, Simon ist zu Vinnys Deli gefahren.“

„Vinny hat die besten Sandwiches in Connecticut, O’Dell“, schwärmte Henry. Adam merkte, dass sie nicht gefragt hatte, weil ihr Sandwich so delikat aussah. Andernfalls würde sie jetzt nicht derart interessiert das weiße Papier betrachten, in das es gewickelt war.

„Sieht das nicht genauso aus wie der Schnipsel, den Sie bei Mr Earlman gefunden haben?“, fragte sie Carl.

„Ich glaube, Sie haben recht.“

„Wovon zum Kuckuck reden Sie beide da?“ Henry Watermeier wirkte ein wenig gereizt, weil sie sich nicht ihren Sandwiches widmeten.

„Von diesem weißen wachsartigen Papier“, erklärte sie. Adam erinnerte sich an das Fundstück. „Wir haben so etwas Ähnliches in dem Fass von Mr Earlman entdeckt.“

„Viele Leute benutzen dieses Zeugs, O’Dell.“

„Das glaube ich weniger, Sheriff. Ich habe so ein Papier noch nie in den Regalen von Stop N Shop gesehen. Ich wette, es ist ein Spezialpapier für Delikatessen- oder vielleicht Fleischerläden.“

„Und was wollen Sie beide damit nun sagen? Dass der Killer Sandwiches verputzt, während er sein Opfer zerschnippelt?“

Adam fragte sich, ob Henrys Gesicht nur vor Anstrengung rot anlief, als er die Stimme erhob. Vielleicht hatte die Herbstsonne die Felsen aufgeheizt, was die Schweißperlen auf seiner Oberlippe erklären konnte. Oder waren die Schweißperlen ein sichtbares Zeichen für Henrys Panik? Bisher war der Sheriff fast zu ruhig gewesen.

Was immer es war, Henry hatte sich in ganzer Größe vor O’Dell aufgebaut und wartete auf eine Antwort. Sie ließ sich nicht im Mindesten von ihm beeindrucken, riss ein Stück Papier ab und steckte es ein. Die anderen sahen zu und schienen auf Erlaubnis zu warten, ihren jeweiligen Lunch weiteressen zu dürfen. Adam verstand nicht ganz, warum Sheriff Watermeier plötzlich so hart zu Agentin O'Dell war. Schließlich hatte er sie doch eingeladen, an der Ermittlung teilzunehmen, oder?

„Sie glauben, das könnte wichtig sein?", fragte Henry schließlich, und sein Ton war fast wieder normal. Er hatte wohl gemerkt, dass O'Dell nicht so leicht zu erschüttern war.

„Wenn ein Täter etwas Ungewöhnliches benutzt, dann oft nur deshalb, weil er es zur Hand hat. Es könnte ein Hinweis sein, um ihm auf die Spur zu kommen."

„Ein Stück Papier?"

„Manchmal sind es die einfachsten Dinge, die uns zu einem Mörder führen. Dinge, die wir sonst für unbedeutend halten. Der Serienkiller John Joubert benutzte ein sonderbares Stück Seil aus ungewöhnlichen Fasern. Ich glaube, es wurde in Korea gefertigt. Jedenfalls war es nichts, was man einfach so im Haus hat. Er benutzte es, um seine jungen Opfer zu verschnüren. Bei Jouberts Festnahme fand man mehr von diesem Seil im Kofferraum seines Wagens. Er brauchte dieses Seil als Scoutmaster, hatte genügend davon zur Verfügung und kam nicht auf die Idee, dass es ihn als Täter überführen würde. Was immer das für ein weißes Papier sein mag, ich vermute, dass es dem Täter problemlos zur Verfügung steht."

„Okay." Der Sheriff klang nicht überzeugt. „Aber wozu benutzt er es?"

„Ich müsste noch mehr von den Opfern sehen, aber meine augenblickliche Vermutung ist …" Maggie zögerte und sah sich um, als überlege sie, ob sie den anderen ihre Gedanken mitteilen sollte. „Meine vorläufige Annahme ist, dass er es benutzt, um etwas darin einzuwickeln."

„Etwas einzuwickeln!", wiederholte Henry ungeduldig.

„Ja, zum Beispiel Mr Earlmans Hirn."

22. *KAPITEL*

Maggie nahm die Cola, die Sheriff Watermeier ihr anbot. Eigentlich bevorzugte sie Diät-Cola, doch sie erkannte die Geste als Friedensangebot an. Während die anderen ihren Lunch beendeten, setzte Watermeier sich zu ihr auf einen Felsblock.

„Wenn wir heute Nachmittag fertig sind, muss ich mir eine Minute Zeit nehmen und diesen Medienhaien einen Knochen hinwerfen." Er lächelte über seinen Scherz. „Danach macht Dr. Stolz, wie er sagt, die Obduktion an der Frau, die wir gestern gefunden haben. Passt das in Ihren Zeitplan?"

„Ja, natürlich."

Er blieb ruhig neben ihr sitzen, und sie fragte sich, ob er ihr noch etwas mitteilen und sie noch einmal ins Vertrauen ziehen wollte.

„Es ist schön hier, nicht wahr?"

Sie warf ihm einen erstaunten Seitenblick zu. Diese Bemerkung hatte sie von dem raubeinigen, harten New Yorker Excop und jetzigen County-Sheriff nun gar nicht erwartet.

Maggie ließ genau wie er den Blick schweifen und nahm die Gegend zum ersten Mal bewusst wahr. Die Ruhe ringsum war auffällig. Die Blätter der Bäume strahlten in kräftigem Orange und Gelb, und flammendrote Weinranken umgaben die Stämme. Der Himmel war so blau, dass es künstlich wirkte. Sogar das hohe Gras war mit winzigen gelben Blumen getupft.

„Ja", bestätigte sie nach einem Moment, „es ist wunderschön."

„Sind alle so weit?" Watermeier zerstörte den Augenblick der Entspannung und stand so abrupt auf, als müsste er sich unverzüglich wieder ihrer Aufgabe zuwenden.

Sie gingen zum Rest der Gruppe, die inzwischen unter Leitung von Adam Bonzado und seinen Studenten ein weiteres angeknackstes Fass heruntergeholt hatte. Diesmal zog Maggie sich die Jacke über die Nase, so überwältigend war der Gestank. Dabei hatten sie gerade erst mit dem Stemmeisen das Siegel aufgebrochen. Bonzado strengte sich mächtig an, dennoch gab der Deckel nur Stück für Stück quietschend nach, was Maggie an das Öffnen einer vakuumversiegelten Dose Kaffee erinnerte.

„Mann, oh Mann, die hier ist aber reif", sagte der Professor bei einer kurzen Unterbrechung seiner Tätigkeit. Das Stemmeisen in einer Hand, nahm er mit der anderen seinen Hemdzipfel und wischte sich den Schweiß von der Stirn. Für einen kurzen Moment waren seine brettharten Bauchmuskeln zu sehen. Maggie wandte den Blick ab und bemerkte, dass sie zum zweiten Mal innerhalb einer Stunde Notiz von seinem Körperbau genommen hatte.

Die anderen warteten nur ab. Niemand bot dem armen Professor an, ihn bei seiner Aufgabe zu entlasten. Auch seine drei Studenten nicht. Der ältere – Simon hatte Bonzado ihn genannt – stand ruhig, fast steif abseits mit einer Kelle in der einen und der Kamera in der anderen Hand. Jedoch fotografierte er kein einziges Mal. Auf Maggie wirkte er verblüfft, erschüttert und überwältigt von dem Fundort oder dem Gestank.

„Sollen wir die Fässer nicht lieber aufschneiden?", schlug Watermeier vor.

„Womit?" Dr. Stolz wischte sich die ständig von Schweiß glänzende Stirn. „Der Einsatz von Werkzeugen könnte den Inhalt noch mehr verunreinigen, als er es ohnehin schon ist. Lassen Sie uns nur nachsehen, was in den Fässern ist, ehe wir sie wegschaffen. Ich will nicht ein Dutzend Müllfässer in meinem Labor haben, Henry, ist das okay? Lassen Sie uns nachschauen. Ich weiß, es ist zeitaufwändig und ärgerlich, trotzdem."

„Wie Sie wollen. Das ist Ihre Entscheidung."

„Ich habe nicht gesagt ..." Dr. Stolz verstummte, als ein

Schwarm schwarzer Fliegen aus der kleinen Fassöffnung entfleuchte. „Zum Teufel auch."

„Grundgütiger Himmel!" Watermeier trat einen Schritt zurück.

Bonzado stutzte nur einen Moment und brach den Deckel weiter auf. „Wir sollten ein paar von den Viechern einfangen, richtig?" Er sah zu Maggie, dann zu Carl, der bereits nach einem geeigneten Container suchte.

„Ramona und Simon, kommen Sie her und helfen Sie Carl."

Die junge Frau eilte geradezu an Carls Seite, doch Simon blieb stehen, als hätte er Bonzado nicht gehört.

„Simon?"

„Ja, okay."

Maggie beobachtete, wie er Kelle und Kamera ablegte – langsam, wie in Zeitlupe. Offenbar wollte Simon dem Ganzen nicht näher kommen als unbedingt nötig. Vielleicht erwartete Professor Bonzado ein bisschen zu viel von seinen Studenten. Die hatten sich ihren Beruf möglicherweise als die Begutachtung sauberer, fleischloser Knochen in sterilen, warmen, trockenen Labors vorgestellt.

Bonzado bog den Deckel weiter auf. Carl und Ramona hielten die beiden Seiten eines provisorischen Netzes fest und fingen einige Fliegen ein. Simon hielt einen Container mit weiter Öffnung bereit, in den sie die Fliegen schüttelten, und drückte rasch den Deckel darauf. Er übergab das Behältnis an Carl und kehrte auf seinen Posten zurück, Kelle in einer Hand, Kamera in der anderen.

Bonzado hebelte jetzt weiter, ohne die schwärmenden Fliegen zu beachten. Schließlich war der Deckel lose und fiel zu Boden. Noch mehr Fliegen und noch mehr Gestank. Ein säuerlich stechender Geruch nach faulen Eiern entströmte dem Fass. Maggie sah den zweiten männlichen Studenten und einen von Sheriff

Watermeiers Deputys davoneilen. Einer schaffte es nicht mehr bis zu den Bäumen, ehe er sich übergeben musste. Simon jedoch stand reglos da, ohne mit der Wimper zu zucken. Auch Henry Watermeier und Carl hatten sich zurückgezogen, und der Sheriff hielt sich jetzt sogar den Hut vor die Nase.

„Heilige Scheiße!“, schimpfte Watermeier durch die Hutmaske gedämpft.

Maggie kletterte auf einen Fels, brachte etwas Abstand zwischen sich und den Gestank und versuchte in das Fass hinabzuschauen. „Hat jemand eine Taschenlampe?“

Adam Bonzado legte das Stemmeisen beiseite und durchsuchte seine Werkzeugkiste, dass es metallisch klimperte. Maggie fragte sich, ob er das absichtlich machte, um sich abzulenken. Als er ihr eine Stablampe hinaufreichte, merkte sie jedoch, dass er keineswegs plötzlich unbeholfen geworden war. Seine Hand war ruhig, und er hatte keine Schwierigkeiten, ihr in die Augen zu sehen.

„Wie zum Teufel kommen die Fliegen da rein?“, wollte Sheriff Watermeier wissen. „Das Fass war doch dicht versiegelt. Haben die sich durch irgendwelche Ritzen gequetscht?“

„Möglich“, erwiderte Maggie. „Ebenso gut kann die Leiche eine Weile den Elementen ausgesetzt gewesen sein, ehe sie in das Fass geschoben wurde.“ Maggie leuchtete mit der Stablampe in das Fassinnere und hoffte mehr zu sehen als den Lichtkegel. Die Nachmittagssonne warf lange Schatten, was die Sache nicht einfacher machte. Schwingende Äste über ihr verursachten tanzende Schatten, die den Eindruck vermittelten, im Fass bewege sich etwas.

„Aber die Viecher können doch nicht so lange überdauert haben“, gab Watermeier zu bedenken.

„Die Fliegen legen Larven ab“, erklärte Maggie und konzentrierte sich auf den Lichtkegel, in dem jetzt ein Stück zerrissener

Stoff, ein Büschel wirres Haar und vielleicht ein Schuh sichtbar wurden.

„Schmeißfliegen sind ziemlich schnell zur Stelle und sind sehr effizient“, erläuterte Bonzado. „Sie riechen Blut auf bis zu drei Meilen Entfernung und setzen sich auf einen Kadaver, ehe der richtig kalt ist. Manchmal schon, bevor der Tod eintritt.“

Maggie sah prüfend in die Runde, doch die Blässe, die eben noch in den meisten Gesichtern vorgeherrscht hatte, war bei allen wieder verschwunden. Niemand zuckte bei Bonzados Erläuterungen zusammen, alle hatten zu einer professionellen Haltung zurückgefunden.

„Das hier wird eine ziemliche Sauerei“, stellte Bonzado fest und leuchtete mit einer zweiten Taschenlampe in das Fass. „Bei dieser Leiche hat sich bereits viel Gewebe aufgelöst.“

„Na wunderbar“, sagte Dr. Stolz und zog gegen die plötzlich aufkommende kühle Brise seine Jacke über. Obwohl er darauf bestanden hatte, sie sollten die Fässer öffnen und sich vergewissern, dass sie tatsächlich Leichen enthielten, bemühte er sich nicht, selbst hineinzusehen. „Laden wir sie auf.“

„Das ist interessant“, fuhr Bonzado fort und inspizierte immer noch den Inhalt. „Der Rücken der Leiche zeigt nach oben. Zumindest halte ich das für den Rücken. Da ist ein seltsames Muster auf der Haut.“

„Sie meinen eine Tätowierung?“ Dr. Stolz war plötzlich interessiert, und Maggie warf ebenfalls einen weiteren Blick in das Fass. Im Schein von Bonzados Lampe leuchteten rote, im Gittermuster verlaufende Striemen auf dem Rücken der Leiche – besser gesagt, auf dem, was vom Rücken übrig war. Die Fliegen, vor allem ihre Maden, hatten ganze Arbeit geleistet und bereits einen Teil des Gewebes verzehrt. Maggie vermutete allerdings, dass sie ihren Haupthunger auf der anderen Körperseite gestillt hatten, beginnend in den feuchteren Regionen.

„Das ist nur Livor mortis“, erklärte Dr. Stolz in einem Ton, als sei ihre Feststellung belanglos. „Er oder sie starb auf einer Unterlage mit diesem Muster. Das Blut setzt sich an der tiefsten Stelle ab, und auf der Haut zeichnet sich das Muster ab. Mein Gott, wie das stinkt!“ Angewidert den Kopf schüttelnd wich er zurück. „Henry, wir sollten hier aufhören. Ich muss zurück und mit den Obduktionen anfangen.“

„Was ist mit dem anderen Fass?“ Der Sheriff deutete auf ein verbeultes Fass, das an der Seite lag. Dessen Inhalt hatte Maggie nicht gesehen. Offenbar hatten sie es vor ihrer Ankunft geöffnet.

„Geben Sie es Bonzado“, erwiderte Dr. Stolz mit einer winkenden Geste über dem Kopf und ging bereits Richtung Straße davon. „Das sind nur Knochen. Damit kann ich nicht viel anfangen.“

Maggie knöpfte sich die Jacke zu, da sie ebenfalls die aufkommende Kühle bemerkte. Die Sonne versank hinter dem Kamm, obwohl es noch recht früh zu sein schien. Bonzado und seine Studenten bereiteten das Fass für den Transport vor. Henry Watermeier gab ihnen die Richtung an, die sie nehmen mussten: auf die Lichtung zwischen den Bäumen zu und dann die Lehmpiste entlang, auf der die anderen Fahrzeuge gekommen waren. In dem Moment fiel Maggie etwas auf. Unter dem abgenommenen Deckel bewegte sich etwas Weißes im Wind.

„Carl!“, rief sie und winkte den Techniker heran. „Sehen Sie sich das mal an.“

Er ging neben ihr in die Hocke. „Verdammt.“ Er holte Beweisbeutel und Pinzette und zog vorsichtig ein Stück weißes Papier unter dem Deckel hervor, den Maggie leicht anhob.

Das gleiche weiße, wachsartige Papier, das sie schon einmal gefunden hatten.

In dem Moment spürte sie einen Stups am Ellbogen, drehte

sich um und sah sich einem Jack Russell Terrier gegenüber, der ihr die Hand lecken wollte.

„Da wir gerade beim Ausgraben sind“, begann Carl, „wenn Sheriff Watermeier diesen Hund hier noch einmal sieht …“

„Verdammt nochmal, Racine!“, schimpfte der Sheriff.

„Zu spät.“

„Was habe ich Ihnen gesagt?“, schrie Watermeier den älteren Mann an, der von einem Fußweg zwischen den Bäumen herübereilte. „Sie sollen den Köter verdammt nochmal von hier fern halten!“

„Tut mir leid, Sheriff. Er hat manchmal so seinen eigenen Kopf. Komm her, Scrapple!“

Doch der Hund hatte sich bereits gesetzt und schmiegte sich an Maggies Hand, während sie ihn hinter den Ohren kraulte.

„Dann überzeugen Sie ihn irgendwie, dass er hier nichts zu suchen hat! Wir können nicht zulassen, dass er uns die Beweise wegschleppt.“

„Ich vermute, er ist ein guter Suchhund, was?“ Maggie blickte lächelnd zu dem Mann auf, der verlegen und aufgeregt wirkte. Plötzlich fiel ihr Tullys Bemerkung ein, dass Detective Racine aus dieser Gegend stammte. „Racine? Haben Sie eine Tochter, die Julia heißt?“

„Ich weiß nicht“, murmelte der Mann.

Maggie stand auf und glaubte, sich verhört zu haben. „Wie bitte?“

„Ja, natürlich. Jules. Sie heißt Julia“, bestätigte er und sah sie an, was ihm irgendwie Mühe bereitete. Maggie erkannte, dass Julia die gleichen blauen Augen hatte wie er. Er kratzte sich unter seinem schwarzen Barett am Kopf. „Das ist richtig. Detective Julia Racine von der … von der Polizei von D.C. Ja, Ma’am. Das ist meine Tochter Jules.“

23. KAPITEL

Luc Racine hantierte mit dem Schlüsselbund, den er in seiner Tasche gefunden hatte. Scrapple wartete ungeduldig und starrte die Tür an, als ginge sie dadurch schneller auf. Luc merkte, dass sein Terrier sauer auf ihn war, denn Scrapple hatte sich ihm mehrfach entzogen, als er ihn streicheln wollte.

„Ich kann nicht zulassen, dass du Leute auffrisst", erklärte er dem Hund zum dritten Mal. „Auch nicht, wenn sie schon tot sind."

Doch Scrapple ignorierte ihn. Kein Zucken oder Aufrichten der Ohren, kein Anzeichen, dass er ihm zuhörte. Er starrte nur stur auf die Tür.

Luc nahm sich vor, es an seinem Hund wieder gutzumachen. Sicher war noch etwas anderes im Kühlschrank als saure Milch. Er sah noch einmal die Schlüssel durch und versuchte sich angestrengt zu erinnern, welcher der Richtige war. Er hatte den Hausschlüssel immer automatisch und ohne nachzudenken herausgefunden. Doch in letzter Zeit erforderte es seine ganzen deduktiven Fähigkeiten, oder was davon noch übrig war.

Blitzartig erinnerte er sich, drehte den Türknauf und lächelte, als der leicht nachgab. Seit einiger Zeit schloss er die Tür nicht mehr ab, aus Sorge, er könnte mal vergessen, die Schlüssel mitzunehmen und sich dann aussperren. Vor Erleichterung, dass er es geschafft hatte, begann er zu frösteln. Diese Reaktionskette wurde allmählich typisch: zuerst Überraschung und Enttäuschung, dann Erleichterung, weil der Verstand noch mitmachte.

Der langsame Gedächtnisverlust wäre nur halb so schlimm, wenn ihm der Vorgang nicht bewusst wäre. Sich mit Schuhbändern abzumühen, erfolglos sinnlose Knoten zu schlingen und die ganze Zeit zu wissen, dass man das Binden der Schuhe einmal automatisch und ohne einen Gedanken daran zu verschwenden beherrscht hatte, war entsetzlich. Wie schwierig konnte es sein, sich die Schuhe zu binden? Es war leicht genug für Fünfjährige. Richtig. Deshalb war Luc dazu übergegangen, Slipper zu tragen.

Doch Jules' Namen zu vergessen war unverzeihlich. Wie konnte er nur? Was Julia dazu gesagt hätte, konnte er sich lebhaft vorstellen: „Den Namen deines Köters vergisst du nie, aber du kannst dich nicht erinnern, wie deine Tochter heißt."

Im Haus war es kühl. Fast so, als hätte er ein Fenster offen gelassen. Der Sommer war eindeutig vorüber. Um das zu erkennen, brauchte er nicht das flammende Rot der Eichenblätter zu sehen, er spürte es an der abendlichen Kühle und hörte es am Zirpen der Grillen.

Mitten im Wohnraum blieb er stehen und sah sich langsam um. Etwas stimmte hier nicht. Aber nicht, weil er wieder verwirrt gewesen wäre wie gestern Abend. Irgendetwas war nicht so wie sonst. Er fröstelte und spürte, wie sich ihm die Nackenhaare sträubten.

Dieses Unbehagen hatte ihn schon auf dem Rückweg vom Steinbruch befallen. Er war dem Lehmpfad gefolgt und hatte zu Boden geblickt, um nicht über die vom Gras verborgenen Felsbrocken zu stolpern. Auf dem gesamten Heimweg hatte er das Gefühl gehabt, beobachtet zu werden. Nicht von Watermeier oder den anderen, die ihm nachgesehen hatten, als er ging. Nein, er hatte das Gefühl gehabt, jemand beobachte ihn unablässig im Sinne einer Verfolgung.

Hinter ihm hatten Äste geknackt. Er hätte sich noch einreden können, dass es Einbildung war, aber Scrapple hatte es auch gehört und war nach kurzem Knurren mit zurückgelegten Ohren nach Hause geeilt. Er hatte kaum auf ihn warten wollen und nur deshalb das Tempo verlangsamt, weil er sich als Winzling Schutz von seinem Menschen erwartete. Moment mal, an dem

Verhalten stimmte doch etwas nicht. Sollten Hunde nicht instinktiv die Beschützer ihres Menschen sein?

Luc sah sich im Wohnraum nach Anhaltspunkten um, dass tatsächlich jemand hier war. Prüfend blickte er aus dem Fenster, ob sich jemand zwischen den Bäumen verbarg. Seine einzige Beruhigung war, dass Scrapple sich bereits zufrieden auf seinem Lieblingsläufer ausgestreckt hatte.

Trotzdem eilte Luc zur Haustür, schob den Riegel vor und vergewisserte sich, dass auch der Riegel an der Küchentür vorgelegt war. Vielleicht war doch nur alles Einbildung gewesen. Obwohl er sich nicht erinnern konnte, gelesen zu haben, dass seine Krankheit mit Halluzinationen oder Paranoia einherging. Andererseits, wie sollte er sich an Gelesenes erinnern, wenn er sogar den Namen seiner Tochter vergaß?

Resigniert öffnete er die Kühlschranktür, um die Möglichkeiten eines kargen Abendessens für sich und Scrapple zu erkunden. Irgendwo musste noch etwas Essbares sein. Stattdessen entdeckte er etwas Merkwürdiges auf der oberen Ablage und erschrak. Was ist das denn? Beruhige dich, das ist nichts als dumme Zerstreutheit, sagte er sich sogleich und nahm die TV-Fernbedienung aus dem Kühlschrank.

„Und ich habe schon das ganze Haus danach abgesucht."

24. KAPITEL

Henry hatte Agentin O'Dell angeboten, sie zum Leichenschauhaus mitzunehmen. Was sie vielleicht als Fürsorge einstufte, diente jedoch allein dem Zweck, sie an seiner Seite zu haben, wenn sich beim Verlassen des Steinbruchs die Medienhaie auf sie stürzten.

Dass Dr. Stolz keine Hilfe sein würde, hatte er gewusst. Bei dessen offenkundiger Allergie gegen Reporter war er längst verschwunden.

„Verraten Sie mir eines, Agentin O'Dell. Hätten Sie, nach allem, was Sie bisher gesehen haben, schon eine Idee, nach was für einem Täter ich suchen muss? Und verschonen Sie mich mit dem Üblichen."

„Dem Üblichen?"

„Ja. Weißer männlicher Täter, zwanzig plus, Einsiedler, dessen Mama ihn misshandelt hat, weshalb er sich Frauen nicht anders zu nähern weiß als durch Gewalt."

„Wie würde Steve Earlmans Verstümmelung denn in dieses Profil passen?"

Verdammt, an Steve hatte er nicht gedacht. Und er wollte auch nicht an ihn denken.

„Okay, dann lassen Sie mich Ihre Interpretation hören."

„Für eine Beschreibung seines Äußeren ist es noch zu früh, außer dass er, ja, wahrscheinlich ein männlicher Weißer Ende zwanzig oder Anfang dreißig ist. Er fährt einen Geländewagen oder Pick-up oder hat Zugang zu einem dieser Fahrzeuge. Er lebt vermutlich allein auf einem großen Grundstück außerhalb der Stadt, aber auf jeden Fall in einem Fünfzig-Meilen-Radius vom Steinbruch."

Henry sah zu ihr hinunter und verbarg, wie erstaunt und beeindruckt er war.

„Das ist alles noch sehr vage", fuhr sie fort, ohne dass er sie gedrängt hätte, „aber wenn man sich ansieht, welchen Ort er sich als Versteck für die Leichen ausgesucht hat, sagt das eine Menge über ihn aus. Die meisten Serientäter lassen ihre Opfer offen liegen, einige präsentieren sie regelrecht. Das gehört zu ihrem Ritual oder dient in einigen Fällen ihrem Kick, wenn sie sehen, wie schockiert die Umwelt auf ihre Brutalität reagiert. Dieser Täter gibt sich aber sehr viel Mühe, die Leichen zu verbergen. Er möchte nicht, dass sie gefunden werden. Ich frage mich, ob ihm seine Taten vielleicht sogar peinlich sind. Ich vermute also, dass er eine paranoide delusorische Persönlichkeit ist. Was bedeutet, dass er sich durch die Entdeckung seines Leichenverstecks bedroht fühlt. Er wird fürchten, dass wir hinter ihm her sind, und das könnte ihn zu weiteren irrationalen Taten veranlassen."

„Mit anderen Worten, er begeht vielleicht einen Fehler, und wir können ihn schnappen?"

„Er gerät möglicherweise in Panik und tötet jemanden, von dem er sich bedroht fühlt. Mit anderen Worten, es gibt einen Panikmord. Was allerdings bedeuten könnte, dass er einen Fehler begeht und Spuren hinterlässt, aufgrund derer wir ihn fassen. Es bedeutet aber auch, dass noch jemand sterben wird."

„Nicht gerade das, was ich hören wollte, O'Dell", gestand Henry und wünschte, er hätte nicht gefragt. Die Politiker saßen ihm jetzt schon im Nacken. Was würde erst passieren, wenn dieser Wahnsinnige wieder mordete? Großer Gott, daran hatte er überhaupt noch nicht gedacht.

Als sie die Straße erreichten, bemerkte er, dass die State Patrol zwei neue Beamte geschickt hatte, um Trotter abzulösen und Wachen für die Nacht aufzustellen. Vorhin hatte Randal Graham, der Adlatus des Gouverneurs, ihm die Nationalgarde angeboten. Henry hatte nur entsetzt daran denken können, welche

Panik hier ausbrechen würde, wenn die Leute die Nationalgarde anrücken sahen. Diese Sache war schlimm genug, auch ohne dass man zusätzliche Aufmerksamkeit darauf lenkte.

„Sheriff Watermeier!“ Die Medienleute schossen ihre Fragen ab, sobald er und O'Dell in Hörweite kamen. „Wie stehen die Dinge?“

„Wie viele Leichen wurden gefunden?“

„Stimmt es, dass ein Serienmörder hier herumläuft.“

„Wann werden die Namen der Opfer bekannt gegeben?“

„Wie lange geht das schon?“

„Warten Sie!“ Watermeier brachte sie mit erhobener Hand zum Schweigen und hinderte Maggie am Weitergehen, indem er sie sacht am Arm zurückhielt. Sie warf ihm einen überraschten, ärgerlichen Blick zu, um ihm zu verdeutlichen, dass ihr Medienauftritt nicht abgemacht war. Ihm war das gleichgültig, denn ihm kam es darauf an, in einer Gemeinde in Pension zu gehen, die ihn respektierte. Und diese Gemeinde sollte verdammt nochmal den Eindruck haben, dass er alles in seiner Macht Stehende tat, sie zu beschützen.

„Ich kann Ihnen keine Details nennen, außer dass es sich um versiegelte Fünfundfünfzig-Gallonen-Fässer handelt, die unter Felsbrocken verborgen waren.“ Er sprach betont langsam, so dass niemand sich später damit herausreden konnte, ihn falsch verstanden zu haben. „Mehr kann ich im Moment nicht sagen. Aber ich kann Ihnen versichern, dass wir alles unter Kontrolle haben. Wir haben Experten am Fundort, die Beweisspuren sammeln, und wir haben …“

„Aber was ist mit dem Killer, Sheriff?“, unterbrach ihn ein Zwischenruf von hinten. „Sie haben hier einen Serienkiller herumlaufen. Was unternehmen Sie dagegen?“

Herrgott nochmal, diese Arschlöcher waren darauf aus, eine Panik zu verursachen. Henry zog sich den Hut tiefer in die Stirn, als wolle er weitere Fragen daran abprallen lassen und zeigen, dass er sich nicht von ihrer Hysterie anstecken ließ.

„Wir arbeiten daran", log er. Es war erst der zweite Tag. Wie zum Teufel sollte er bereits eine Verdächtigenliste haben? „Deshalb haben wir Spezialagentin Maggie O'Dell hier vor Ort." Er schob sie leicht nach vorn. „Sie ist Profilerin beim FBI in Quantico, Virginia. Ihre Spezialität ist es, Täter dieser Art zur Strecke zu bringen. Sie sehen also, dass wir die besten Mitarbeiter im Team haben. Das ist alles für heute."

Diesmal packte er Maggie am Arm, um sie aus der Menge zu führen, und Officer Trotter machte ihnen den Weg frei.

„Haben Sie bereits Verdächtige festgenommen, Sheriff?"

„Wann werden wir mehr Informationen von Ihnen erhalten? Zum Beispiel ein Profil des Killers?"

„Das wär's für heute, Leute. Mehr habe ich im Moment nicht für Sie." Er winkte ihnen zu, bahnte sich wie ein Pflug seinen Weg und schob dabei hinderliche Kameras beiseite.

Sobald sie die andere Straßenseite erreichten, entriss Maggie ihm ärgerlich den Arm und marschierte zu ihrem Ford Escort.

Sollte sie ruhig sauer sein, das machte ihm nichts aus. Morgen reiste sie vielleicht schon wieder ab. Sie wollte ohnehin nur ihre Vermisste finden, und es bestand eine gute Chance, dass die im Leichenschauhaus auf sie wartete.

25. KAPITEL

Maggie stand abwartend da, die Arme locker herabhängend, die Hände mit Handschuhen geschützt, während Dr. Stolz den Reißverschluss des Leichensacks aufzog.

Sie war es gewöhnt, an Sektionen teilzunehmen. Ihre forensische und medizinische Ausbildung erlaubten es ihr, beim Platzieren der Leiche, dem Abnehmen von Körperflüssigkeiten bis hin zum Wiegen der Organe zu helfen. Allerdings wusste sie auch, wann sie sich zurückhalten sollte. Und dies war ein solcher Moment, wie Dr. Stolz ihr deutlich zu verstehen gegeben hatte. Deshalb wartete sie neben Sheriff Watermeier stehend ab, auf den sie immer noch wütend war, weil er sie benutzt hatte.

Andererseits bezweckte sie etwas Bestimmtes mit ihrer Anwesenheit, und diese Aufgabe wollte sie erfüllen, um ihre Stippvisite beenden zu können.

Trotzdem hielt sie sich zurück und widerstand dem Drang, helfend einzugreifen. Sie hätte zunächst die Brustwunde der Frau gereinigt, um den Stichkanal sowie Risse und Zerrungen am Wundrand zu begutachten, wovon es bei dieser klaffenden Wunde eine Menge geben musste.

Dr. Stolz bemerkte offenbar ihre Ungeduld, denn er erklärte: „Die Wunde ist nicht die Todesursache, soweit ich das nach der vorläufigen Untersuchung feststellen kann.“ Er begann das lange, wirre Haar zu teilen und löste mit den behandschuhten Fingern vorsichtig trockene Blutkrusten, sodass an der Kopfseite eine halbmondförmige Wunde zum Vorschein kam. „Ich wette, das hier hat ihr für immer das Licht ausgeblasen.“

„Da war schrecklich viel Blut im Brustbereich“, stellte Maggie nur fest, um dem Doktor nicht offen zu widersprechen. „Sind Sie sicher, dass der Schlag gegen den Kopf nicht nur eine Bewusstlosigkeit verursacht hat?“

Dr. Stolz sah Sheriff Watermeier an und schürzte die Lippen, um zu zeigen, dass er nur mühsam zurückhielt, was er am liebsten erwidert hätte. Dann begann er die Wunde auf der Brust der Toten mit einem Schwamm zu säubern und das Blut abzuwischen. „Wenn der Täter sofort nach der Tötung damit begonnen hat, ihr die Brust aufzuschneiden, wäre auch eine Wagenladung voll Blut ausgetreten. Besonders hier in dem Bereich, wo ein paar große Gefäße verlaufen. Und er hat tief geschnitten. Vielleicht hat er sogar das Herz getroffen."

„Warten Sie eine Minute. Tiefe Wunden, das klingt für mich nach tödlichen Wunden", sagte Sheriff Watermeier und handelte sich einen finsteren Blick von Dr. Stolz ein.

„Es handelt sich nicht um Stichwunden." Der Gerichtsmediziner hob die Haut ab, die er soeben gesäubert hatte. „Sie wurde aufgeschnitten. Technisch wurde das allerdings nicht besonders sauber ausgeführt, nicht so präzise und genau wie bei Mr Earlman."

„Was hat er entfernt?", fragte Watermeier und kam damit Maggie zuvor.

„Ich zeig's Ihnen." Dr. Stolz öffnete die Wunde mit einer Hand, mit der anderen nahm er die Dusche seitlich vom Edelstahltisch und sprühte die Höhlung aus. „Zuerst habe ich gedacht, er hätte Herz oder Lunge genommen. Sie wissen schon, die Organe, die von Verrückten am liebsten entnommen werden. Aber so etwas wie das hier habe ich noch nicht erlebt."

Nachdem die Wunde ausgewaschen war, drückte Stolz die aufgeschnittene Haut beiseite und trat zurück, damit der Sheriff und Maggie besser sehen konnten.

Watermeier sah hin und kratzte sich beim Anblick des vernarbten Gewebes verwirrt am Kopf. Maggie hingegen wusste sofort Bescheid. Ohne das Foto zurate zu ziehen, das Gwen ihr mitgegeben hatte, wusste sie, dass diese Frau nicht Joan Begley war.

„Ich verstehe nicht." Watermeier blickte begriffsstutzig von Maggie zu Dr. Stolz und erkannte, dass nur er eine Erläuterung brauchte.

„Diese Frau muss Brustkrebs überlebt haben", erklärte Dr. Stolz. „Der Mörder hat ihr die Brustimplantate entfernt."

Maggie hatte sich bereits zurechtgelegt, was sie Gwen sagen würde, falls diese Tote ihre ehemalige Patientin gewesen wäre. Eigentlich hätte sie jetzt erleichtert sein sollen. Stattdessen spürte sie eine wachsende Beklommenheit. Wenn Joan Begley nicht tot war, wo steckte sie dann?

26. KAPITEL

Joan Begley erwachte vom Gurren der Tauben. Jedenfalls klang es für ihr benebeltes Hirn danach. Ihre Wimpern fühlten sich verklebt an, wie von Spinnweben festgehalten. Ihr Mund war vollkommen trocken. Doch das Gurren erinnerte sie an das Aufwachen an Sommermorgen auf der Milchfarm ihrer Großmutter in Wallingford, Connecticut. Ein entferntes Summen ließ sie immer wieder in Schlummer abgleiten. Die Brise über ihrem Kopf fühlte sich frisch an und roch nach taufrischem Gras. Offenbar kam die Luft von den Wiesen hereingeweht. Mit der Brise und dem Gurren überkam sie ein Gefühl tiefer Zufriedenheit.

Ein Klicken weckte sie ruckartig auf. Danach folgte das Brummen eines anspringenden Motors. Joan setzte sich mit schreckensweiten Augen auf und spürte, dass ihr die Arme festgehalten wurden. Der Anblick ihrer ledernen Handfesseln ängstigte sie und ließ sie in die Realität zurückkehren, besser gesagt, in ihren Albtraum.

Die Lederriemen waren mit dem Bettgestell verbunden, und einen Moment lang hoffte sie, im Krankenhaus zu sein. Hatte er sie ins Krankenhaus gebracht? Der Raum war schwach erhellt. Hinter den großen Fenstern war es jedoch dunkel. Sie schaute sich um, sah Wände aus rauem Holz und ebensolche Balken. Die Brise ihres Traumes stammte von einem Ventilator über ihrem Bett und das Summen von einer kleinen Gefriertruhe in der Ecke. Offenbar befand sie sich in einer Hütte oder einer umgebauten Scheune. So ängstlich sie war, musste sie zugeben, dass es hier freundlich, ja fast gemütlich wirkte. Und der leichte Geruch nach Desinfektionsmitteln war ausgerechnet mit Fliederduft versetzt.

Wohin in aller Welt hatte er sie nur gebracht? Und warum? Sie sah sich noch einmal um. Ihr Blick war noch verschwommen. Die Dinge auf den Regalen wirkten verzerrt, in die Länge gezogen und schienen sich zu drehen. Vielleicht hatte sie Halluzinationen. Ja, vielleicht war alles nur ein Traum, ein Albtraum.

Trotz ihrer Benommenheit versuchte sie nachzudenken. Sie musste ruhig bleiben, Panik nützte ihr nichts. Außerdem schien sie keine Energie mehr zu haben. Sie durfte sich nicht noch einmal von Panik beherrschen und erschöpfen lassen. Gestern Abend – oder war es schon einige Tage her, wie sollte sie das wissen? – hatte er ihr Drogen gegeben. Er hatte sie in seinem freundlichen Ton gebeten, ein Fläschchen irgendeiner Mixtur zu trinken.

„Es tut nicht weh", hatte er mit dieser Jungenstimme versprochen, die sie mal so reizend gefunden hatte. „Es schmeckt wie Hustensirup."

Auf ihre Weigerung hin hatte er sie einfach in den Schwitzkasten genommen. Sie war nur noch verblüfft gewesen von seiner Kraft – und seinem Wahnsinn. Er hatte ihr das Gebräu zwangsweise eingeflößt, obwohl sie sich schlagend und kratzend mit Treten, Husten und Würgen gewehrt hatte. Sonny war eindeutig wahnsinnig gewesen, völlig außer Kontrolle. Er hatte sich in einen Menschen verwandelt, den sie nicht kannte. Das war nicht mehr ihr Sonny.

Während sie darüber nachdachte, begann sie zu weinen. Warum hatte er das gemacht? Warum hatte er sie hierher gebracht? Was hatte er mit ihr vor? Würde man sie hören, wenn sie um Hilfe schrie?

Sie sah sich um, und ihr Blick fiel auf die Tür. Die war zweifellos verriegelt, Flucht somit ausgeschlossen, auch wenn sie sich ihrer Fesseln entledigen könnte. Erst jetzt merkte sie, dass sie auch an den Füßen Fesseln trug, die sie mit dem Bettgestell verbanden. Sie waren spürbar, jedoch nicht sichtbar.

Nur keine Panik! Sie musste mit Sonny reden. Ja, sie würde versuchen, vernünftig mit ihm zu reden.

Wo steckte er? Hatte er sie verlassen? Was hatte er bloß mit ihr vor? Bisher war es zu keinen sexuellen Übergriffen gekommen. Aber wenn es ihm nicht um Sex ging, worum dann?

Auf der Suche nach Antworten inspizierte sie den Raum erneut mit dem Blick. Die Regale standen voller Behältnisse in unterschiedlichen Größen. Tontöpfe mit verschließbaren Metalldeckeln, Plastikbehälter, Flaschen und Glasbehälter für eine Gallone Inhalt. In dem beleuchteten Aquarium neben ihrem Bett schwammen Quallen an der Wasseroberfläche. Auf der anderen Seite des Tisches standen Schüsseln, in denen Muschelstücke zu liegen schienen.

An den Wänden hingen Bilder. Schwarz-Weiß-Fotos von einem Jungen mit seinen Eltern. Ob der Junge Sonny war, konnte sie nicht erkennen.

Das hier war eindeutig jemandes Arbeitsplatz oder Hobbyraum. Also kein Grund, Angst zu haben, versuchte sie sich einzureden. Sie konnte mit Sonny sprechen und herausfinden, was er von ihr wollte.

Getröstet legte sie sich wieder hin und fühlte sich etwas besser. Die Kissen waren sehr weich. Er hatte sich Mühe gegeben, es ihr bequem zu machen, trotz der zwangsweisen Verabreichung von Drogen, die sie jedoch nur schläfrig gemacht hatten. Sie spürte weder Kopfschmerzen noch einen Kater. Ihr blieb nur abzuwarten. Bestimmt kam Sonny bald, und dann konnten sie miteinander reden. Sie entspannte sich, bis sie das Regal über ihrem Kopf entdeckte.

Sie richtete sich kerzengerade auf, riss an den Fesseln, drehte sich, um besser sehen zu können, und zwang sich trotz Panik und Fluchtreflex, genau hinzuschauen. Auf dem Regal über ihr lagen drei Schädel, die sie aus leeren Augenhöhlen anstarrten.

Allmächtiger! Wo war sie hier bloß?

Sie versuchte zu erkennen, was sich in den Gefäßen auf der gegenüberliegenden Seite des Raumes befand. Sie waren jedoch zu weit entfernt, um etwas anderes als unbestimmte Massen auszumachen. Beim Betrachten der transparenten Quallen im Aquarium neben dem Bett fiel ihr etwas auf. Sie wurden von der Hintergrundbeleuchtung angestrahlt und schwammen oben. Ansonsten war das Aquarium jedoch leer. Keine Felsenattrappe, kein Meeresboden, keine grüne Bepflanzung. Sie rückte etwas näher heran, um besser sehen zu können. Trieben Quallen immer so oben wie hier?

Im Licht erkannte sie plötzlich, dass beide Quallen an der Oberfläche eine eingeprägte Zahl trugen. Eine Zahlenreihe, wie eine Serien- oder Identifikationsnummer.

„Oh mein Gott!“ Plötzlich erkannte sie, was sie da vor sich hatte. Ähnliches hatte sie bei ihrem Besuch beim plastischen Chirurgen gesehen. Das waren keineswegs Quallen, das waren Brustimplantate!

27. KAPITEL

Dr. Stolz bemühte sich nicht, sein Missfallen zu verbergen. Maggie sah den finsteren Blick, den er Sheriff Watermeier zuwarf – bereits der dritte oder vierte heute, sie hatte aufgehört zu zählen –, als Watermeier erklärte, er müsse jetzt gehen, aber sie könne gerne bleiben. Sie erwartete fast, dass Stolz sie hinauskomplimentierte. Doch wie hätte er das tun können? Stattdessen grummelte er nur etwas über missliebige Außenstehende in seinen Mundschutz. Maggie hatte den Eindruck, dass er nicht nur sie damit meinte, sondern auch Watermeier.

Sie war nicht sicher, warum sie blieb. Eigentlich war sie nur hier, um Joan Begley zu identifizieren. Vielleicht hoffte sie durch dieses weibliche Opfer auf Hinweise, wo sie mit der Suche nach Gwens vermisster Patientin beginnen sollte.

Neben dem Stahltisch stehend sah sie Dr. Stolz bei der Arbeit zu, die Hände unter dem Kittel in den Taschen. Es war anstrengend, sich daran zu hindern, helfend einzugreifen, was sie sonst teils aus Instinkt und teils aus ärgerlicher Angewohnheit tat. Sie hatte bereits einmal unbewusst nach einer Pinzette gegriffen, die Hand jedoch zurückgenommen, ehe Dr. Stolz etwas merken konnte.

Er arbeitete langsam. Langsam, aber nicht notwendigerweise sorgfältig. Eigentlich waren seine Bewegungen ein wenig nachlässig. Er machte hier und dort einen Schnitt um die Körperhöhle herum und erinnerte Maggie an einen Angler, der alle Leinen und Anhängsel vom Fisch entfernte, ehe er ihn mit einem raschen Schnitt ausweidete.

Stolz ließ nicht die übliche, ihr vertraute Ehrfurcht walten, mit der Rechtsmediziner gewöhnlich die Opfer behandelten. Vielleicht zog er aber auch nur ihretwegen eine Schau ab. Zunächst hatte sie befürchtet, er benutze das weniger übliche Rokitansky-

Verfahren, bei dem alle Organe auf einmal herausgenommen werden – die Eingeweide sozusagen als einziger Block –, anstatt der Virchow-Methode, nach der alle Organe einzeln entnommen und begutachtet werden.

Sie sah ihn mit angewinkeltem Ellbogen schneiden, wobei die Hand in einer sonderbaren, fast sägenden Bewegung vor und zurück glitt. Erleichtert sah sie dann die Latex geschützte Hand in die Körperhöhle langen und die Lunge herausheben. Zuerst nur einen Flügel, den rechten. Er warf ihn auf die Waagschale und rief über das Instrumententablett zum Rekorder auf dem Tresen: „Rechter Lungenflügel, 680 Gramm." Er gab ihn in einen Behälter mit Formalin und nahm den linken Flügel heraus. „Linker Lungenflügel, 510 Gramm. Farbe beider Flügel rosa."

Maggie wollte widersprechen und darauf hinweisen, dass der linke Lungenflügel nicht ganz so rosa war wie der rechte, unterließ es jedoch. Die Auffälligkeit war nicht ausgeprägt genug, um von Belang zu sein. Anzeichen äußerer Einwirkung fehlten jedenfalls. Als der Killer den Körper aufgeschnitten hatte, um die Implantate zu entfernen, war die Lunge nicht beschädigt worden. Und es war auch keine so auffällige Verfärbung wie eine Schwärzung, die auf einen Raucher hätte schließen lassen. Das dunklere Rosa des linken Lungenflügels konnte schlicht ein Hinweis darauf sein, dass die Frau einen Großteil ihres Lebens in der Stadt verbracht hatte.

Dr. Stolz nahm eine Spritze und eine Nadel vom Tablett, begutachtete beides und tauschte sie gegen eine größere Nadel aus.

Maggie fragte sich, wie oft der stellvertretende Rechtsmediziner Obduktionen durchführte. Warum war ausgerechnet er hier und nicht sein Chef?

Vielleicht spürte er ihre Zweifel an seiner Kompetenz, denn er kam voller Autorität auf ihre Seite und stellte sich zwischen sie und den Tisch, als hätte er von hier einen besseren Blick auf das Herz.

Er stach die Nadel ein und zog mit der Spritze Blut ab. Das Herz zeigte eindeutige Verletzungsspuren. Neben dem Punkt, an dem Stolz die Blutprobe entnahm, konnte Maggie einen deutlichen Schnitt erkennen.

Zufrieden mit seinem Werk stapfte Stolz wieder um den Tisch herum auf seine vorherige Position. Er etikettierte die Spritze und legte sie beiseite, traf jedoch keinerlei Anstalten, das Herz zu entfernen. Stattdessen wandte er sich dem Magen zu.

Maggie verbarg ihre Ungeduld und akzeptierte, dass er eben seine ganz eigene Vorgehensweise hatte.

Bei allen unglaublichen und geheimnisvollen Vorgängen im Körper erschien Maggie der Magen immer als eines der wunderlichsten Organe. Ein kleiner, sackartiger rosa Beutel, bei dem meist eine sachte Berührung mit dem Skalpell reichte, um ihn zu öffnen. Obwohl Dr. Stolz sich eher aufführte wie der Elefant im Porzellanladen, ging er an dieses Organ mit verblüffender Umsicht heran. Er legte den Magen auf ein eigenes kleines Stahltablett, schnitt ihn sorgfältig auf und klappte die Wände mit den Fingern auseinander. Plötzlich kehrte er jedoch zu seiner robusten Arbeitsweise zurück, schnappte sich einen Stahllöffel und entleerte damit den Mageninhalt auf den Boden des Tabletts.

Um besser sehen zu können, kam Maggie mit auf seine Seite. Dr. Stolz schien nichts dagegen zu haben. Er wirkte jetzt sehr angeregt und beinahe eifrig, sich mitzuteilen.

„Es ist noch eine Menge vorhanden", stellte er fest, löffelte weiter, schob den Inhalt auseinander und schlug bei jedem Schöpfvorgang mit dem Löffel gegen die Seite des Tabletts, dass es metallisch klirrte. „Daraus ergibt sich vielleicht unsere genaueste Schätzung des Todeszeitpunkts. Da sie in dem Fass gelegen hat, sind viele andere Hinweise unbrauchbar."

Deshalb war er so interessiert. Er hatte endlich etwas gefunden, um seine Fachkompetenz zu zeigen.

„Ist das grüner Pfeffer?“, fragte Maggie.

„Grüner Pfeffer, Zwiebeln, vielleicht Peperoni. Sieht aus, als hätte sie Pizza gegessen. Da noch so viel vorhanden ist, wurde sie vermutlich kurz nach dem Essen umgebracht.“

„Was schätzen Sie? Zwei Stunden danach?“ Maggie wusste, dass innerhalb von zwei Stunden fast fünfundneunzig Prozent der Nahrung aus dem Magen verschwunden waren. Trotzdem war auch das keine wissenschaftlich genaue Bestimmung. Bestimmte Faktoren verzögerten die Verdauung, andere beschleunigten sie. Stress war in dieser Hinsicht besonders zu beachten.

„Es ist noch nicht viel im Dünndarm angelangt“, stellte er fest. Die Finger wieder in der Bauchhöhle, prüfte er die Darmschlingen. „Vermutlich waren weniger als zwei Stunden vergangen, eher eine.“

„Meine nächste Frage wäre, können Sie feststellen, ob es Tiefkühlpizza oder frische aus dem Restaurant war?“

Er sah sie mit hochgezogenen Brauen fragend an. „Warum wollen Sie das denn wissen? Ist das wichtig?“

„Wenn es eine Restaurantpizza war, kann es doch sein, dass unser Opfer in Begleitung zum Essen gegangen ist. Vielleicht könnte ich herausfinden, welches Lokal sie mit wem aufgesucht hat, ehe sie ermordet wurde.“

„Ja, aber es ist einfach unmöglich, das festzustellen“, sagte er kopfschüttelnd. „Allerdings …“ Er schien sich zu korrigieren, während er den Mageninhalt mit einer Art gewöhnlichem Buttermesser auseinander schob. „Die Farbe des Gemüses scheint heller zu sein als sonst, was meiner Erfahrung nach darauf hinweist, dass es frisch war und nicht tiefgefroren.“

Maggie zog ein Notizbuch hervor und schrieb sich auf, was der Magen enthielt. Als sie den Blick hob, beobachtete Dr. Stolz sie mit vor der Brust verschränkten Armen. Er beglückte nun sie mit seinem finsteren Mienenspiel, da sie als Einzige geblieben war, seine Geduld zu strapazieren.

„Das kann nicht Ihr Ernst sein“, sagte er. „Sie glauben, der Killer ist mit ihr Pizza essen gegangen und hat ihr dann den Schädel eingeschlagen und die Brustimplantate entfernt? Das ist doch absurd.“

„Ach wirklich? Und warum sagen Sie das, Dr. Stolz?“ Dass er ihre Kompetenz anzweifelte, offenbar aus der arroganten Annahme heraus, „Außenstehende“ wären nicht in der Lage, logische Schlussfolgerungen zu ziehen, machte sie hörbar gereizt.

„Zum einen, weil es bedeuten würde, dass der Täter ein Hiesiger ist.“

„Und das halten Sie nicht für möglich?“

„Wir sind hier mitten in Connecticut, Agentin O'Dell. So etwas passiert vielleicht an der Küste oder näher an New York. Der Täter, wer immer er sein mag, benutzte den Steinbruch nur als Deponie. Ich vermute, dass er Meilen von hier entfernt lebt. Warum sollte er das Risiko eingehen, Leichen sozusagen in seinem eigenen Hinterhof zu verscharren?“

„Hat Richard Craft das nicht auch getan?“

„Wer?“

„Richard Craft, der Typ, der seine Frau umgebracht hat und ihren zerstückelten Körper dann durch den Schredder jagte.“ Sie sah, wie Stolz' Mienenspiel von überheblich nach beschämt wechselte. „In einem Schneesturm, wenn ich mich nicht irre, und nicht weit von seinem Haus in Newtown entfernt. Newtown, Connecticut. Liegt das nicht etwas westlich von hier?“

28. KAPITEL

Lillian saß ruhig da und lauschte ungläubig, als Henry ihr und Rosie von den entdeckten Leichen erzählte. Natürlich war die Sache geheim, und sie wusste, dass er ihnen etliches nicht erzählte – weil er es nicht durfte.

Bei seinem Eintreten vorhin hatte Rosie aufgrund seiner sichtbaren Anspannung und Erschöpfung vorgeschlagen, den Laden früher zu schließen. Lillian hätte nie geglaubt, so etwas einmal aus Rosies Mund zu hören. So saßen sie nun hier und tranken entkoffeinierten Kaffee, umgeben von tausenden spannender gedruckter Geschichten, doch was Henry erzählte, schien alles zu übertreffen. Was waren da schon Deaver oder Cornwell, seine Story hätte einem Stephen King oder Dean Koontz zur Ehre gereicht.

„Schatz", sagte Rosie zu ihrem Mann und legte ihre kleine Hand auf seine große Pranke, die fast den kleinen Tisch bedeckte. „Vielleicht war es ein Landstreicher, und euer Fund hat ihn verscheucht."

„Nein. O'Dell sagt, es handelt sich um eine paranoide, delusorische Persönlichkeit. Solche Typen bleiben gewöhnlich in ihrer angestammten Umgebung, eben weil sie paranoid sind. Ich habe mir schon Gedanken gemacht, wer hier draußen allein auf einem größeren Anwesen lebt. Aber selbst die, die mir einfallen, scheinen nicht der passende Typ zu sein."

„Die Profilerin sagt, dass er in der Nähe lebt?", fragte Lillian und wusste nicht genau, warum ihr dabei kurz das Herz auszusetzen schien. Vielleicht, weil ihr bewusst wurde, dass die Ereignisse real waren. Ihr war es lieber, sie als Fiktion zu betrachten.

„Wahrscheinlich holt er sich jeden Tag seinen Kick, wenn er die Nachrichten liest oder sieht."

„Wenn er paranoid ist, Henry, holt er sich keinen Kick“, widersprach Rosie. „Wäre er nicht eher deprimiert, weil ihr sein Versteck gefunden habt? Vielleicht sogar wütend?“

Henry sah seine Frau erstaunt an, als hätte er nicht erwartet, eine so treffende Analyse von ihr zu hören. Ihre Schlussfolgerung war jedoch logisch. Man brauchte weder Psychologe noch Sherlock Holmes zu sein, um sich denken zu können, dass der Täter jetzt außer sich war.

„Ja, er ist vermutlich außer sich“, stützte Lillian Rosies These. „Macht ihr euch Sorgen, dass er hinter einem von euch her sein könnte?“

„O’Dell hält es nicht für ausgeschlossen, dass er jemanden aufs Korn nimmt.“ Es bedrückte ihn offenbar, dass auch sie auf diese Möglichkeit gekommen war. „Sie sagte, der Typ könnte in Panik geraten. Aber ich glaube nicht, dass er sich einen groben Schnitzer erlaubt.“

Lillian nahm mit Genugtuung zur Kenntnis, dass sie dieselben Schlussfolgerungen gezogen hatte wie die Profilerin. Vielleicht verstand sie sich ja inzwischen auf solche Analysen. Vermutlich brauchte man nicht unbedingt reale Erfahrung mit Verbrechen, sie hatte immerhin alles über psychopathische Killer gelesen.

„Vermutlich hat die Profilerin gesagt, dass er ein Einzelgänger ist, ein unauffälliger Mensch, der unbemerkt seinen Geschäften nachgeht.“

Sie mochte solche Gedankenspiele und versuchte sich an ihre Lieblingsgeschichten über Serientäter zu erinnern. „Vermutlich erregt er in der Öffentlichkeit nicht viel Aufmerksamkeit“, fuhr sie fort, während Henry und Rosie lauschend ihren Kaffee tranken, „und gilt als ganz netter Bursche. Er arbeitet mit den Händen, ein geschickter Mann, der Zugang zu einer Vielzahl von Werkzeugen hat. Seine Neigung zu töten lässt sich natürlich auf die unsichere emotionale Bindung zur Mutter zurückführen, die zweifellos eine sehr dominante Persönlichkeit war."

„Woher weißt du so viel über ihn?", fragte Henry.

Allerdings war sein Blick nicht nur bewundernd, sondern auch eine Spur argwöhnisch, wenn Lillian sich nicht täuschte.

„Ich lese viel. Romane. Krimis. Thriller."

„Sie liest viel", bestätigte Rosie, als müsste sie für ihre Geschäftspartnerin bürgen.

Lillian blickte von Rosie zu Henry, der sie zu mustern schien. Darauf war sie nicht gefasst gewesen und spürte, wie ihr leichte Röte den Nacken hinaufkroch. Nervös schob sie sich die Brille den Nasenrücken hinauf und strich sich das Haar hinter die Ohren. Glaubte er wirklich, sie wüsste etwas über diesen Fall – über diesen Killer?

„Vielleicht sollte ich mehr lesen", sagte er schließlich lächelnd. „Dann könnte ich den Fall eventuell leichter knacken. Aber ehrlich gesagt klang es für eine Minute so, als würdest du jemand Bestimmtes beschreiben, jemanden, den du ziemlich gut kennst."

„Wirklich?", erwiderte sie und überlegte, wer ihrer Beschreibung entsprechen könnte. Plötzlich wusste sie es, und ihr wurde beklommen zumute. Sie kannte in der Tat jemanden, auf den ihre Beschreibung zutraf, und der entstammte keinem Roman. Die Person, die sie beschrieben hatte, konnte sehr leicht ihr Bruder Wally sein.

29. KAPITEL

Es war schon spät, als Maggie im Ramada Plaza Hotel ankam. Allmählich begann sie die Anstrengung des Tages zu spüren. Zwischen ihren Schulterblättern schmerzte pochend eine Verhärtung, ihre Augen flehten um Schlaf, und sie fragte sich, ob die Fantasie ihr Streiche spielte. Während sie auf dem Parkplatz ihre Taschen ausgeladen hatte, war sie das Gefühl nicht losgeworden, jemand beobachte sie. Gesehen hatte sie allerdings niemanden.

Während sie auf die Empfangsdame wartete – oder die „Empfangsdame in Ausbildung", wie es auf Cindys Plastik-Namensschild hieß –, überlegte sie, was sie Gwen erzählen sollte. Trotz aller Mühen heute hatte sie immer noch keinen Schimmer, wo sich Joan Begley aufhielt. Womöglich war sie sogar hier, im Ramada Plaza Hotel, unauffällig untergetaucht.

Maggie sah zu, wie Empfangsdame Cindy die Kreditkarteninformationen eingab. Sie wusste, dass die Regeln des Hotels es nicht gestatteten, ihr Joans Zimmernummer zu sagen.

Maggie wollte keine Aufmerksamkeit auf sich lenken oder gar Alarm auslösen, indem sie ihre FBI-Marke zückte. Stattdessen sagte sie: „Eine Freundin von mir wohnt auch hier. Könnte ich ihr eine Nachricht hinterlassen?"

„Sicher", erwiderte Cindy, reichte ihr einen Kuli, eine gefaltete Karte und einen Umschlag mit Hotelemblem.

Maggie notierte rasch ihren Namen und ihre Handy-Nummer, faltete die Karte, steckte sie in den Umschlag, schob die hintere Lasche hinein und schrieb Joan Begley auf die Vorderseite. Sie übergab Cindy den Umschlag, die kurz auf den Namen schaute, dann in ihrem Computer nachsah und etwas auf den Umschlag kritzelte, ehe sie ihn in das Fach „Mitteilungen" schob. Joan war also tatsächlich als Gast registriert.

„Hier ist Ihre Schlüsselkarte, Miss O'Dell. Ihre Zimmernummer steht auf der Innenseite der Lasche. Die Lifte sind um die Ecke rechts. Brauchen Sie Hilfe mit Ihrem Gepäck?"

„Nein, danke, ich habe schon alles dabei." Sie schlang sich den Riemen der Kleidertasche über die Schulter, nahm ihr Computercase und machte einige Schritte, ehe sie sich noch einmal umdrehte. „Ach, da fällt mir ein, ich habe vergessen, meiner Freundin zu schreiben, um welche Zeit wir uns morgen treffen. Könnte ich das noch rasch notieren?"

„Aber sicher", erwiderte Cindy, nahm den Umschlag aus dem Fach und schob ihn ihr über den Tresen zu.

Maggie öffnete den Umschlag und tat, als schreibe sie eine Zeit auf. Dann klebte sie den Umschlag zu und gab ihn Cindy zurück. „Herzlichen Dank."

„Kein Problem." Cindy schob den Umschlag wieder in das Fach zurück, ohne sich bewusst zu sein, dass sie Maggie soeben Joan Begleys Zimmernummer gezeigt hatte.

Im eigenen Zimmer angelangt warf Maggie die Taschen auf das Bett, schüttelte die Schuhe ab, zog die Jacke aus und zerrte die Bluse aus dem Bund. Sie fand den Eiseimer, schnappte sich ihre Schlüsselkarte und machte sich auf den Weg hinauf zu Zimmer 624. Als sie oben aus dem Lift trat, ging sie zunächst zur Eismaschine und füllte den Plastikeimer auf. Danach schlich sie auf Socken den Flur entlang, um Joans Zimmer zu finden, und wartete.

Sie warf sich einen Eiswürfel in den Mund. Seit dem Sandwich im Steinbruch hatte sie nichts mehr gegessen. Vielleicht sollte sie sich etwas beim Zimmerservice bestellen. Wie auf Kommando ertönte ein „Ping" um die Ecke, als der Lift anhielt. Gleich darauf bog ein schwarz-weiß gekleideter junger Mann mit einem Tablett über dem Kopf um die Ecke und ging in die entgegengesetzte Richtung, um am Ende des Flures eine Bestellung abzuliefern. Maggie wartete, bis er zurückkam und sie sah, ehe sie die Schlüsselkarte in den Schlitz schob.

„Verflixt!", sagte sie laut genug, damit er es hörte.

„Gibt es ein Problem, Miss?"

„Meine Schlüsselkarte funktioniert nicht. Das ist schon das zweite Mal heute Abend."

„Lassen Sie es mich versuchen."

Er nahm die Karte und schob sie in den Schlitz, bekam jedoch dieselbe hartnäckige Weigerung zu spüren. Er versuchte es wieder etwas tiefer. „Sie müssen sich wahrscheinlich am Empfang eine neue ausstellen lassen."

„Schauen Sie, ich bin erledigt, Ricardo", gestand sie nach einem kurzen Blick auf sein Namensschild. „Ich will jetzt nur noch kurz die Nachrichten sehen und dann schlafen. Könnten Sie mich hereinlassen, damit ich mir für heute den Weg nach unten erspare?"

„Sicher, warten Sie eine Minute." Er holte seine Generalkarte aus der Tasche, und Sekunden später hielt er ihr bereits die Tür auf.

„Herzlichen Dank", sagte sie und beglückwünschte sich zu ihrem schauspielerischen Talent. Sie blieb wartend in der Tür stehen und winkte ihm nach, als er wieder um die Ecke verschwand. Dann ging sie hinein.

Ihr erster Gedanke war, dass Joan Begley als Künstlerin ziemlich gut verdienen musste. Sie bewohnte eine Suite, und nach dem ersten Blick schätzte Maggie, dass sie seit mindestens zwei Tagen nicht hier gewesen war. Auf dem Kaffeetisch stapelten sich drei Gratisexemplare von USA Today. Auf dem Schreibtisch lag eine Guthabenkarte für eine Woche kontinentales Frühstück. Bis auf Sonntag waren alle Tage gelocht. Außerdem lag dort eine Express-Hotelrechnung für Sonntag, den 14. September, mit einer revidierten Kopie für Montag und einer weiteren für Dienstag.

Im Schrank neben der Tür hingen verschiedene Kostüme und Blusen, im Schlafzimmer war eine Jacke über eine Stuhllehne gehängt worden. Maggie klopfte die Taschen ab und entdeckte ein ledernes Scheckbuch. Sie schlug es auf und sah erfreut, dass Joan Begley ihre Transaktionen aufschrieb. Seit ihrer Ankunft in Connecticut hatte es nur wenige gegeben. Die erste war an Marley und Marley gegangen, tausend Dollar als Anzahlung, die zweite war an Stop N Shop gegangen mit dem Vermerk „Snacks". Eine weitere an DB Mart, „Benzin".

Der letzte Eintrag war am Samstag, dem 13. September, vorgenommen worden. Zunächst dachte Maggie sich nichts dabei. Der letzte Scheck war an Fellinis Pizzeria gegangen mit dem Hinweis „Dinner mit Marley".

Sie überflog die früheren Eintragungen. Dinner mit einem der Bestatter? Hatten sie sich zum Dinner getroffen, um über die Beisetzung zu sprechen? Durchaus möglich. Hätte etwas anderes dahinter gesteckt, ein Rendezvous zum Beispiel, hätte sicher Mr Marley die Rechnung übernommen.

Maggie überprüfte das Datum: Samstag, 13. September. Wenn Gwen recht hatte, war Joan Begley vermutlich später an diesem Abend verschwunden. Offensichtlich war sie vom Essen noch in ihre Suite zurückgekehrt, sonst wäre das Scheckbuch nicht hier. Vielleicht hatte sie sich umgezogen. War Marley der Mann, mit dem sie sich verabredet hatte, als sie Gwen anrief?

Als sie das Scheckbuch zurücklegen wollte, dachte sie an die Obduktion. Die Tote aus dem Fass war ermordet worden, kurz nachdem sie eine Pizza gegessen hatte. Vielleicht kurz nachdem sie sich mit jemandem, eventuell dem Killer, zum Essen verabredet hatte.

Maggie schob sich das Scheckbuch in die Hosentasche und schaute sich weiter in der Suite um. Auf dem Beistelltisch lag offen ein Pullman, darunter lagen zwei Schuhe auf der Seite, offenbar nach dem Abschütteln dort gelandet. Im Bad waren mehrere Kosmetik- und Toilettenartikel verteilt, und an der Badezimmertür hing ein Nachthemd.

Müde rieb sich Maggie über die brennenden Augen. Zweifellos war Joan Begley nicht einfach ins Kino oder zum Essen gegangen. Und selbst wenn sie mit einer neuen Liebe abgehauen wäre, hätte sie wohl kaum ihre Sachen dagelassen. Es sah eindeutig danach aus, dass Joan Begley hierher zurückkehren wollte, was sie jedoch ebenso eindeutig seit Tagen nicht getan hatte.

Noch einmal sah sie sich auf der Suche nach Anhaltspunkten in beiden Räumen um und kontrollierte auch den Notizblock neben dem Telefon. Bingo! Auf dem oberen Blatt waren Eindrücke zu erkennen. Es war ein alter Trick, aber immer wieder wirkungsvoll. Mit einem Bleistift aus der Schublade schraffierte sie mit seitlich gehaltener Mine das Blatt. Wie durch Zauber wurden aus den Eindrücken allmählich dünne Linien, die sich zu Buchstaben und Zahlen formten. Schließlich hatte sie eine Adresse und eine Uhrzeit: Hubbard Park, Percival Park Road, West Peak, 23.30 Uhr.

Maggie riss den Zettel ab und steckte ihn ein. Sie blieb für einen letzten Blick zurück an der Tür stehen, ehe sie das Licht ausschaltete und leise sagte: „Wo zum Teufel steckst du, Joan Begley?"

30. KAPITEL

„Erzähl mir von deiner Krankheit“, sagte er auf ihrer Bettkante sitzend.

Joan hatte schon geschlafen. Es musste mitten in der Nacht sein. Beim Angehen des Lichtes war sie erschrocken aufgewacht. Und da war er gewesen. Sie hatte blinzeln müssen, um ihn zu erkennen, wie er am Fußende des Bettes saß und sie neugierig beobachtete.

Sie roch eine Kombination aus feuchter Erde und frischem Schweiß an ihm, als sei er soeben vom Graben aus dem Wald gekommen. Oh Gott! Hatte er etwa ihr Grab ausgehoben?

„Was hast du gesagt?“ Sie wollte sich den Schlaf aus den Augen reiben, erinnerte sich jedoch, dass es wegen der Lederfesseln nicht ging. Gefesselt zu sein erschreckte sie erneut. Die Muskeln taten ihr weh. Sie wand sich, um ihr Gesicht zu erreichen, und strich sich die Haare vom Mund. An Augen und Mundwinkeln war ihre Haut bereits ausgetrocknet. Offenbar hatte sie weder Tränen- noch Speichelflüssigkeit mehr. War es möglich, dass man vom Weinen austrocknete?

Sie spürte, wie sie sich unter seiner Musterung vor Angst verkrampfte. Der Magen begann ihr zu knurren und machte ihr bewusst, dass sie tatsächlich Hunger hatte.

„Wie spät ist es?“ Sie versuchte ruhig zu bleiben. Wenn sie nicht in Panik geriet, wirkte das vielleicht auch besänftigend auf diesen Wahnsinnigen.

„Erzähl mir von deiner Krankheit, von deinem Hormonmangel.“

„Wie bitte?“

„Du weißt schon, der Hormonmangel. Um welches Hormon handelt es sich?“

„Ich weiß nicht genau, wovon du sprichst", log sie und wusste genau, was er meinte. Sie hatte ihm erzählt, sie kämpfe wegen eines Hormonmangels ständig mit ihrem Gewicht und sei deshalb dauernd auf Diät. Das war eine verschämte Ausrede gewesen, weil sie nicht zugeben mochte, dass ihr Gewichtsproblem eher einem Mangel an Selbstdisziplin entsprang. Du lieber Gott, in was hatte sie sich durch ihre Lüge bloß hineinmanövriert? Sie ließ den Blick umherschweifen, bis er auf den Schädeln über ihr haften blieb. War es das, was Sonny von ihr haben wollte?

„Erzähl mir, welche Drüse da betroffen ist? Die Hirnanhangdrüse oder die Schilddrüse?", fuhr er in sanftem Singsang fort, als müsse er sie ermutigen, es ihm mitzuteilen. „Kennst du das Hormon, das dich fett macht? Nein, ich glaube, es ist eher der Mangel des Hormons, richtig? Du hast mir davon erzählt, erinnerst du dich? Ich glaube, du hast gesagt, es war die Schilddrüse, aber ich weiß es nicht mehr genau. War es die Schilddrüse?"

Sie blickte über seine Schulter hinweg auf die Gläser, die auf den Regalen aufgereiht waren. Sie hatten unterschiedliche Formen und Größen: Einweck- und Gurkengläser, von denen das Etikett abgekratzt und mit neuen überklebt worden war. Aus der Ferne erkannte sie die Inhalte nur als Klumpen. Da sie die vermeintlichen Quallen jedoch als Brustimplantate identifiziert hatte, war sie inzwischen überzeugt, dass die Gläser Teile der menschlichen Anatomie enthielten. Und er fragte jetzt nach ihrer Schilddrüse? Allmächtiger. Hatte er nur Interesse an ihr gezeigt, weil er schon ein Glas für ihre Schilddrüse bereithielt?

„Ich weiß nicht", gelang es ihr zu erwidern, obwohl Angst ihr fast die Kehle zuschnürte. „Ich meine, die Ärzte wissen es nicht." Die Lippen bebten ihr. Sie zog sich die Bettdecke so gut es ging bis über die Schultern, als zittere sie vor Kälte und nicht aus Angst.

„Aber ich glaube, du hast gesagt, es sei die Schilddrüse.“ Er klang jetzt wie ein kleiner, schmollender Junge.

„Nein, nein, es ist nicht die Schilddrüse. Keinesfalls.“ Sie bemühte sich, Überzeugungskraft in ihre Stimme zu legen. „Genau genommen war es sogar so, dass sie die Schilddrüse vollkommen ausgeschlossen haben. Weißt du, es war vielleicht nur mangelnde Selbstbeherrschung.“

„Mangelnde Selbstbeherrschung?“

Er zog die Stirn in Falten – verwundert, nicht zornig – und dachte nach. Vielleicht lag es an der Beleuchtung durch das bläulich fluoreszierende Aquariumlicht, aber Sonny kam ihr wirklich wie ein kleiner Junge vor, wozu auch seine Körperhaltung beitrug: Schneidersitz, ein Bein untergeschlagen, die Hände im Schoß. Er hatte die Lider vor Erschöpfung leicht gesenkt, und das Haar stand ihm wirr ab, als wäre er soeben aufgestanden.

Vielleicht fragte er sich gerade, wie er ihre Selbstdisziplin oder besser den Mangel derselben in ein Glas packen konnte. Würde er versuchen, eine andere Lösung zu finden? Dann sah sie Metall aufblitzen, und ihr Magen schlug regelrecht einen Purzelbaum. In seinen gefalteten Händen, die ruhig im Schoß lagen, hielt er etwas, das aussah wie ein Entbeinungsmesser.

Sie spannte die Muskeln an und ließ den Blick suchend durch den Raum laufen. Aus der Magengegend schien Panik aufzusteigen, die sich als Schrei ihrer engen Kehle entringen wollte.

Er war wegen ihrer Schilddrüse gekommen. Er hatte vorgehabt, sie ihr herauszuschneiden! Würde er sich die Mühe machen, sie vorher zu töten? Oh lieber Gott!

Plötzlich sagte er: „Ich fand dich eigentlich nicht fett.“ Er sah auf seine Hände nieder, hob den Blick und lächelte sie an, scheu und jungenhaft. Jetzt war er wieder der Mann, den sie kennen gelernt hatte: höflich, ruhig, interessiert, ein guter Zuhörer, der gefallen wollte.

„Danke“, erwiderte sie und zwang sich zu einem Lächeln.

„Ärzte irren sich manchmal, weißt du.“ Er wirkte traurig, als er aufstand, und sie wappnete sich vor einem Angriff. „Die wissen auch nicht alles“, fügte er hinzu.

Damit wandte er sich ab und ging.

31. KAPITEL

Mittwoch, 17. September

Mitternacht war vorüber, doch die Übelkeit legte sich nicht.

Ihm blieb noch eine Stunde, ehe er fort musste. Heute hatte er einen langen Tag vor sich. Er hatte diese Doppelschichten schon häufiger übernommen, und es hatte ihm nichts ausgemacht. Aber heute machte es ihm was aus. Er hatte nicht schlafen können und immer wieder an seine Kindheit gedacht, an das Warten auf die Mutter, die stets um Mitternacht gekommen war und ihm ihre hausgemachte Medizin verabreicht hatte, wonach er prompt noch mehr Schmerzen bekommen hatte.

Heute würde er gezwungen sein, diese gnadenlose Übelkeit, die er bereits jeden Tag seiner Kindheit durchlitten hatte, zu verbergen. Das hatte er schon einmal geschafft und es überlebt, er würde es wieder können.

Er bedauerte jetzt, Joan nicht gleich in der ersten Nacht erledigt zu haben. Er hatte sogar die Kettensäge mitgebracht, um sie Stück für Stück zu zerlegen, in der Hoffnung, irgendwie an seine Trophäe zu gelangen. Stattdessen hatte er sich in letzter Minute entschlossen abzuwarten.

Es war die falsche Entscheidung gewesen, eine dumme, dumme, dumme Entscheidung!

Er hatte geglaubt, warten zu können, bis sie ihm erzählte, wo ihr wertvoller Hormonmangel saß. Das hätte ihm eine blutige Sauerei erspart. Er hasste Sauereien. Abgrundtief. Und die Kettensäge zu reinigen war die blutigste Sauerei überhaupt. Inzwischen hatte er jedoch ein noch größeres Problem zu bewältigen. Nicht nur, dass er sich gegen alle wehren musste, die ihn fertig machen wollten – alle, die im Steinbruch gruben –, er musste sich auch überlegen, wie er Joans Leiche entsorgen sollte, wenn er mit ihr fertig war.

Aber dazu war jetzt keine Zeit. Er musste sich auf den Tag vorbereiten. Außerdem durfte er sich nicht durch dauernde Sorgen unter Druck setzen, oder sein rebellierender Magen brachte ihn um.

Er kratzte die Mayonnaise aus dem Glas. Das widerliche Geräusch des am Glas schabenden Messers ging ihm auf die ohnehin ramponierten Nerven. Wie sollte er in diesem Zustand arbeiten?

Nein, er durfte nicht an sich zweifeln. Natürlich konnte er arbeiten.

Er verteilte die weiße Creme gleichmäßig auf einer Scheibe weichem Weißbrot, vorsichtig, ohne das Brot zu zerren, und bestrich langsam jede Ecke, ohne jedoch die Kruste zu berühren. Dann wickelte er zwei Scheiben Käse aus und legte sie so auf das Brot, dass sie nicht an den Seiten überhingen oder die Kruste berührten, jedoch in der Mitte überlappten. Das überlappende Stück der oberen Käsescheibe schnitt er sorgfältig ab und legte es beiseite.

Danach langte er hinauf in den Schrank hinter Pepto Bismol und Hustensirup nach der braunen Flasche, die seine Mutter dort jahrelang verborgen hatte. Er öffnete sie, streute daraus einige Kristalle auf den Käse und stellte die Flasche in ihr Versteck zurück.

Nachdem er auch die zweite Scheibe Brot ordentlich mit Mayonnaise bestrichen hatte, legte er sie auf die erste. Zum Schluss schnitt er, was besonders wichtig war, ringsum die Kruste ab und teilte das Brot in zwei Hälften – diagonal, nicht in der Mitte geschnitten. So war es gut. Perfekt.

Perfekt, einfach perfekt.

Er wickelte seine Kreation in weißes Wachspapier und legte

es auf ein Tablett zu einer Dose Cola, einem Beutel Kartoffelchips und einem Riegel Snickers. So einen Lunch hatte ihm seine Mutter jeden Tag in seiner Kindheit zubereitet – jedenfalls soweit er sich erinnerte. Der perfekte Lunch. Er fühlte sich immer besser danach. Doch dieser Lunch war nicht für ihn, sondern für seinen Gast.

Der Gedanke, dass sie sein Gast war, ließ ihn schmunzeln. Er hatte noch nie Gäste gehabt. Schon gar nicht über Nacht. Seine Mutter hätte das nie erlaubt. Und obwohl Joans Anwesenheit ein Versehen war, ein Fehler, eine Sauerei ... nun ja, vielleicht, ganz vielleicht gefiel ihm ja die Vorstellung, einen Gast zu haben. Es gefiel ihm, jemanden zu haben, den er zur Abwechslung mal beherrschen konnte. Zumindest für kurze Zeit. Zumindest bis er sich entschieden hatte, wie er die Teile loswerden sollte, die er nicht gebrauchen konnte.

In dem Moment fiel es ihm ein. Er konnte eines der Tiefkühlgeräte benutzen. Ja, vielleicht fand sie Platz in der Tiefkühltruhe.

32. KAPITEL

Luc Racine saß in der zweiten Reihe der Klappstühle. Die erste war reserviert, blieb aber frei, sodass er einen ungehinderten Blick auf den Sarg vorne hatte. Er sah deutlich das stark geschminkte Gesicht der Frau mit den zu rosigen Wangen. Er fragte sich, ob sie jemals einen derart tiefroten Lippenstift und so viel Rouge benutzt hätte, was ihr ein maskenhaftes Aussehen verlieh.

Luc zog sein kleines Notizbuch aus der Hemdtasche, schlug es auf und notierte sich das Datum. Dann schrieb er: „Kein Make-up. Absolut kein Make-up" und unterstrich absolut. Er ließ das Notizbuch offen und sah sich um.

Marley stand bei der Tür und wartete auf jemanden, der über den Flur kam. Vielleicht auf diese junge Reporterin. Er hatte sie beim Eintreten im Empfangsbereich gesehen. Zum Glück hatte sie ihn nicht erkannt. Aber wahrscheinlich sah sie ohne ihre Brille sowieso nichts.

Marley stand in seiner Bestatterpose da, wie Luc das nannte. Die Schultern straff, Rücken gerade, die Hände unterhalb der Taille wie im Gebet gefaltet, das Kinn erhoben. So strahlte er eine erstaunliche Stärke und Autorität aus. Und dann dieser Blick, der zur Haltung passte.

Luc hatte Jake Marley so oft beobachtet, dass er die Veränderungen im Ausdruck erkannte, obwohl sie sich blitzartig vollzogen. Der Mann war ein Meister seines Faches. Er konnte von Zorn, Sarkasmus oder sogar Langeweile im Sekundenbruchteil zu tiefem Mitgefühl überwechseln. Dieses zur Schau gestellte Mitleid war jedoch nicht zwangsweise aufrichtig. Luc wusste, dass Jake Marleys Miene aufgesetzt war. Sein Mienenspiel war Teil seines Jobs, und er hatte es kultiviert und perfektioniert wie ein Künstler das Auge für Details oder er früher als Briefträger die Fähigkeit, sich Zahlenreihen einzuprägen. Doch etwas an Marleys Fähigkeit schien … hm, er hatte das Wort vergessen. Manchmal fiel ihm nicht das richtige Wort ein. Er kratzte sich nachdenklich das Kinn und versuchte sich zu erinnern.

Ach du Schreck! Er hatte vergessen, sich zu rasieren.

Er blickte auf seine Füße … auch das noch! Er war in Hausschuhen gekommen.

Mit einem kurzen Blick zu Marley vergewisserte er sich, ob der etwas bemerkt hatte. Vielleicht konnte er sich unauffällig durch die Hintertür verdrücken. Er drehte sich auf seinem Stuhl um. Verflixt. Dieser Raum hatte keine Hintertür. Und Marley begleitete nun zwei Frauen herein und führte sie an den Sarg. Er nickte Luc grüßend leicht zu, und das war's. Seine Aufmerksamkeit galt den beiden Trauernden, und Luc wusste, dass er nicht befürchten musste, von Marley weiter beachtet zu werden.

Die ältere Frau hatte künstlich silbriges Haar und trug eine große Brille mit rotem Rand, die ihr kleines Taubengesicht zu verschlucken schien. Bei jedem Schritt stützte sie sich auf ihre Begleiterin. Diese Begleiterin vermittelte Luc die Zuversicht, dass Marley ihm gewiss keinerlei Beachtung mehr schenken würde. Sie trug ein enges blaues Kostüm, das ihre üppige Figur an genau den richtigen Stellen betonte. Sie hatte makellose weiße Haut, was durch das zurückgekämmte lange schwarze Haar hervorgehoben wurde.

Ja, sie würde Jake Marleys Aufmerksamkeit vollkommen fesseln. Er hatte ihr bereits eine Hand in Taillenhöhe auf den Rücken gelegt, während er sie nach vorn zum Sarg geleitete. Luc vermutete, dass Marley die Hand lieber etwas tiefer gehalten hätte, doch eine solche Frechheit würde er sich natürlich nicht erlauben. Er war verbindlich und aalglatt. Luc hatte oft genug mitbekommen, wie er beim Plaudern die hübscheren Kundinnen leicht tätschelnd an Arm oder Schulter berührte oder ihnen eine Hand auf den Rücken legte. Ja, er kannte alle vertraulichen Gesten.

Vielleicht fanden die Frauen die Berührungen sogar tröstlich. Marley war nicht aufdringlich, und er war auch kein übel aussehender Mann. Etwas schlicht vielleicht, aber wenn er in einem seiner schwarzen Fünfhundert-Dollar-Anzüge steckte, verströmte er Stärke, Trost und, ja, auch Autorität. Frauen schienen Männer mit Autorität zu mögen, besonders in Momenten, in denen sie verletzlich waren.

Luc beobachtete die zwei Frauen am Sarg, die zu ihrer lieben Verstorbenen hinabblickten und im Flüsterton miteinander sprachen, wie um die Tote nicht zu wecken.

„Ihr Haar sieht so schön aus", sagte die Ältere und fügte hinzu: „Sie hätte diese Lippenstiftfarbe tragen sollen."

Luc lächelte vor sich hin. Na bitte, er hatte gewusst, dass es nicht ihre Farbe war. Er öffnete wieder sein Notizbuch und notierte: „Kein Flüstern. Leute sollen sich in normaler Lautstärke unterhalten."

Die junge Frau blickte ihn lächelnd über die Schulter hinweg an. Ihre Augen waren geschwollen, obwohl sie nicht mehr weinte. Er lächelte zurück und nickte leicht. In sein Notizbuch schrieb er: „Weinen nicht erlaubt. Und vielleicht ein bisschen fröhliche Musik. Nicht diese … diese Leichenhallenmusik."

Er versuchte sich zu erinnern, welche Musik er mochte, und konnte es nicht. Es musste doch möglich sein, sich an ein Lied oder einen bestimmten Sänger zu erinnern. Wie konnte er Musik vergessen?

In dem Moment fiel ihm auf, dass die beiden Frauen wieder tuschelten, aber diesmal blickte ihn die Ältere an, während die Jüngere etwas zu Marley sagte. Die redeten über ihn und fragten sich vermutlich, wer er war und warum sie ihn nicht kannten.

Zeit zu gehen.

Er stand auf und schlurfte langsam durch die lange enge zweite Stuhlreihe. An der Tür angelangt, hörte er einen von ihnen etwas über Pantoffeln sagen und wusste, dass sie in der Tat über ihn redeten.

Luc schaffte es über den Flur, zur Tür hinaus und auf die Straße. Immer noch kein Marley hinter ihm. Natürlich würde er die hübsche Brünette nicht allein lassen. Luc nahm sich also einen Moment Zeit, zu Atem zu kommen und noch etwas in sein Notizbuch zu kritzeln. „Pantoffeln. Begrabt mich in meinen Pantoffeln. In den blauen, nicht in den braunen."

Er klappte das Notizbuch zu und steckte es mit dem Kuli in die Hemdtasche. Da entdeckte er im Spiegel des Schaufensters einen Mann auf der anderen Straßenseite, der ihn beobachtete. War das Marley? Er mochte sich nicht umdrehen, um nachzuschauen. Der Mann sollte nicht wissen, dass er ihn bemerkt hatte. Er blieb stehen, als betrachte er den Schnickschnack in der Auslage des Ladens, der einmal Ralphs Fleischerei gewesen war. Zwischen den Reihen von Glocken- und Windspielen, genau dort, wo früher die Salamis hingen, suchte er im Spiegelbild nach dem Mann und sah ihn nicht mehr. Er wagte einen raschen Blick über die Schulter. Der Mann war fort.

Luc blickte auf die Pantoffeln an seinen Füßen. Er konnte sich nicht erinnern, sie heute Morgen angezogen zu haben. War da überhaupt ein Mann gewesen, der ihn verfolgt hatte? Oder hatte er sich das eingebildet?

33. KAPITEL

Maggie schob das Tablett des Zimmerservice beiseite und nahm sich einen letzten Toast. Sie sah auf ihre Uhr. Heute hatte sie einiges zu erledigen, Besuche machen, mit Leuten reden. Adam Bonzado hatte sie heute Morgen angerufen und in sein Labor an der Universität eingeladen, um einen Blick auf eines der Opfer zu werfen. Er schien den Eindruck zu haben, dass sie offiziell mit diesem Fall betraut war. Vielleicht hatte ihn Sheriff Watermeier sogar dahingehend unterrichtet. Sie war nicht sicher, warum sie überhaupt erwog, der Einladung zu folgen. Der Besuch dort half ihr vermutlich nicht, Joan Begley zu finden. Aber Bonzado lehrte an der Universität von New Haven, dort, wo auch Patrick war.

Sie blickte wieder auf ihre Armbanduhr und nahm ihr Handy heraus. Sie hatte dieses Gespräch lange genug hinausgezögert und drückte die Nummer ein, die sie auswendig kannte.

Gwen antwortete beim zweiten Klingeln, als hätte sie den Anruf erwartet.

„Sie ist es nicht“, sagte Maggie ohne Einleitung und wartete, dass Gwen die Mitteilung verdaute.

„Gott sei Dank!“

„Aber Joan ist verschwunden“, bestätigte Maggie, um Gwen nicht in falscher Sicherheit zu wiegen. Sie schob auf dem Hotelschreibtisch eine Akte beiseite und holte das Foto von Joan Begley hervor, das Gwen ihr gegeben hatte.

„Erzähl mir, was du herausgefunden hast“, bat Gwen.

„Ich war gestern Abend in ihrem Hotelzimmer.“

„Die haben dich reingelassen?“

„Sagen wir einfach, ich war gestern Abend in ihrem Zimmer, okay?“

Ihr fehlte heute die Geduld, sich eine Lektion über das Befolgen von Regeln anzuhören. Immerhin war Gwen auch auf ungewöhnlichen Wegen an Informationen über ihre Patientin gelangt. „Wie es aussieht, ist sie seit Samstag verschwunden. Aber ich glaube nicht, dass sie einfach abgehauen ist. Ihre Sachen sind im Raum verteilt, als hätte sie vorgehabt zurückzukommen."

„Hältst du es für möglich, dass jemand sie überredet hat, einfach so ohne alles mit ihm wegzugehen?"

„Schwer zu sagen. Aber ohne Kosmetika und Scheckbuch? Sag du es mir, Gwen. Ist sie der Typ, der auf so etwas eingehen würde?"

Stille am anderen Ende der Leitung. Maggie nutzte die Zeit, um das Foto genauer zu betrachten, leicht verärgert, dass Gwen Informationen zurückhielt. Der Fotograf hatte Joan Begley offenbar bei der Arbeit unterbrochen. Sie blickte jedenfalls von einer ihrer Metallskulpturen auf. Das Visier ihres Gesichtsschutzes war hochgeschoben, und man schaute in ernste braune Augen in einem Gesicht mit weißer porzellanartiger Haut. Im Hintergrund waren gerahmte Drucke zu erkennen. Grelle Farbkleckse in Rot, Orange und Königsblau. Hübsche Farbexplosionen mit schwarzen Streifen und Spritzern in der Mitte. Und in der Reflexion des Glases konnte Maggie fast noch jemanden erkennen. Irgendwie witzig. Das Porträt einer Künstlerin mit dem Selbstporträt des Fotografen.

„Nein", erwiderte Gwen endlich. „Sie ist nicht der Typ, der einfach abhauen und alles zurücklassen würde. Nein, ich glaube nicht, dass sie sich dazu überreden ließe."

„Ich brauche deine Hilfe, Gwen." Sie machte eine Pause, um sicherzugehen, dass die Freundin ihr aufmerksam zuhörte. „Das ist jetzt nicht der geeignete Zeitpunkt, Informationen zurückzuhalten, auch wenn sie eigentlich deiner Schweigepflicht unterliegen."

„Nein, natürlich nicht. Ich würde mich auch nicht darauf berufen. Nicht, wenn ich Informationen hätte, die helfen könnten, sie zu finden."

„Du hast gesagt, du hättest eine E-Mail von ihr bekommen, in der sie den Mann erwähnt, mit dem sie sich treffen wollte. Sie nannte ihn wohl Sonny, ist das richtig?"

„Ja, das stimmt."

„Kannst du die E-Mail an mich weiterleiten?"

„Klar. Mache ich gleich im Anschluss an unser Telefonat."

„Ich habe vorhin mit Tully gesprochen. Er will versuchen, in Joans Apartment zu kommen."

„Kann er das?"

„Sie ist lange genug verschwunden für eine Vermisstenanzeige. Ich möchte, dass er ihre Wohnung überprüft. Vielleicht steht ihr Computer dort, und er kann sich ihre E-Mails ansehen. Wir müssen versuchen, mehr über diesen Sonny herauszufinden. Wenn möglich, will Tully heute noch hin. Könntest du ihn vielleicht begleiten?"

Wieder Schweigen. Maggie wartete. Hatte Gwen sie überhaupt gehört, oder empfand sie diese Bitte als Zumutung?

„Ja", erwiderte sie schließlich entschlossen. „Das kann ich machen."

„Gwen, noch etwas." Maggie ließ den Blick wieder über das Foto schweifen. „Hat Joan jemals einen Mann namens Marley erwähnt?"

„Marley? Nein, ich glaube nicht."

„Okay. Das wollte ich nur nachprüfen. Ruf mich an, wenn dir noch etwas einfällt.

„Maggie?"

„Ja?"

„Danke."

„Danke mir, wenn ich sie finde. Wir sprechen später noch mal miteinander, okay?"

Sie hatte das Telefon kaum abgeschaltet, als es auch schon wieder klingelte. Sicher hatte Gwen etwas vergessen.

„Ist dir noch etwas eingefallen?“, fragte sie anstelle einer Begrüßung.

„Agentin O’Dell, warum zum Teufel sehe ich Sie im Fernsehen?“

Es war nicht Gwen, sondern ihr Boss, der stellvertretende Direktor Cunningham. Verflixt. Aufgeflogen.

„Guten Morgen, Sir.“

„Die sprachen da von einem Steinbruch in Connecticut. Ich denke, Sie wollten in Ihrem Garten arbeiten. Und da entdecke ich Sie als Profilerin bei einem Fall in Connecticut? Ein Fall, den ich Ihnen meines Wissens nicht zugeteilt habe?“

„Ich bin aus persönlichen Gründen hier, Sir. Sheriff Watermeier hat gestern irrtümlich verkündet, dass ich als Profilerin an dem Fall arbeite.“

„Ach wirklich? Irrtümlich? Aber Sie waren doch dort am Fundort im Steinbruch.“

„Ja, ich war vorbeigefahren, um zu prüfen …“

„Sie kamen einfach so am Tatort vorbei? O’Dell, das ist nicht das erste Mal, dass Sie einfach so an einem Tatort vorbeikamen, allerdings sollte es besser das letzte Mal sein! Haben Sie mich verstanden?“

„Ja, Sir. Aber die brauchen hier tatsächlich einen Profiler. Dieser Fall hier hat alle Anzeichen eines Serien…“

„Dann sollen die sich einen besorgen. Vielleicht hat ihr örtliches FBI-Büro einen zur Verfügung.“

„Ich bin bereits vertraut mit …“

„Ich glaube, Sie haben Urlaub, Agentin O’Dell. Wenn Sie Persönliches dort zu erledigen haben, ist das Ihre Sache. Aber ich möchte Sie nicht noch einmal im Fernsehen entdecken. Haben Sie mich verstanden?“

„Ja, Sir, ich habe verstanden." Und schon ertönte das Freizeichen.

Verdammt.

Sie durchquerte das Zimmer, blieb am Fenster stehen und sah auf den Verkehr der Pomeroy Avenue und des Research Parkway hinab. Ein Blick auf die Uhr verriet ihr, dass noch Zeit blieb für einen Abstecher. Sie schlang sich die Jacke um die Schultern, steckte die Schlüssel in die Tasche und nahm das Notizbuch, in das sie schon die Fahrtstrecke eingetragen hatte. Sie trat bereits aus der Tür, als sie zögerte. Nun ja, es konnte nicht schaden. Sie kehrte zur Computertasche zurück, zog den Reißverschluss des Innenfachs auf und suchte, bis sie den Umschlag fand. Ohne weiter darüber nachzudenken schob sie ihn in ihr Notizbuch und ging.

34. KAPITEL

Lillian tat etwas, das sie in all den Jahren, seit sie den Buchladen besaß, nicht getan hatte. Sie rief Rosie an und entschuldigte sich, sie käme etwas später. Als sie nun im Wagen vor dem alten Haus saß, in dem sie aufgewachsen war, fragte sie sich, ob sie nicht einen Fehler beging.

Das gesamte Anwesen wirkte verfallen und heruntergekommen, angefangen bei der abblätternden Farbe der Gebäude bis zu den alten Autos, die unter Bäumen verrotteten wie auf einem Schrottplatz. Ein paar der Fahrzeuge kannte sie nicht. Die waren offenbar seit ihrem letzten Besuch hier hinzugekommen und standen neben dem alten Kombi mit den Holzwänden, dem ersten Wagen, der nach dem Tod ihrer Mutter ausrangiert worden war. Irgendwie hatten sie sich nicht getraut, ihn ohne ihre Erlaubnis zu fahren.

Lillian blickte aus dem Autofenster, die Hände noch am Lenkrad, und versuchte zu entscheiden, ob sie bleiben oder wegfahren sollte. Wie in aller Welt konnte ihr Bruder Wally nur hier draußen leben? Warum machte ihm das nichts aus? Sie hatte das nie verstehen können. Ihre gesamte Kindheit und Jugend hindurch hatten sie sich danach gesehnt, diesem Haus zu entfliehen. Sie konnte sich nicht vorstellen, hier zu leben, bei all den quälenden Erinnerungen. Doch Wally schien damit kein Problem zu haben.

Sie versuchte sich den Mut und die Entschlossenheit zu bewahren, mit der sie am Morgen gestartet war, und stellte sich vor, die Detektivin aus einem ihrer Lieblingskrimis zu sein. Sie dachte an gestern Abend zurück, als sie in Gegenwart ihrer Freunde aus den Informationen über die Leichenfunde eine Theorie über den Täter entwickelt hatte, die laut Henry dem entsprach, was die Profilerin gesagt hatte. Seither spürte sie den

Drang, den nagenden Verdacht zu tilgen, dass Wally etwas mit den Leichen in den Fässern zu tun haben könnte.

Vielleicht deckte er ja Vargus. Ja, das würde Sinn ergeben. Genau dazu wäre Wally fähig.

Auf den Stufen zur Eingangstür kamen ihr erneut Bedenken. Dennoch griff sie unter einen Blumentopf und holte den Ersatzschlüssel hervor. Sie fragte sich, warum Wally überhaupt die Tür abschloss. Was könnte einen Dieb hier schon reizen? Aber so war Wally eben. Immer argwöhnisch, immer paranoid, immer besorgt, jemand könnte ihm schaden wollen.

Das Haus roch muffig, als sei es abgesperrt und längere Zeit unbewohnt gewesen. Diesem Eindruck widersprach jedoch der stechende Geruch nach angebranntem Essen. Überall Stapel von Zeitungen, Zeitschriften und Videobändern. Die Küche sah jedoch tadellos aus. Kein schmutziges Geschirr im Abwasch, keine verkrusteten Töpfe und Pfannen auf dem Herd. Kein Abfall in der Ecke. Sie konnte es kaum glauben.

Sie sollte im Kühlschrank nachsehen. Auf Schlimmes gefasst, öffnete sie die Tür und blickte ins Kühlfach, bereit, erschrocken zurückzufahren. Henry Watermeier hatte von fehlenden Körperteilen gesprochen, ohne sie genauer zu definieren. Doch sie entdeckte hier nichts Ungewöhnliches, nur einige tiefgefrorene Pizzas und Hamburger. Was hatte sie erwartet? Was war nur los mit ihr?

Kopfschüttelnd spähte sie in den Waschraum neben der Küche. Das sah schon vertrauter aus. Berge schmutziger Wäsche auf dem Boden, ohne Sortierung nach hell oder dunkel, Feinwäsche oder Kochwäsche. Sie wandte sich wieder der Küche zu, als sie ein weißes T-Shirt bemerkte, das zerknüllt in der Ecke auf einem schwarzen Abfallbeutel lag.

Sei nicht albern, sagte sie sich. Außerdem musste sie in den Buchladen zurück. Wie gewöhnlich ließ sie sich nur von ihrer

Fantasie hinreißen. Trotzdem ging sie in die Ecke, nahm das T-Shirt hoch, entfaltete es und schnappte nach Luft, als sie den Fleck entdeckte, hart, verkrustet und rötlich braun. Lillian war überzeugt, dass es Blut war. Die Hände zitterten ihr, während sie eine andere Erklärung für den Fleck zu finden versuchte.

Als Kind hatte Wally häufig Nasenbluten gehabt. Wahrscheinlich litt er immer noch darunter. Ständig beklagte er sich über den einen oder anderen Schmerz. Er war kein gesunder Mann. Ja, bestimmt hatte er immer noch Nasenbluten.

„Lillian?"

Als sie seine Stimme an der Tür vernahm, schrak sie zusammen, ließ das T-Shirt fallen und drehte sich um. Wally sah sie finster an.

„Was zum Teufel machst du da?"

„Ich habe dich gesucht", log sie und merkte sofort, was für eine grauenhafte Lügnerin sie war. Bei ihrer blühenden Fantasie müsste es ihr eigentlich leicht fallen, eine plausible Geschichte zu erfinden.

„Du kommst doch sonst nicht hierher."

„Vermutlich hatte ich nostalgische Anwandlungen. Vielleicht auch ein bisschen Sehnsucht nach dem alten Haus." Die Lügen wurden immer mieser. Sie würde sie auch nicht glauben. „Darf ich ehrlich zu dir sein, Wally?"

„Das wäre eine gute Idee."

„Ich suchte ... ich wollte schauen, ob ... ob es die alte blaue Vase noch gibt, die Mom hatte."

„Was?"

„Ja, die blaue Keramikvase. Erinnerst du dich?" Diese Ausrede war nun richtig gut. Sie sah, dass er sich zu erinnern versuchte. „Das war die, die sie von Tante Hannah geschenkt bekommen hatte."

„Ich weiß nicht, warum du die jetzt haben willst." Doch sein

Tonfall ließ auf keinerlei Argwohn mehr schließen. „Ich glaube, die ist oben in der Dachkammer. Ich sehe mal nach, ob ich sie finde."

Er war ein guter Junge, ein guter Bruder trotz allem, was sie von ihrer Mutter erdulden mussten. Er konnte unmöglich eine der Taten begangen haben, die sie sich in ihrer zu lebhaften Fantasie ausgemalt hatte. Als sie ihn die Treppe hinaufsteigen hörte, nahm sie dennoch das blutige T-Shirt aus der Ecke und stopfte es in ihre große Handtasche.

35. KAPITEL

Washington, D. C.

R. J. Tully ging vor dem Backsteinhaus auf und ab und klimperte mit dem Wechselgeld in seiner Hosentasche. Er zwang sich, stehen zu bleiben, lehnte sich gegen das Geländer und blickte zu den dunklen Wolken hinauf. Jede Minute konnten sich die Himmelsschleusen öffnen. Warum besaß er keinen Schirm?

In seinen jungen Jahren hatte das was mit Männlichkeit zu tun gehabt. Männer benutzten keinen Schirm. Während der Wind nun eisiger wurde und Tully den Kragen hochschlug, schwante ihm jedoch, dass er lieber trocken als männlich war. Emma hatte ihm mal auseinandergesetzt, es bestehe ein feiner Unterschied zwischen Männlichkeit und Blödheit. Wann war seine Tochter so weise geworden?

Tully blickte auf seine Armbanduhr und schaute suchend die Straße entlang. Sie kam zu spät. Sie kam immer zu spät. Vielleicht war es ihr unangenehm, mit ihm allein zu sein. Schließlich hatten sie sich seit Boston große Mühe gegeben, einander aus dem Weg zu gehen.

Boston … das schien Ewigkeiten her. Und dann sah er sie einen halben Block entfernt die Straße heraufkommen. Schwarzer Trenchcoat, schwarze Pumps, schwarzer Schirm, seidiges rotblondes Haar. Und plötzlich lag Boston gar nicht mehr so weit zurück.

Er winkte, als sie schließlich in seine Richtung blickte. Mit einer dieser idiotischen Gesten, die offene Hand gegen den Uhrzeigersinn gedreht, als würde er den Verkehr regeln. So etwas tat vermutlich nur ein völliger Blödmann. Was war los mit ihm? Warum wurde er in ihrer Gegenwart derart nervös? Sie winkte jedoch zurück und lächelte sogar. Und dann versuchte er sich zu erinnern, warum sie beschlossen hatten, Boston zu vergessen.

„Tut mir leid, ich komme zu spät", sagte Dr. Gwen Patterson. „Warten Sie schon lange?"

„Nein, überhaupt nicht." Die zwanzig Minuten auf und ab wandern zählten plötzlich nicht mehr.

Der Gebäudeverwalter hatte ihm den Sicherheitscode und den Schlüssel zu Apartment 502 gegeben, jedoch vergessen zu erwähnen, dass sie mit einem Frachtfahrstuhl in das Loft gelangten. Tully hasste diese Dinger, Metalltore anstatt Türen und keine Verkleidung an den Kabeln oder Isolierungen, um das Quietschen der alten Hydraulik zu dämpfen. Dr. Patterson schien das völlig kalt zu lassen.

„Waren Sie schon mal in ihrem Apartment?", fragte er, um etwas zu plaudern und sich vom Kreischen der Zugseile abzulenken, die mal geölt werden müssten.

„Sie hatte vor sechs Monaten eine Ausstellung. Da war ich hier. Aber das war das einzige Mal."

„Eine Ausstellung?"

„Ja, ihr Loft ist auch ihr Atelier."

„Atelier?"

„Sie ist Künstlerin."

„Ja, natürlich, das ergibt Sinn."

„Es erstaunt mich, dass Maggie Ihnen das nicht gesagt hat."

Tully fand, das klang ein wenig, als sei sie sauer auf Maggie O'Dell. Er musste sich irren und studierte ihr Profil. Gwen Patterson verfolgte die oben angezeigten Nummern der Stockwerke, während sie an der jeweiligen Etage vorbeifuhren.

Das Loft entpuppte sich eher als Atelier denn als Wohnung. Spotlichter an den Podesten der Skulpturen und gerahmte Gemälde an den Wänden. In den Ecken lehnten Stapel von Leinwänden an Staffeleien und weiteren Podesten. Auf einigen Leinwänden prangten bereits grelle Farben, andere waren nur weiß grundiert und warteten auf ihren Einsatz. Auf Chromgestellen befanden sich allerlei Werkzeug und Malutensilien: Pinsel in Behältern mit bläulich grüner Lösung, Farbtuben ohne Kappen, Lötutensilien und etwas, das nach Bits für Bohrmaschinen aussah, neben Stücken verbogenen Metalls und Rohren. Inmitten dieses Durcheinanders standen kleine Tonfiguren, Miniaturen ihrer großen Gegenstücke.

Der einzige Hinweis auf Privatleben waren ein Polstersofa mit passenden Kissen, die auf den Hartholzboden gefallen waren, und eine Küche in der gegenüberliegenden Ecke, abgetrennt durch einen Tresen voller leerer Mitnahmeschälchen, leeren Wasserflaschen, schmutziger Gläser und Stapel von Papptellern.

„Sieht aus, als wäre sie in aller Eile aufgebrochen", stellte Tully fest und wunderte sich, dass jemand mitten in seinem Arbeitsplatz lebte. Er könnte das nicht.

„Sie haben recht. Der Tod ihrer Großmutter hat sie sehr mitgenommen."

„Demnach haben Sie mit ihr gesprochen, ehe sie abfuhr?"

„Nur kurz."

Tully ignorierte die Kunstgegenstände, was nicht ganz einfach war, und suchte nach Schreibtisch und Computer. O'Dell hatte ihm eine Liste von Dingen gegeben, die er überprüfen sollte.

„Wo zum Kuckuck hat sie ihren Computer?" Er sah kurz zu Dr. Patterson, die an der Gemäldewand stand. Sie betrachtete die Bilder mit leicht schräg gehaltenem Kopf, als könnte sie in den zufällig hingeworfenen Farbklecksen etwas erkennen. Tully verstand nichts von Kunst, obwohl ihn seine Exfrau von einer Galerie in die nächste geschleift hatte. Wo sie den Ausdruck sozialer Ungerechtigkeit und die brillante Interpretation individuellen Kampfes und Schmerzes entdeckte, hatte er nur Klumpen schwarzer Farbe mit zufällig darüber gesprühtem Purpur in der Mitte gesehen.

„Haben Sie eine Ahnung, wo sie ihren Computer hat?", fragte er wieder.

„Sehen Sie im Armoire nach."

„Im Armoire? Ja, okay." Das Kirschholzmonstrum von Schrank nahm fast eine Wand ein. Und als Tully die Türen und Schübe öffnete, dehnte er sich mit drehenden Regalen und zurückschiebenden Geheimfächern weiter in den Raum aus. Und ja, da war ein kleiner Laptop, der fast vom Schrank verschluckt wurde.

„Wissen Sie, ob das ihr Einziger ist?"

Dr. Patterson kam herüber und ließ die Fingerspitzen wie in einer Liebkosung über das Holz gleiten.

„Nein, ich glaube, sie hatte mehrere davon. Ihr gefiel, dass man Laptops überallhin mitnehmen kann, ins Café oder in den Park."

„Dann hat sie vielleicht auch in Connecticut einen bei sich?"

„Ja, ziemlich sicher sogar. Sie hat mir die E-Mail aus Connecticut geschickt."

Er öffnete den Deckel, indem er ihn vorsichtig an beiden Seiten anhob, um keine Fingerabdrücke zu zerstören oder eigene hinzuzufügen. Mit einem Kuli drückte er auf die Einschalttaste.

„Mit einigen Tricks müsste ich an ihre E-Mails gelangen können. Das kann eine Weile dauern", fügte er hinzu, während er das AOL-Programm aufrief. Er zögerte, als auf dem Monitor die Anfrage nach einem Passwort erschien. „Sie können mir nicht zufälligerweise Zeit sparen? Haben Sie eine Idee, was sie als Passwort genommen hat?"

„Bestimmt hätte sie weder ihren Namen noch eine Ableitung davon genommen." Versonnen starrte sie auf den Monitor, und Tully dachte schon, sie wäre mit den Gedanken woanders, als sie hinzufügte: „Versuchen Sie es mit Picasso. Ein C und zwei S. Er war ihr Lieblingsmaler. Angeblich war sie völlig wild auf Picasso und sein Werk. Sie haben vielleicht bemerkt, dass ihre Gemälde von seiner blauen Periode beeinflusst sind und die Skulpturen, vor allem die aus Metall, von seinem Kubismus."

Tully nickte, obwohl er Kubismus nicht von Kuba unterscheiden konnte, und gab mit der Kulispitze P-I-C-A-S-S-O ein. „Fehlanzeige."

„Hm … vielleicht sein Vorname."

Tully wartete, merkte dann aber, dass sie annahm, er kenne ihn. Herrje, er sollte ihn wirklich kennen. Wenn er sie beeindrucken wollte, war jetzt der geeignete Moment. Zum Teufel, wie hieß er noch? Sie half ihm nicht. War das ein Test? Er streifte sie mit einem Blick und stellte fest, dass sie wieder gedankenverloren in die andere Richtung schaute, als suche sie die Antworten auf ihre Fragen in den Gemälden an der Wand. Deshalb blieb ihr Tullys brillanter Geistesblitz leider verborgen, als er Pablo eintippte.

„Nein, Pablo funktioniert auch nicht", erklärte er ein wenig zu stolz für jemanden, der soeben das falsche Passwort eingegeben hatte. Er wartete, schaute kurz zu ihr hin und wartete weiter. Schließlich stand er auf, streckte den Rücken und war nun um einiges größer als Gwen Patterson.

„Ich weiß, was es ist", sagte sie plötzlich, ohne den Blick von einem Bild zu wenden, das nach dem blässlichen Selbstporträt einer Magersüchtigen aussah, eine Nackte mit einem Metallrahmen, der sie direkt unter den ausgestreckten Brüsten abschnitt. „Versuchen Sie Dora Maar." Sie buchstabierte den Namen, während er ihn langsam eintippte.

„Bingo." Tully sah zu, wie das AOL-Programm aktiv wurde. *Sie haben eine Mail.* „Woher wussten Sie das?"

„Nach dem Brustkrebs begann Joan, ihre Gemälde mit Dora Maar zu signieren. Eine komplizierte Geschichte. Sie ist kompliziert. Das Bild da erinnerte mich daran."

„Warum Dora Maar?“

„Dora Maar war Picassos Geliebte.“

Tully schüttelte den Kopf und raunte: „Künstler.“ Er klickte auf „Neue Mail“. Seit Samstag, dem Tag, an dem Joan Begley offenbar verschwand, war keine mehr geöffnet worden. Er klickte auf „Alte Mail“, und eine E-Mail-Adresse fiel besonders auf, weil sie oft auftauchte, manchmal zweimal täglich, jedoch nur bis zu Joans Verschwinden.

„Das hier könnte hilfreich sein“, sagte er, als er eine E-Mail aus der Liste der alten Mails öffnete. „Sie hat eine Menge Mails von der Adresse SonnyBoy@hotmail.com erhalten. Haben Sie eine Ahnung, wer das sein könnte?“

„Maggie und ich hatten gehofft, dass Sie das herausfinden.“

36. KAPITEL

Joan war es übel.

Sie war ausgehungert gewesen und hatte den Imbiss, den er ihr brachte, geradezu verschlungen. Vielleicht rebellierte ihr Magen, weil sie zu schnell gegessen hatte. Sie schämte sich ihrer Esslust. Sonny hielt sie hier gefangen, womöglich in der Absicht, ihr doch noch irgendwann die Schilddrüse herauszuschneiden, und sie konnte es nicht erwarten, ein Käsesandwich und Kartoffelchips hinunterzuschlingen. Leider hatte sie immer Trost im Essen gesucht. Warum sollte das in dieser Situation anders sein?

Ihre Hand- und Fußgelenke brannten, weil sie die ganze Nacht versucht hatte, sich aus ihren Fesseln zu befreien. Ihre Kehle war rau und die Stimme fast weg vom vielen Hilferufen. Wo war sie bloß, dass niemand sie hörte? Falls Sonny sie nicht umbrachte, würde man sie dann jemals entdecken? Wahrscheinlich suchte niemand nach ihr. Wie pathetisch. Pathetisch, aber wahr, niemand würde sie vermissen, wenn sie verschwand, weil es niemandem auffallen würde. All die harte Arbeit und der Gewichtsverlust, um gut auszusehen – und wofür? Am Ende war sie trotzdem allein.

Dass sie ihr Übergewicht verlieren und trotzdem nicht glücklich sein würde, war die ganze Zeit ihre größte Sorge gewesen. Oh, sie hatte versucht, Beziehungen einzugehen. Immer wieder hatte sie es versucht und gehofft, dass es beim nächsten Mann besser wurde. Sie hatte viele Männer kennen gelernt und von jedem erwartet, dass er ihr das Gefühl gab, etwas Besonderes zu sein. Und nach jeder enttäuschenden Bekanntschaft hatte sie sich um so leerer und elender gefühlt.

Genau davor hatte Dr. P. gewarnt: Sie werden vielleicht so attraktiv sein, dass Männer nur so auf Sie fliegen, aber was nützt das, wenn die Leere im Herzen bleibt? Nicht ihr Aussehen sei wichtig, sondern der Respekt vor sich selbst und das Entwickeln der eigenen Persönlichkeit.

Wie sie das verabscheute, wenn Dr. P. recht hatte. Ja, sie war immer noch unglücklich, aber mit dem Unterschied, dass sie nun nicht mehr ihr Übergewicht dafür verantwortlich machen konnte, das Entschuldigung für sämtliche Fehlschläge gewesen war. Wenn Männer sie nicht anziehend fanden, lag es an ihrem Übergewicht. Wenn sie keine Freunde hatte, ebenfalls. Wenn der berufliche Erfolg ausblieb, lag es nur daran, dass niemand eine fette Künstlerin unter Vertrag nahm.

Seit ihren Diäten suchte sie den Trost nicht mehr im Essen, sondern bei Männern. Vielleicht konnte sie Sonny das beim nächsten Mal plausibel machen, wenn er wieder vorbeikam. Ob ihn das davon abhalten würde, ihr den Hormonmangel herauszuschneiden, war jedoch fraglich.

Oh Gott, was hatte sie bloß getan?

Ein Schmerz durchzuckte ihren Magen, als würde sie von innen aufgeschnitten. Sie versuchte sich zu krümmen, um den Krampf zu lindern, doch ihre Fesseln ließen das nicht zu. Dieser Schmerz kam nicht vom schnellen Essen. Hatte sie etwa eine Lebensmittelvergiftung? War vielleicht die Mayonnaise auf dem Sandwich nicht in Ordnung gewesen? Sie spannte den Körper an in dem Versuch, gegen den Krampf anzugehen, der ihr den Magen umstülpen wollte. Was geschah nur mit ihr? Sie hatte sich noch nie so elend gefühlt.

Endlich ließ der Schmerz nach, und sie begann sich zu entspannen. Vielleicht waren die Krämpfe eine Folge ihrer Angst. Vielleicht musste sie einfach nur ruhiger werden. Doch kaum eine Minute später krümmte sich ihr Körper im nächsten Krampf.

Da wusste sie, dass Sonny sie vergiftet hatte.

37. KAPITEL

Maggie ließ sich von Jacob Marley den Flur entlang zu seinem Büro hinter den Räumen des Bestattungsunternehmens geleiten. Bei jedem seiner Versuche, ihr in Taillenhöhe die Hand auf den Rücken zu legen, wandte sie sich ihm entweder kurz zu oder blieb stehen. Seine durchsichtigen Manöver dienten zweifellos der Bestimmung der Rangordnung und waren ein Versuch, die Oberhand zu gewinnen. Eine Berufskrankheit vermutlich, die bei seinen Kunden vielleicht gut ankam. Nicht bei den Toten natürlich, sondern bei den Trauernden, die die Entscheidungen über die Ausgaben trafen.

Sie verfolgte, wie er ihr den Gästesessel in seinem Büro anbot, während er sich auf die vordere Ecke seines Schreibtisches setzte, um sie zu überragen. Jacob Marley hatte etwas an sich, das Maggie missfiel. Schlimmer noch, er hatte etwas an sich, das ihr Misstrauen weckte.

Sie blieb stehen und heuchelte Interesse an den Schwarz-Weiß-Fotos, die fast eine Wand einnahmen. Fotos eines kleinen Jungen – vermutlich Jacob – als Einzelkind mit seinen Eltern.

„Womit kann ich Ihnen helfen, Maggie? Sie haben doch nichts dagegen, wenn ich Sie Maggie nenne?"

„Wenn ich in offizieller Mission unterwegs bin, bevorzuge ich die Anrede Agentin O'Dell, danke."

„Offizielle Mission?" Er versuchte zu lachen, doch es endete in einem Laut, der wie ein nervöses Husten klang. „Das hört sich ernst an." Ehe Maggie auf Joan Begley zu sprechen kommen konnte, fragte er: „Geht es um Steve Earlman?"

Sie hatte Mr Earlman, den Fleischer des Ortes, schon völlig vergessen und realisierte erst jetzt, dass Marley & Marley das Bestattungsunternehmen gewesen sein musste, dem seine Leiche offenkundig abhanden gekommen war. Besser gesagt, der

Bestatter, der es nicht geschafft hatte, sie in der Erde zu belassen.

Gegen die Wand gelehnt musterte sie Mr Jacob Marley. Sie schätzte ihn auf Anfang dreißig, ein unauffälliger Mann mit fliehendem Kinn und eng stehenden Augen. In dem teuren schwarzen Anzug auf der Ecke seines Schreibtisches hockend wirkte er jedoch beherrscht und gelassen. Trotzdem machte er sich Sorgen wegen Steve Earlman.

„Ich weiß, es gibt noch keine offizielle Verlautbarung, aber es geht das Gerücht, dass Steves Leichnam in einem der Fässer steckte. Das stimmt, oder? Deshalb sind Sie gekommen, um mich zu überprüfen."

Er wippte nervös mit einem Fuß. Marley sah nicht wie jemand aus, der sich gestattete, in Schweiß auszubrechen. Aber wenn sie sich nicht sehr täuschte, dann bildeten sich kleine Schweißperlen auf seiner Oberlippe. Jetzt wurde Maggie neugierig. Um was genau machte sich Jacob Marley eigentlich Sorgen?

„Ich kann wirklich keine Details weitergeben", erwiderte sie. „Aber angenommen, das Gerücht stimmt, welche Erklärung hätten Sie, dass so etwas geschehen kann?"

Maggie glaubte immer noch, dass der Täter vor der Beisetzung Zugang zum Leichnam gehabt hatte. Vielleicht war er sogar in die geschlossene Leichenhalle eingebrochen. Hatte Marley einen Einbruch verschwiegen? War er deshalb so nervös?

„Wir haben ihn in einer Gruft beigesetzt", erklärte er und fügte rasch hinzu: „Die Familie verlangte eine Gruft. Sie können sich selbst überzeugen." Er nahm einen Aktenordner vom Schreibtisch und reichte ihn ihr.

Das war Steve Earlmans Akte mit Kopien der Beerdigungsarrangements und einer spezifizierten Rechnung. Marley hatte die Akte zuvor herausgezogen und offenbar auf diesen Besuch gewartet. Irgendetwas bereitete ihm Unbehagen, und das war nicht Steve Earlmans Leichnam.

Sie blätterte die Akte durch, ohne zu wissen, wonach sie suchen sollte. Die Beträge schienen Standard zu sein, da fiel nichts Außergewöhnliches auf. Und ja, da war ein Betrag von achthundertfünfzig Dollar für eine Gruft. Nicht einfach eine Gruft, sondern etwas, das sich „Monticelli Gruft“ nannte.

„Unsere Grüfte werden fest versiegelt. Wir geben die Garantie, dass nichts brechen oder einsickern kann.“

„Wirklich? Hat sich schon mal jemand beschwert?“

„Wie bitte?“

„Wollte schon mal jemand sein Geld zurückhaben?“

Er sah sie an und lachte plötzlich, ein lautes, eingeübtes Lachen. „Um Himmels willen, nein. Aber der Witz ist gut, Maggie.“

„Agentin O'Dell.“

„Wie bitte?“

„Es wäre mir lieber, wenn Sie mich Agentin O'Dell nennen würden, Mr Marley.“

„Aber sicher, natürlich.“

Maggie sah die restlichen Dokumente in Steve Earlmans Akte durch.

„Eigentlich wollte ich Sie nach einer Ihrer Kundinnen befragen. Wie ich hörte, haben Sie mit Joan Begley die Arrangements für die Beisetzung ihrer Großmutter ausgearbeitet. Ist das richtig?“

„Joan Begley.“ Jacob Marley war offensichtlich verblüfft. „Ja, natürlich, ich habe letzte Woche mit Joan alles besprochen. Gibt es da ein Problem?“

Diesmal wirkte Jacob Marley eher überrascht als besorgt.

Maggie hatte ihn nach ihrem Dinner bei Fellini befragen und sich erkundigen wollen, ob er wisse, dass Joan vermisst wurde.

Doch sein Mienenspiel sprach Bände und beantwortete die letzte Frage. Wenn sie in der Hoffnung hergekommen war, Jacob Marley mit Joan Begleys Verschwinden in Verbindung bringen zu können, so sank sie nach diesem Ausdruck von Verwirrung und Erstaunen auf seinem Gesicht.

Jacob Marley verbarg zwar etwas, doch das hatte nichts mit Joan Begley zu tun. Aber vielleicht mit der Akte, die hier aufgeschlagen vor ihr lag.

Marleys Telefon klingelte. Er nahm den Hörer auf. „Ja?"

Nach was sollte sie suchen? Was machte Marley derart nervös?

„Ich habe gerade Besuch", sagte er in den Hörer und konnte eine leichte Gereiztheit nicht verhehlen. „Nein, ich werde den Leichnam in der nächsten Stunde nicht abholen können. Arbeitet Simon heute? Gut. Schicken Sie ihn, sobald er kommt."

Er legte den Hörer auf und wandte sich wieder Maggie zu. „Das Schlimmste an diesem Job ist, dass wir jederzeit und zu den unmöglichsten Stunden bereit sein müssen."

„Ja, vermutlich ist Ihr Geschäft nicht sehr vorhersehbar", erwiderte Maggie und blätterte die Seiten durch. Dann erregte etwas ihre Aufmerksamkeit. Wenn sie sich recht entsann, war Calvin Vargus einer der Männer, die die erste Leiche im Steinbruch entdeckt hatten. „Sie haben einen Kontrakt mit Calvin Vargus und Walter Hobbs, die Gräber auszuheben?"

„Ja, das stimmt." Er verlagerte sein Gewicht und begann nun mit dem anderen Fuß zu wippen. „Die beiden haben die richtige Ausrüstung dafür."

„Wie lange arbeiten die beiden schon für Sie?"

„Ach herrje." Marley verschränkte die Arme vor der Brust. „Ich glaube, das geht weit zurück in die Zeit, als Wallys Vater das Geschäft führte und einen Kontrakt mit meinem Vater hatte. Es ist also eine langjährige Beziehung. Mein Vater war ein sehr loyaler Mann und arbeitete über viele Jahre mit denselben Leuten zusammen." Er deutete auf eines der Fotos an der Wand, ein Porträt von Marley senior, der sehr ernsthaft blickte, als bereite er sich auf eine Beerdigung vor. „Und die Leute waren auch ihm gegenüber sehr loyal. Gott gebe seiner Seele Frieden. Wenn ich etwas anders mache als mein Vater oder ein paar Veränderungen hier und da einführe, sagt mir garantiert jemand: So hätte Jacob Marley es nicht gemacht."

Maggie fiel etwas auf. „Demnach hieß Ihr Vater also auch Jacob."

„Ja, das stimmt."

„Dann sind Sie der Junior?"

„Ja, aber bitte nennen Sie mich nicht so. Alles, nur nicht Junior."

Wenn nicht Junior, dann vielleicht Sonny? fragte sich Maggie insgeheim.

38. KAPITEL

Tully ließ sich von Gwen bedienen. Sie hatte darauf bestanden. Es war sein erster Besuch in ihrem Stadthaus. Und ihre erste Einladung an ihn. Notgedrungen, wie er sich erinnerte. Trotzdem, eine Einladung war eine Einladung.

Gwen hatte gemeint, dass sie es hier bei ihr gemütlicher haben würden als in Joan Begleys Loft. Dort war sie zu sehr abgelenkt gewesen. Tully hatte bemerkt, wie sie umhergegangen war – leicht, leise, fast ehrfürchtig, als wage sie nicht aufzutreten. Er wusste, dass Joan Begley ihre Patientin war. Man musste nicht Profiler sein, um zu erkennen, dass sie darüber hinaus wohl auch zur Freundin geworden war. Und wenn nicht gleich Freundin, dann doch zumindest zu jemandem, den Dr. Patterson sehr mochte. Die beiden hatten offenbar einen inneren Rapport gehabt.

Er betrachtete ihr Gesicht, während sie den Kaffee in Becher goss. Da sie auf ihre Aufgabe konzentriert war, konnte er das unbemerkt tun.

Er saß an der Theke, die Wohnraum und Küche trennte. Einer Küche mit allen Schikanen, raffinierten Utensilien, Töpfen und Pfannen in mehr Größen und Formen, als er sich Nutzungen dafür vorstellen konnte. Hier, in ihrer Umgebung, wirkte Gwen weniger verletzlich als in Joan Begleys Loft. Doch selbst hier sah sie … schwer zu erklären, sie sah müde aus. Nein, das war nicht korrekt, sie sah traurig aus.

„Sahne oder Zucker?“, fragte sie mit einem flüchtigen Blick zu ihm.

„Weder noch. Ich trinke ihn schwarz.“ Ehe sie zum Sahnekännchen griff, wusste er, dass sie einen kräftigen Schluck in ihren Kaffee geben würde, bis er wie milchige Schokolade aussah. Sahne und keinen Zucker. Und wenn erhältlich, bevorzugte sie Mokka als Kaffee.

Dass er das noch wusste, überraschte ihn selbst. In letzter Zeit konnte er sich nicht mal mehr erinnern, welche Sockenfarbe er morgens anzog, und hoffte immer nur, sie passte. Trotzdem erinnerte er sich, wie Dr. Gwen Patterson ihren Kaffee trank?

„Sie glauben also, Maggie hat recht, und dieser Sonny hat etwas mit Joans Verschwinden zu tun?"

„Er hat ihr offenbar seit ihrem Kennenlernen täglich eine E-Mail geschickt. Manchmal sogar zwei oder drei am Tag. Und dann hört das plötzlich genau an dem Samstag auf, an dem Joan verschwindet? Das ist mir zu viel Zufall, oder?"

„Aber nach den E-Mails zu urteilen, die wir gelesen haben, gingen die beiden eher wie Freunde oder Vertraute miteinander um. Er klang nicht wie jemand, der ihr etwas antun wollte."

Das Läuten des Telefons unterbrach sie. Dr. Patterson nahm den Hörer vor dem zweiten Klingeln ab, wie jemand, der auf Neuigkeiten wartet. Auf gute Neuigkeiten.

„Hallo?" Sofort wurde ihre Miene sanfter. „Hallo, Maggie", grüßte sie ihre Freundin. „Nein, ich bin okay. Ja, ich habe mich mit Tully in Joans Apartment getroffen. Er ist sogar hier bei mir im Haus." Sie hörte einige Minuten zu und sagte: „Bleib dran." Sie reichte Tully den Hörer. „Sie möchte mit Ihnen reden."

„Hallo, O'Dell."

„Tully, kannst du mir etwas über Sonny erzählen?"

„Wir haben Joans E-Mails lesen können."

„So schnell?"

„Dr. Patterson hat das Passwort geknackt. Dieser Sonny hat Joan jeden Tag E-Mails geschickt. Wir haben gerade darüber gesprochen. Sie klingen sehr kumpelhaft vertraut, auf eine freundschaftliche, nicht auf romantische Weise. Stimmt's?" Er sah Gwen an, damit sie es bestätigte. „Und jetzt kommt's: Die E-Mails hören an dem Tag auf, als Joan verschwand."

„Kannst du diesem Sonny auf die Spur kommen?"

„Ich habe Bernard beauftragt, die E-Mails zurückzuverfolgen. Er arbeitet dran. Wie es aussieht, benutzt Sonny einen kostenlosen E-Mail-Anbieter, und ich kann nirgends ein Kundenprofil von ihm entdecken. Ich wette, dass er einen öffentlichen Computer benutzt. Wahrscheinlich eine örtliche Bibliothek oder eines dieser Internetcafés."

„Hast du heute schon mit Cunningham gesprochen?"

„Nein, er ist den ganzen Tag in Konferenzen. Warum?"

„Immerhin ist es ihm gelungen, sich lange genug davonzustehlen, um mich anzurufen."

„Mist. Bist du degradiert worden?"

„Ich weiß nicht genau. Tully, ich möchte nicht, dass du Schwierigkeiten bekommst, weil du mir in dieser Sache hilfst."

Tully blickte kurz zu Dr. Patterson, die ihn von der anderen Seite der Theke beobachtete. Sie schien zu glauben, er sei auf das konzentriert, was O'Dell ihm erzählte, dabei konnte er den Blick nicht von ihrem rotblonden Haar wenden, das plötzlich im Sonnenschein erstrahlte, der durch die Wolkendecke in die Küche fiel.

„Tully, hörst du mich?", fragte Maggie. „Ich möchte nicht, dass du wegen dieser Geschichte Schwierigkeiten bekommst."

„Mach dir deshalb keine Sorgen, O'Dell."

39. KAPITEL

Er machte ihr eine Hühnersuppe, herzhaft mit Nudeln. Die kam zwar nur aus der Dose – etwas anderes hatte er nicht –, aber sie roch gut, auch nachdem er die Kristalle in ihr aufgelöst hatte. Die winzigen Überreste würde sie nicht bemerken. Erst recht nicht, nachdem er Salzcracker hineingegeben hatte.

Er stellte die kleine Flasche wieder in Mutters Geheimfach hinter die Reihe selbst gemachter Hausmittel zurück, zu denen Melasse, Honig, Essig, Hustensirup sowie jede Menge Kinderaspirin gehörten. Die braune Flasche enthielt die magischen Kristalle, von denen sie behauptet hatte, sie machten ihn wieder gesund. Erst nachdem der Tod ihre Herrschaft über ihn gebrochen hatte, entdeckte er das wahre Etikett der braunen Flasche unter einem alten verblichenen Rezeptaufkleber. Auf dem echten Etikett stand in großen schwarzen Lettern: ARSEN. Er hatte die Flasche in der Hoffnung behalten, den Inhalt eines Tages gebrauchen zu können, um seinerseits Herrschaft über jemand auszuüben. Und er hatte recht behalten.

Er fand Joan am Fenster sitzend, genau wie er sie zurückgelassen hatte, die Fesseln am Stuhl befestigt. Sie blickte durch das gehärtete Glas in die Wälder hinaus. Er hatte dieses Spezialglas extra bestellt und selbst eingebaut. Dick und bruchsicher gestattete es einen ungehinderten Blick hinaus und ließ Sonnenschein ein. Von draußen sah es wie eine spiegelnde Solarscheibe zur Wärmegewinnung aus. Das Glas lieferte ihm eine wunderbar sonnige, fröhliche Arbeitsatmosphäre, sorgte zugleich für Abgeschiedenheit und Ruhe und schützte seine Ausstellungsstücke.

Joan blickte zu ihm auf, ohne die Hände zu bewegen. Er sah die roten Schwellungen an ihren Gelenken, weil sie wieder versucht hatte, die Fesseln loszuwerden. Dann entdeckte er die Kratzer und Dellen in den Armlehnen. Sie hatte das Holz ruiniert. Das hatte sie mit Absicht gemacht! Der Sessel seiner Mutter, ein Duncan Phyfe, den er selbst aufgepolstert hatte, und sie hatte ihn beschädigt, indem sie die Schnallen der Lederriemen ins Holz trieb!

Zorn stieg in ihm auf, begleitet von bitterer Galle, die ihm den Magen umzudrehen drohte. Er schmeckte sie schon. Nein, nein, ihm durfte jetzt nicht schlecht werden. Er würde gar nicht an den Sessel denken. Keine Aufregung. Er konnte es sich nicht leisten, dass ihm schlecht wurde.

Er stellte das Tablett neben sie auf den Tisch und vermied es, auf die Kratzer in den Armlehnen zu blicken.

„Du musst hungrig sein", sagte er und zog einen Hocker von der Arbeitsbank heran.

„Ich fühle mich nicht besonders gut, Sonny", erwiderte sie leise. „Warum tust du mir das an?"

„Warum? Warum? Weil du hungrig sein musst", sagte er in diesem einschmeichelnd fröhlichen Singsang, den er von seiner Mutter gelernt hatte. „Du hast zwar dein Sandwich aufgegessen, aber das ist Stunden her."

„Können wir uns nicht einfach eine Weile unterhalten?", bat sie. Er fand, ihre Stimme klang weinerlich. Ihm war noch gar nicht aufgefallen, was für eine wimmernde Stimme sie hatte.

Er nahm einen Löffel Suppe, hielt ihn ihr hin und wartete, dass sie den Mund öffnete.

Sie starrte ihn reglos an.

„Weit aufmachen", forderte er sie auf.

Sie sah ihn nur an.

Er brachte den Löffel an ihren Mund und versuchte ihn zwischen ihre Lippen zu schieben. Sie presste die Lippen aufeinander und drehte so ruckartig den Kopf zur Seite, dass ihm der Löffel fast aus der Hand geschlagen wurde und die Suppe sich über seinen Hemdsärmel ergoss.

Wieder schmeckte er bittere Galle. Oh nein, ihm durfte jetzt nicht schlecht werden. Er spürte, wie ihm der Kopf heiß wurde, trotzdem nahm er einen weiteren Löffel voll Suppe und hielt ihn ihr hin.

„Komm schon, du musst essen."

Langsam drehte sie ihm wieder das Gesicht zu, die Miene voller Trotz. „Erst, wenn wir miteinander geredet haben."

„Schau, wir können das auf die leichte und auf die harte Tour machen", erklärte er weiterhin einschmeichelnd trotz des Aufruhrs in seinem Magen. „Mach jetzt den Mund auf."

Er führte den Löffel wieder an ihre Lippen, doch diesmal konnte sie die gefesselte Hand so weit heben, um ihm einen Stoß gegen den Ellbogen zu versetzen. Die Suppe ergoss sich über seine Hose. Er würde sich umziehen müssen, ehe er zur Arbeit ging.

Langsam stand er auf und ließ sich Zeit, die bekleckerten Hemdsärmel aufzurollen. Eine schwierige Aufgabe, da ihm die Hände zitterten und er sie ständig zu Fäusten ballen wollte. Er spürte die Verwandlung in sich, als stäche ihm ein glühendes Eisen in den Bauch, und er erkannte sie an der veränderten Haltung, die Joan einnahm, als sie ihn anschaute. Was ihr trotz Drogen an Mut geblieben war, hatte sich in nichts aufgelöst. Sie riss an den Fesseln, trat gegen die Stuhlbeine, schlug mit den Fußfesseln gegen das wertvolle Holz und hinterließ noch mehr Riefen darin.

„Wie ich sehe, hast du dich für die harte Tour entschieden", presste er zwischen den Zähnen hervor. Diesmal ließ er den Löffel auf dem Tablett liegen und nahm die Suppentasse in die Hand.

40. KAPITEL

New Haven, Connecticut

Maggie wusste nicht genau, was sie hier wollte. Es gab Wichtigeres, dem sie nachgehen sollte. Zum Beispiel, dass dieser Jacob Marley der Junior war. Da er sich den Junior als Anrede verbat, nannte man ihn als Sohn des Hauses vielleicht Sonny. Außerdem musste sie herausfinden, ob es für das Auftauchen der Leiche von Steve Earlman von Bedeutung war, dass Wally Hobbs einen Kontrakt mit dem Beerdigungsunternehmer hatte, die Gräber auszuheben. Und sie musste die Adresse überprüfen, die sie auf Joan Begleys Hotelnotizblock entdeckt hatte. Vielleicht war sie zu einem Rendezvous dort verabredet gewesen, das zu ihrem letzten wurde.

Es gab mehrere Ansatzpunkte, um Joan Begleys Verschwinden aufzuklären. Ob dieser Besuch hier sie weiterbrachte, war zweifelhaft. Trotzdem war sie zur Universität von New Haven gefahren.

Ein bestimmtes Aroma erfüllte das Unterrichtslabor. Maggie fand, es rieche nach Fleischbrühe, jedenfalls roch es verdächtig gut.

Professor Adam Bonzado stand an einem großen Profiherd, hob die Deckel von mehreren Töpfen, rührte mit dem Kochlöffel um, legte die Deckel wieder auf und schaltete die Gasflamme herunter.

Heute trug er ein gemustertes Hawaiihemd in Purpur und Gelb zu Jeans und knöchelhohen Laufschuhen. Seine Schutzbrille aus Plastik baumelte um seinen Hals neben der Chirurgenmaske aus Papier. Er warf Maggie über die Schulter einen flüchtigen Blick zu, stutzte und sah gleich noch einmal verblüfft zu ihr hin, als er sie erkannte.

„Sie sind früh", bemerkte er.

„Der Campus war einfacher zu finden, als ich geglaubt hatte. Soll ich noch ein bisschen herumwandern und lieber später wiederkommen?"

„Nein, keinesfalls. Ich habe Ihnen einiges zu zeigen." Er prüfte ein letztes Mal die Töpfe, drehte sich um und widmete sich ihr. „Willkommen in unserem bescheidenen Labor", sagte er mit einer ausladenden allumfassenden Armbewegung. „Kommen Sie, schauen Sie sich alles an."

Maggie ließ den Blick über Regale voller Gläser mit Präparaten und Phiolen in seltsamen Sortierungen und Größen wandern. Leere Gläschen von Babynahrung standen neben Kelch- und Gurkengläsern, deren Marken mit wissenschaftlichen Etiketten überklebt waren. Aus der Ecke hörte sie das leise Surren eines Entfeuchters.

Der Raum war kühl, und in dem Aroma von Fleischbrühe lag ein Hauch nach Putzmitteln, vielleicht sogar eine Spur Ammoniak. Die Arbeitsplatten waren voll – Mikroskope und eine Sammlung sonderbarer, überall verteilter Instrumente, von einer beeindruckenden kieferartigen Klammer ohne Zähne über kleine Pinzetten bis zu einem Sortiment an Bürsten in jeder vorstellbaren Größe.

In einer anderen Ecke entdeckte sie zwei riesige Geruchshauben. Sie hörte das leise Surren der Ventilatoren darunter, was sie an altmodische Trockenhauben in Friseursalons erinnerte. Angesichts des Inhalts der Hauben verblasste diese Assoziation jedoch rasch. In den Doppelspülbecken weichten Skelettreste offenbar in einer Ätzlösung ein. Eine Hand ragte aus dem Schaum heraus, als winke sie ihr zu, wobei das meiste Fleisch bereits aufgelöst war.

Und dann waren da noch die drei sechs Fuß langen Tische zwischen den Gängen, auf denen Knochen und vor allem fleischlose Schädel lagen. Einige schienen sie anzustarren, andere, die zu beschädigt waren, um normal hingestellt zu werden, lagen auf den Seiten, die leeren Augenhöhlen zur Wand oder an die Decke gerichtet. Die Knochen unterschieden sich in Größe, Form und auch Farbe. Einige waren rußig schwarz, andere cremig weiß oder schmutzig grau und wieder andere buttergelb. Einige waren sorgfältig ausgelegt wie zur Rekonstruktion eines Puzzles. Andere lagen durcheinander in einem Karton am Tischrand und warteten darauf, sortiert zu werden, damit sie ihre Geschichte erzählen konnten.

„Lassen Sie mich das gerade beenden, okay? Dann möchte ich Ihnen ein paar interessante Dinge zeigen, die ich entdeckt habe."

Adam Bonzado zog Latexhandschuhe an und ein zweites Paar darüber. Dann setzte er Schutzbrille und Plastikschutz auf, nahm etwas, das aussah wie ein Schürhaken, und hob damit einen Topfdeckel ab. Sobald der Dampf sich setzte, fischte er mit einem übergroßen hölzernen Kochlöffel Fett und Fleischbrocken heraus, die er in einen bereitstehenden Plastikbeutel gab.

„Wir heben so viel Gewebe wie möglich auf", erklärte er und hob geübt die Stimme, damit man ihn durch die Maske verstehen konnte. „Diese Beutel sind fantastisch", fuhr er fort. „Sie sind so dick, dass wir sie erhitzen und versiegeln können. Luftdicht verpackt wandern die Teile dann in den Tiefkühler. Außerdem kann man die Beutel tiefgefroren in einen Kochtopf oder die Mikrowelle geben."

Maggie dachte unwillkürlich, dass er sich anhörte wie jemand aus einer Kochshow.

„Das Periost braucht am längsten, um sich zu lösen", erklärte er und hielt etwas hoch, das wie Knorpel aussah. „Tut mir leid." Er sah sie über den Rand der Brille hinweg an. „Hoffentlich klingt das nicht herablassend. Wahrscheinlich wissen Sie das ja alles."

„Nein, nein, fahren Sie nur fort. Bestimmt kann ich noch einiges lernen." Trotz ihrer vielen Aufenthalte in Labors, vor allem dem kriminaltechnischen des FBI von Keith Ganza, war sie noch nie in einem anthropologischen Labor gewesen. Schon gar nicht in einem, in dem auch noch unterrichtet wurde. Es faszinierte sie. Bonzados Enthusiasmus und Arbeitsstil waren alles andere als herablassend. Er schien nur begierig, sein Wissen weiterzugeben. Und seine Begeisterung steckte an.

„Wir versuchen, bis auf die Knochen alles abzulösen", fuhr er fort, füllte einen weiteren Plastikbeutel und dann noch einen. „Gewöhnlich benutzen wir dazu irgendein Waschmittel. Ich bevorzuge Arm & Hammers Super Wash", erklärte er und hielt die Packung wie für die Fernsehwerbung hoch. „Und dann das Ganze lange und vorsichtig köcheln lassen. Damit schafft man es meistens. Aber dieses Zeugs dauert ewig."

„Die Knochenhaut?"

„Ja, richtig", bestätigte er lächelnd, wieder so eine geübte Geste für Studenten. Aber ob geübt oder nicht, sein Lächeln wirkte stets echt, sogar für eine ausgebildete FBI-Agentin. „Ich erzähle meinen Studenten immer, dass es das zähe Zeugs ist, das einem beim Rippchenknabbern zwischen den Zähnen hängen bleibt, wenn man auf den Knochen kommt. Sie wissen, wovon ich rede?"

Maggie nickte nur.

„Das ist natürlich dann das Periost vom Schwein."

Maggie belohnte ihn mit einem zustimmenden Lächeln, und das schien ihn zu freuen. Zugleich dachte sie, dass sie vermutlich nie wieder Rippchen essen würde. Erstaunlich, welche Kleinigkeiten ihr etwas ausmachten, wo doch wirklich scheußliche Dinge sie meist kalt ließen. Zum Beispiel aß sie bis heute nichts, was einmal im Kühlschrank von Keith Ganzas Labor gelegen hatte. Sie betrachtete es als gutes Zeichen, dass sie noch nicht so abgestumpft war, ein Tunfischsandwich zu essen, das sich eine Ablage mit menschlichem Gewebe geteilt hatte.

„Die anderen lasse ich noch kochen", erklärte Bonzado, versiegelte die beiden gefüllten Beutel und durchquerte den Raum, um sie in den Tiefkühler zu legen. Am Spülbecken blieb er stehen, zog die Handschuhe aus und wusch sich die Hände. Dann griff er nach einer kleinen Flasche, die Maggie als Vanilleextrakt identifizierte, gab etwas in die Hände und rieb es ein. Er wollte soeben Schutzbrille und Maske abnehmen, als er noch einmal zum Herd eilte, da einer der Töpfe überzukochen begann.

Er hob den Deckel an, rührte mit einem sauberen Kochlöffel um und schaltete die Flamme herunter. Geistesabwesend nahm er einen Löffel voll aus dem Topf, führte ihn an den Mund und pustete, ehe er das Undenkbare tat und kostete.

„Um Himmels willen, was tun Sie da?"

Er sah kurz zu ihr hin, dann zu Herd und Topf, und sein Gesicht lief vor Scham rot an. „Ach du liebe Zeit! Tut mir leid, ich wollte Sie nicht erschrecken. Das hier ist nur mein Lunch."

Aus ihrem Mienenspiel schloss er offenbar, dass sie nicht überzeugt war, deshalb holte er zum Beweis noch einen Löffel voll aus dem Topf und zeigte ihr den Inhalt, den sie als Mischung aus Karotten, grünen Bohnen und vielleicht einigen Kartoffeln identifizierte.

„Das ist wirklich nur Gemüsesuppe mit Fleisch." Er suchte auf der Arbeitsplatte und hielt schließlich die Dose hoch. „Sehen Sie? Nur Suppe. Campbells … Hmm, gut."

41. KAPITEL

„Vermutlich bin ich so an meine Laborumgebung gewöhnt, dass ich sie einfach vergesse. Tut mir wirklich leid“, entschuldigte sich Adam Bonzado zum dritten Mal. „Ich möchte es wieder gutmachen. Wie wäre es, wenn ich Sie zum Dinner ausführe?“

„Das ist nicht nötig, wirklich nicht. Ich habe kein Problem damit. Ich war nur überrascht, sonst nichts.“

„Okay, dann lassen Sie mich Ihnen wenigstens noch ein paar Sachen zeigen“, schloss er, schälte sich die Maske herunter und schob die Schutzbrille auf den Kopf, dass ihm die Haare zu Berge standen, was ihm offenbar gleichgültig war. Endlich kehrte er wieder zur alten Begeisterung zurück. „Widmen wir uns unserem Fall des Leichendiebs.“

„Leichendieb?“

„So nennen die Kids ihn. Ich glaube, er wurde auch in den Nachrichtenmedien so genannt. Sie müssen zugeben, es klingt nicht übel. Geben Sie vom FBI Ihren Killern nicht auch Spitznamen?“

„Ich glaube, die Leute sehen zu viel fern.“ Aber es stimmte schon, sie gaben ihren Tätern häufig Spitznamen. Sie dachte nur an die letzten: den Sammler und den Seelenfänger. Das war jedoch keine offizielle Politik oder ein morbides Beschimpfen. Es entsprang eher dem Drang, den Killer zu definieren, zu verstehen und zu beherrschen. Leichendieb schien angemessen. Angemessen, aber zu simpel.

Bonzado winkte sie an einen Tisch, wo frisch gesäuberte Knochen auf einem weißen Trockentuch lagen.

„Das hier ist der junge Mann aus Fass Nummer drei.“ Die Nummerierung gehörte zu den Dingen, die leider notwendig waren. Sie hatte beobachtet, wie Watermeier veranlasste, Fässer und Deckel mit Nummern zu versehen. Sie sah, dass alle

Papieranhänger, die mit Bändern an den Skelettresten befestigt waren, ebenfalls die Nummer drei trugen.

„Ein junger Mann? Woher wissen Sie das?“ Nummer drei gehörte zu den Fässern, in das sie nicht hineingeschaut hatte. Das, von dem Dr. Stolz behauptet hatte, es enthalte nur einen Haufen Knochen. Da offenbar wenig Gewebe übrig geblieben war, erschien ihr die Alters- und Geschlechtsbestimmung schwierig.

Bonzado nahm einen Knochen auf, den Maggie als Oberschenkelknochen oder Femur identifizierte. Schließlich verfügte sie über eine medizinische Ausbildung, obwohl Knochen nicht gerade zu ihren Lieblingsobjekten gehörten.

„Ich muss etwas ausholen. Bei der Geburt gibt es, wie Sie wissen, mehrere Stellen im Knochengerüst mit einer Epiphysenfuge. Das junge Skelett besteht nicht nur aus Knochen, sondern teilweise aus Knorpel, der während des Wachstums allmählich verknöchert. Dieser Ossifikationsprozess hält bis ins Erwachsenenalter an. Die Enden der Röhrenknochen der Gliedmaßen weisen solche Epiphysenfugen auf. Sobald sich diese Wachstumsfugen knöchern schließen, ist das Längenwachstum abgeschlossen. Das Ende des Femur ist eine solche Stelle, genau hier.“ Er deutete auf einen Punkt am Knie. „Sehen Sie die leichte Kerbe? Sieht fast wie eine Narbe am Knochen aus. Ist der Mensch ganz ausgewachsen, verschwindet auch die.“

Er stand so nah, dass er sie mit dem Ellbogen in der Seite berührte. Als er sich über den Knochen beugte, stießen sie fast mit den Köpfen zusammen. Einen Moment wirkte seine Nähe ablenkend auf Maggie. Trotz deutlicher Laborgerüche nahm sie plötzlich seinen Duft wahr – eine Mischung aus frischer Deoseife mit einem Hauch Aftershave.

„Sehen Sie das?“, fragte er wieder.

Sie nickte und verlagerte, um Distanz bemüht, rasch das Gewicht, wobei ihr eine Tischkante in den Rücken drückte.

„Also, da die Kerbe noch nicht ganz verschwunden ist, schließe ich daraus, dass es sich um einen jungen Erwachsenen zwischen achtzehn und zweiundzwanzig handelt – höchstens dreiundzwanzig, vierundzwanzig. Bei Jugendlichen und jungen Erwachsenen ist es manchmal schwer, anhand von Knochen das Geschlecht zu bestimmen. Aber das hier war eindeutig ein Mann. Wie Sie sehen, sind die Knochen stark, die Gelenke knorrig, und der Schädel hat ein kantiges Kinn und eine niedrige Stirn."

„Das heißt also, unser Täter hat sich eine Frau über vierzig ausgesucht, einen älteren Mann, der bereits tot und einbalsamiert war, und einen jungen Mann. Was ist mit dem vierten Fass, in dem das Opfer mit dem Waffelmuster auf dem Rücken lag? Wissen wir schon etwas darüber?"

„Nicht viel. Dr. Stolz hat mir auf meine Bitte hin Bilder der Kopfwunde zugefaxt. Das Opfer ist eine Frau, aber er hat Schwierigkeiten, ihr Alter zu bestimmen."

„Die meisten Serienkiller suchen ihre Opfer nach einem bestimmten Typ aus. Ted Bundy zum Beispiel nahm nur junge Frauen mit langen dunklen Haaren und Mittelscheitel. Aber unser Täter nimmt alle. Es scheint kein Muster zu geben, nach dem er seine Opfer auswählt."

„Oh doch, ich glaube, es gibt eines. Allerdings keines von den üblichen. Deshalb denke ich, dass Sie das hier interessant finden werden." Bonzado legte den Oberschenkelknochen ab und suchte nach seinem Gegenstück oder dem Teil, das vom Gegenstück noch übrig war. Er sah aus, als wäre er direkt über dem Knie abgesägt worden. „Sehen Sie sich mal das Ende des rechten Femur an." Er reichte ihn ihr, und sie betrachtete den knolligen Knorpel, der am Ende herausstach. Ein Teil davon war ebenfalls abgesägt worden.

„Was ist das?"

„Eine Veränderung, die er vielleicht von Geburt an hatte. Ich denke, es ist eine Art Knochensporn. Möglicherweise eine fortschreitende Anomalie, die man nach Beendigung des Wachstums beseitigen wollte. An diesem Teil des Femur wäre es nur ein kleines Problem gewesen, aber es ist schwer zu sagen. Wahrscheinlich hat er gehinkt. Ich weiß natürlich nicht, wie stark. Je nach Zustand von Tibia und Fibula könnte ich Ihnen wahrscheinlich mehr sagen."

„Lassen Sie mich raten", erwiderte Maggie. „Sie können mir nichts Genaues sagen, weil Teile des Beins fehlen, richtig?"

„Ich fürchte, ja. Und da haben wir das Muster. An der Leiche der ersten Frau fehlten die Brustimplantate, richtig? Der ältere Mann hatte einen Hirntumor, und der Täter hat das Hirn entfernt. Bei diesem Opfer war der Killer wohl auf das geschädigte Bein aus. Das Fass war versiegelt, als wir es entdeckten. Und soweit ich feststellen konnte, sind alle anderen Knochen vorhanden." Er deutete auf den Tisch mit den ordentlich ausgelegten Skelettresten des Mannes.

„Auch bei der Frau mit den Totenflecken im Waffelmuster auf dem Rücken, die Stolz noch nicht abschließend untersuchen konnte, weil die Maden sie ziemlich zugerichtet haben, bin ich mir sicher, dass er einen Makel oder eine Deformierung feststellen wird, die ihr entfernt wurde. Das muss die Verbindung zu den anderen Opfern sein. Der Täter entfernt das Deformierte oder Erkrankte. Vielleicht ist er ein krankhafter Perfektionist. Vielleicht glaubt er, die Erde vom nicht Perfekten reinigen zu müssen." Er verstummte abwartend, und Maggie merkte, dass er sie beobachtete, neugierig auf ihre Reaktion. „Demnach ist das die Viktimologie", fügte er hinzu, „der gemeinsame Nenner. Das kann kein Zufall sein."

„Ja, Sie haben recht. Ich glaube auch nicht an Zufall. Aber alle Toten hatten noch etwas gemeinsam."

„Und zwar?"

„Sie kannten den Killer."

42. KAPITEL

R.J. Tully räumte das schmutzige Geschirr ab, stellte es ins Spülbecken und wischte die Krumen fort. Er holte den Laptop hervor, stellte ihn auf den Küchentisch und steckte die Kabel für Internetzugang und Strom ein, damit ihm die Batterie nicht schlappmachte. Auf dem Deckel lag noch ein Hauch Puder vom Abnehmen der Fingerabdrücke. Ansonsten hatten die Jungs vom Labor ordentlich, rasch und effizient gearbeitet.

Bernard versuchte immer noch, hinter die E-Mail-Adresse von Sonny zu kommen. Doch schien er mit seiner Vermutung richtig zu liegen: Sonny Boy benutzte nur öffentliche Computer. Immerhin hatten sie die Spur bis zur öffentlichen Bibliothek von Meriden und der Universität von New Haven verfolgt. Wenn es in diesem Tempo weiterging, gelang es ihnen aber möglicherweise nicht, ihn zu identifizieren oder auch nur ein Benutzerprofil von ihm zu erstellen. Offenbar nutzte er seine Adresse ausschließlich zum Chatten. Sie fanden weder Konten noch ein Mitgliedsprofil, keine Kreditkarten oder Online-Käufe. Jede Spur eine Sackgasse.

Mit Hilfe des Passwortes griff Tully auf Joan Begleys Dateien zu und sah sie durch. Er las die ungeöffneten E-Mails, klickte jedoch „aufbewahren“ an, falls noch jemand sie lesen wollte.

Als Harvey unter dem Tisch aufsprang, schrak er zusammen. Den Hund hatte er völlig vergessen. Kurz darauf hörte er, wie die Haustür aufgeschlossen wurde. Der Hund war wirklich gut.

„Hi, Dad!“, rief Emma und kam zur Haustür herein, ihre Freundin Aleesha, ihre ständige Begleitung, auf den Fersen.

„Du bist früh dran“, stellte er fest, bemüht, nicht so erfreut zu klingen, wie er war. In letzter Zeit sah er sie kaum noch und wenn, dann nur im Vorübergehen.

„Wir fanden, wir sollten heute hier lernen. Ist das okay?“

Sie hatte ihren Arm voll Bücher bereits aufs Sofa geworfen und ging in die Hocke, um Harvey zu umschlingen. Sie lachte ihre Freundin an, die beiseite gehen musste oder Gefahr lief, von der wedelnden Hunderute geschlagen zu werden.

„Du kannst ihn ruhig streicheln", sagte Emma zu Aleesha, die auf Erlaubnis zu warten schien. „Können wir später zum Dinner eine Pizza bestellen, Dad?"

Sie ließ sich von Harvey die Hand lecken und sah ihren Vater erwartungsvoll an. Tully glaubte in ihrem Blick ein Funkeln und Strahlen zu entdecken, das er sehr lange nicht mehr gesehen hatte. Das war reines, unverfälschtes Glücklichsein.

„Sicher, Süße. Aber nur, wenn ich auch etwas bekomme."

„Klar kriegst du was ab. Du zahlst doch." Sie verdrehte kurz die Augen, lächelte jedoch bereits wieder.

Wer hätte gedacht, dass es lediglich des freudigen Begrüßungsrituals eines Hundes bedurfte, die Augen seiner Tochter wieder strahlen zu lassen. Mädchen im Teenageralter würde er nie verstehen.

Genau genommen erstaunte es ihn weniger, dass Emma fast sechzehn war, als vielmehr die Tatsache, dass er der Vater einer Sechzehnjährigen war. Dabei kannte er sich mit Teenagern überhaupt nicht aus. Vater eines kleinen Mädchens zu sein mochte noch angehen. Er verstand sich aufs Beschützen, Behüten und Bewundern. Doch diese Fähigkeiten schienen in den Augen einer Teenagertochter nicht mehr zu zählen.

„Komm schon, Harvey!", rief Emma den Hund vom Flur aus. „Sieh ihn dir an", hörte Tully sie auf dem Weg zu ihrem Zimmer zu Aleesha sagen. „Das ist absolut cool. Er liegt am Fußende meines Bettes, als würde er mich bewachen. Und dann dieser Blick aus den großen, traurigen braunen Augen, ist das nicht toll?"

Tully schmunzelte. Das beim Vater verpönte Beschützen und Behüten galt beim Hund offenbar als hervorragende Charaktereigenschaft. Wurde er soeben im Leben seiner Tochter ersetzt? Na gut, besser durch einen Hund als durch einen Jungen.

Er widmete sich wieder Joan Begleys E-Mails. O'Dell hatte gesagt, der Täter vom Steinbruch könne paranoid und delusorisch sein. Sie vermutete, dass er die Leichen versteckt hatte, weil er seine Taten verheimlichen wollte. Dieses Verhalten stand im Gegensatz zu dem der meisten Serientäter, die zur Demonstration von Dominanz und Macht ihre Opfer regelrecht zur Schau stellten. Laut ihrer Interpretation ging es ihm nicht in erster Linie ums Quälen und Töten. Das Töten verschaffte ihm möglicherweise nicht einmal Befriedigung. Wenn sie recht hatte mit ihrer Theorie, war das Töten nur ein notwendiges Übel, um an seine, wie O'Dell es nannte, Trophäen zu gelangen. Wenn das jedoch derselbe Mann war, der Joan Begley verschleppt hatte, war die Frage, was er von ihr wollte.

Tully ging den Inhalt der E-Mails von Sonny an Joan Begley durch. Sie klangen, als sei er aufrichtig an ihr interessiert und sehr um sie besorgt. Was zweifellos eine notwendige Masche war, Opfer anzulocken und ihr Vertrauen zu gewinnen. Doch das hier ging über eine Masche hinaus.

Da stand: „Du musst die Trauer zulassen. Sei traurig. Das ist okay. Es muss dir nicht peinlich sein. Niemand wird dich deshalb für einen Schwächling halten."

Ging Sonny Boy eine emotionale Beziehung mit seinen Opfern ein, hatte er tatsächlich Mitgefühl? Vielleicht bedauerte er sie wegen ihrer Leiden? Gehörte das zu seinem Spiel, oder war das nur bei Joan Begley anders?

Tully war geneigt, O'Dell recht zu geben. Vielleicht verbarg der Täter die Leichen wirklich aus Scham. Aber konnte das sein? Ein Killer, der sich für seinen Drang schämte, deformierte oder erkrankte Teile der Anatomie seiner Opfer besitzen zu wollen? Möglich. So betrachtet ergab es Sinn, dass er seine Serie mit einem Toten begonnen hatte. Laut O'Dell hatte es da einen älteren Mann mit Hirntumor gegeben, der bereits einbalsamiert und beerdigt worden war. Vielleicht hatte Sonny Boy mit Toten angefangen und war dann mutiger geworden. Oder sein Drang, bestimmte Körperteile zu besitzen, war stärker geworden als seine Skrupel zu töten.

Tully lehnte sich zurück und starrte auf den Computermonitor, Sonny Boys letzte E-Mail an Joan Begley noch geöffnet. Wie paranoid und delusorisch war der gute alte Sonny Boy? Er war versucht, es herauszufinden.

Wahrscheinlich sollte er das erst einmal mit O'Dell besprechen. Wahrscheinlich sollte er nicht voreilig etwas Leichtsinniges tun. Andererseits, was hatte er zu verlieren? Vermutlich färbte O'Dells mangelnde Bereitschaft, sich an Regeln zu halten, auf ihn ab. Es konnte nur an ihrem schlechten Einfluss liegen, dass er von seiner üblichen Vorgehensweise abweichen wollte.

Er rollte mit dem Stuhl wieder näher an den Tisch. Seine Finger verharrten kurz über der Tastatur. Ach, was soll's, dachte er und klickte auf ANTWORT. Joan Begleys Maske für Antwortschreiben erschien. Ehe er es sich anders überlegen konnte, tippte er seine Botschaft ein und klickte auf SENDEN. Und was, wenn Sonny Boy Joan Begley gefesselt und geknebelt bei sich hatte? Was, wenn er sie bereits umgebracht hatte? Er würde sich wohl ziemlich wundern, eine E-Mail von ihr zu erhalten, auch wenn die nur aus einem Wort bestand.

„WARUM?"

43. KAPITEL

Maggie verließ Bonzados Labor. Der Tag war wieder warm geworden, doch mit sinkender Sonne lag eine deutliche Schärfe in der Luft. Sie ging über den Campus und versuchte, die Anblicke und Gerüche des Herbstes zu genießen, obwohl ihre Gedanken immer wieder zu den von Bonzado gewonnenen Erkenntnissen abschweiften. Sie holte ihr Handy heraus und sah noch einmal prüfend in ihr Notizbuch, welche Richtung sie nehmen musste. Das Gebäude müsste ganz in der Nähe sein. Sie drückte eine Nummer ein und blickte sich suchend um. Vielleicht lag das Haus genau auf der anderen Seite des Campus.

„Dr. Gwen Patterson."

„Gwen, hier ist Maggie. Eine kurze Frage. Hat Joan irgendein Leiden, ein körperliches Handicap zum Beispiel?"

„Ein Gebrechen? Keineswegs. Warum?"

„Ich versuche immer noch herauszufinden, ob es eine Verbindung zwischen ihrem Verschwinden und dem Täter vom Steinbruch gibt."

„Aber du hast doch gesagt, Joans Beschreibung passe auf keines der Opfer."

„Okay, kein Grund zur Sorge", erwiderte sie, als sie den panischen Unterton in der Stimme ihrer Freundin hörte. „Ich frage mich nur, ob es möglich ist, dass er sie entführt hat. Sei bitte ehrlich zu mir, Gwen. Es ist jetzt nicht der richtige Zeitpunkt für Geheimniskrämerei."

„Geheimniskrämerei? Du glaubst, ich wüsste Geheimnisse von ihr?"

„Vielleicht nicht gerade Geheimnisse. Aber hat sie dir mal etwas unter dem Siegel der Verschwiegenheit anvertraut?"

„Ich habe dir alles erzählt, was nützen könnte, sie zu finden."

„Bist du sicher?"

„Worum geht es, Maggie?"

„Der Killer vom Steinbruch hat seinen Opfern ... Körperteile entfernt. Defekte. Deformierungen."

„Zum Beispiel?"

„Bei einer Frau fehlten die Brustimplantate. Bei einem anderen Opfer fehlt offenbar ein verkrüppelter Beinknochen. Bei einem Mann wurde das Gehirn samt einem inoperablen Tumor entfernt. Aber wenn Joan weder Behinderungen noch Krankheiten hatte, müssen wir uns wohl keine Sorgen machen, dass unser Täter sie entführt hat."

Sie zog den Umschlag aus dem Notizbuch, nestelte die eingesteckte Karte heraus und las die Adresse. Wieso konnte sie das Gebäude nicht finden? Gwen hatte immer noch nicht geantwortet.

„Gwen?"

„Vielleicht gibt es da doch etwas, Maggie. Joan hat in den letzten beiden Jahren sehr viel Gewicht verloren. Wenn sie darüber spricht, erzählt sie den Leuten immer, ihr Gewichtsproblem hätte mit einem Hormonmangel zu tun gehabt."

„Was soll das heißen, Hormonmangel? Meinst du ein Schilddrüsenproblem?"

„Ja."

„Okay, dann ist es Zeit, sich Sorgen zu machen. Sobald ich wieder in Meriden bin, informiere ich Sheriff Watermeier."

„Wo bist du jetzt?"

„Ich bin gerade in einer persönlichen Angelegenheit unterwegs."

„Du willst ihn endlich besuchen?"

„Nein, ich bin nicht in Boston. Ich will nicht zu Nick Morrelli. Ich bin mir nicht sicher, ob ich ihn je wiedersehen werde."

„Ich sprach nicht von Boston. Ich meine New Haven."

Maggie wäre fast über die Gehwegkante gestolpert. Sie hatte Gwen nie von ihrem Bruder erzählt. „Woher weißt du von ihm?"

„Deine Mutter hat mich im letzten Dezember um Rat gefragt, ehe sie dir seinen Namen und seine Adresse gab."

„Du hast es die ganze Zeit gewusst? Warum hast du nichts gesagt?"

„Ich habe darauf gewartet, dass du mir etwas sagst, Maggie. Warum hast du geschwiegen?"

„Ich glaube, ich habe gewartet."

„Worauf?"

„Auf Mut."

„Mut? Das verstehe, wer will. Du bist einer der mutigsten Menschen, die ich kenne, Margaret O'Dell."

„Wir werden sehen, wie mutig ich bin. Ich melde mich später nochmal, okay?"

Sie ließ das Handy in die Tasche gleiten, kurz davor, die Suche aufzugeben. So viel zum Thema Mut, wenn sie nicht mal den Mumm hatte, das Gebäude zu finden. Plötzlich entdeckte sie das Schild Dobson Hall. Zögerlich blickte sie an dem Backsteingebäude hinauf. Wenn ich schon mal hier bin, dachte sie, wäre es albern, nicht hineinzugehen.

Am Empfangstisch saß eine Brünette mit gepierctem Nasenring, ein Schulbuch auf dem Schoß, ein Telefon in der einen und eine Flasche Wasser in der anderen Hand.

„Ich weiß, dass es im Examen drankommt. Er hat es ja bloß tausend Mal gesagt." Sie blickte zu Maggie auf und fragte, ohne den Hörer abzulegen. „Kann ich Ihnen helfen?"

„Ich suche Patrick Murphy."

Das Mädchen blickte zur Liste an der Ecke des Schreibtisches, in der sich die Studenten ausgetragen hatten. „Er ist bis spät heute Abend außer Haus. Aber, hm ... wissen Sie, ich glaube, er ist arbeiten. Sie erwischen ihn vielleicht da drüben." Sie deutete über die Straße.

Maggie wusste zunächst nicht, was sie meinte. Dann entdeckte sie Champs Grill. Natürlich, er hatte einen Studentenjob. Das hatte nicht in ihren Akten gestanden.

Champs Grill roch nach Frittenfett, war dunkel, laut und verraucht. Die Nischen mit den hohen Rückenlehnen waren voll gepackt mit Studenten.

Maggie fand einen Hocker an der Bar und begann ihre Suche. Sie ließ den Blick über den Speisebereich schweifen, beobachtete die Kellner und fragte sich, ob sie ihn erkennen würde. Und wenn ja, was würde sie sagen? Wie sagte man jemandem, dem man noch nie begegnet war, man sei die große Schwester? Vielleicht hätte sie ihm erst eine Hallmark-Karte schicken sollen. Hatten die nicht für jede Gelegenheit eine passende?

Am Ecktisch sah sie einen großen, dunkelhaarigen Kellner mit einer Gruppe junger Leute lachen, während die ihre Bestellungen aufgaben.

Kam ihr sein Profil bekannt vor? Er schien derjenige zu sein, der alle zum Lachen brachte. Schmunzelnd dachte sie daran, wie ihr Vater sie immer zum Lachen gebracht hatte, manchmal bis ihr der Bauch wehtat. So heftig wie damals hatte sie nie mehr gelacht. Viele Erinnerungen an ihren Vater wurden jedoch von der an seinen Tod überschattet. Sie dachte nicht in erster Linie an seine Scherze und Umarmungen zurück, sondern an den Geruch von verbranntem Fleisch. Manchmal wachte sie nachts auf und hatte diesen Geruch in der Nase, obwohl sich das Beerdigungsinstitut damals sehr viel Mühe gegeben hatte, ihn zu übertönen.

Das Medaillon, das er ihr zu ihrem Schutz geschenkt hatte, erinnerte sie stets daran, dass er ein identisches besessen hatte, das ihn nicht schützen konnte. Er war in das Flammeninferno gelaufen und als toter Held hinausgetragen worden.

Sie betastete ihr Medaillon, das sie unter der Bluse trug. Sie sollte auch andere als trübe Erinnerungen an ihren Vater zulassen, es musste nicht alles schmerzlich sein.

Während sie den Kellner in der Ecke beobachtete, fragte sie sich, ob Patrick überhaupt wusste, wer sein Vater war. Hatte seine Mutter es ihm gesagt? Oder hatte ihre Mutter mit seiner das Abkommen geschlossen zu schweigen?

„Kann ich Ihnen etwas zu trinken bringen, Ma'am?", hörte sie den Barmann fragen.

„Eine Diät-Cola bitte", erwiderte sie und hätte lieber einen Scotch gehabt. Sie drehte sich leicht, um ihn mit einem Blick zu streifen.

„Möchten Sie die mit einer Zitronenspalte?"

„Nein, ich möchte …" Sie verstummte und sah den Barmann fassungslos an, als hätte sie einen Geist vor sich. Ihr war, als blicke sie in das Gesicht ihres Vaters. Die gleichen braunen Augen, das gleiche Grübchen im Kinn.

„Keine Zitrone?", vergewisserte er sich und lächelte wie ihr Vater.

„Nein, danke."

Sie versuchte ihn nicht anzustarren, als er Eiswürfel in ein Glas gab, die Cola darüber goss und ihr das Glas hinstellte.

„Einen Dollar fünfzig, aber keine Eile. Bei Cola wird nachgeschenkt."

Ihr hatte es die Sprache verschlagen, und sie konnte nur noch lächelnd nicken. Er ließ sie allein, um andere Gäste zu bedienen. Sie beobachtete ihn und kam sich vor wie ein Voyeur, da sie jede seiner Bewegungen verfolgte, fasziniert von den Händen mit den schlanken Fingern. Er trug das Haar wie ihr Vater. Ein deutlicher Wirbel ließ ihm wenig andere Möglichkeiten.

Nach dem dritten Auffüllen des Glases und einem ausgiebigen Plausch über das Wetter ging sie, da sie unbedingt zum Dinner mit Bonzado nach Meriden zurückmusste. Sie hatte nicht den Mut gehabt, sich vorzustellen. Die Gelegenheit hatte sich nicht ergeben.

Als sie in ihren Wagen stieg, hatte sie jedoch das Gefühl, etwas gefunden zu haben, das ihr vor langer Zeit unbemerkt abhanden gekommen war. Und sie wusste, sie würde zurückkommen.

44. KAPITEL

Luc starrte den Topf auf dem Herd an. Er konnte ihn unmöglich aufgesetzt haben. Das Kochen hatte er eingestellt, nachdem ihm eine Pfanne voll brutzelnder Würstchen und Bratkartoffeln auf dem Herd verbrannt war. Er hatte sie vergessen, bis ihm der Qualm in die Nase gestochen war. Seither aß er kalt. Cornflakes mit Milch und Sandwiches.

Der Topfdeckel war noch heiß. Luc konnte sich nicht erinnern, ausgerechnet so einen großen Bratentopf genommen zu haben. Er sah sich in der Küche um. Ansonsten schien alles an seinem Platz zu sein. Er überprüfte die Hintertür. Abgesperrt. War jemand hier gewesen? Vielleicht hatte er es sich doch nicht eingebildet, dass jemand ihn beobachtete und verfolgte. Diese Schritte, er hatte sie deutlich gehört. Und dann das Spiegelbild des Mannes in der Schaufensterscheibe des ehemaligen Fleischerladens. Auf der anderen Straßenseite hatte der Mann gestanden und ihn beobachtet, und im nächsten Moment war er fort gewesen. Luc war sich jetzt fast sicher, dass ihm die Fantasie keine Streiche spielte.

Er starrte wieder auf den Topf. Dieses riesige Ding, das zwei Brenner bedeckte, hätte er niemals genommen. Da passte ein kleines Schwein hinein. Er konnte sich nicht mal erinnern, dass er einen so großen Topf besaß. Wozu sollte er den auch benutzen?

Jemand musste ihn dagelassen haben. Aber warum auf dem Herd? Was sollte das? Es sei denn, jemand versuchte ihn zu verwirren oder verrückt zu machen. Es sei denn … jemand wollte ihm Angst einjagen.

Luc brach kalter Schweiß aus, sodass ihm das Hemd am Rücken klebte. Sein Herz trommelte heftig gegen den Brustkasten. Voller Panik sah er sich noch einmal im Raum um. Mit ruckartigen Kopfbewegungen blickte er suchend hierhin und dorthin und beschleunigte seine Schritte. Er eilte durch den Wohnraum, stolperte und hastete weiter.

Die Panik gewann endgültig die Oberhand, als er schrie: „Scrapple! Scrapple, komm her, mein Kleiner! Komm, Scrapple! Wo bist du?“

Heiße Tränen rannen ihm über die Wangen, und er wischte sie mit dem Hemdsärmel fort. Ihm war so übel, er fürchtete, sich gleich zu übergeben. Seine Beine trugen ihn kaum die Treppe hinauf, und auf halbem Weg sackten sie ihm weg. Er stürzte, fiel einige Stufen zurück und krachte mit der Schulter gegen die Wand. Er versuchte wieder zu rufen, doch die Kehle war ihm wie zugeschnürt. Lediglich ein Wimmern kam über seine Lippen, das ihn noch mehr in Panik versetzte, weil er nicht merkte, dass es aus seinem Inneren kam. Er klang wie ein verwundetes Tier.

Auf den Stufen liegend, unfähig aufzustehen, da ihm die Beine den Dienst versagten, presste er die Wange auf das kühle Holz. Er zitterte am ganzen Leib und konnte es nicht unterdrücken. Nach einem Moment schlang er die Arme um sich, so gut es ging, legte das Gesicht auf die angezogenen Knie und versuchte verzweifelt, gegen Übelkeit und Frösteln anzugehen. Er konnte immer noch das kreischende Wimmern hören, diesen schrecklichen Laut aus dem eigenen Mund.

Plötzlich wurde er angestoßen. Ein kühler Stups. Langsam löste Luc die Wange von der Stufe und hob den Kopf. Sofort begrüßte ihn eine feuchte Zunge im Gesicht.

„Scrapple! Scrapple, verflixt nochmal! Warum kommst du nicht, wenn ich dich rufe?“ Er schnappte sich den Hund, zog ihn an sich und hielt ihn so fest, dass der sich wimmernd zu entwinden versuchte, doch Luc ließ ihn nicht los.

45. KAPITEL

Maggie sah Sheriff Watermeier durch Luc Racines kleine Küche stapfen, einen kritischen Blick auf den Kalender an der Wand, das fransige, an einem Schubladengriff baumelnde Handtuch und das schmutzige Geschirr im Spülbecken werfen. Watermeier schien an allem interessiert, außer an dem menschlichen Schädel, der in der eigenen Brühe abgetaucht war. Der große Topf auf dem Herd fühlte sich immer noch warm an.

Adam Bonzado schlug Luc vor, mit ihm hinauszukommen und frische Luft zu schnappen. Doch zuvor schenkte Bonzado sich ein Glas Wasser ein und stürzte es hinunter. Er füllte ein zweites Glas, vielleicht für Racine, und folgte dem alten Mann zur Hintertür hinaus.

„Das hat Luc richtig erschüttert", bemerkte Maggie.

„Natürlich hat es das", erwiderte Watermeier fast schnaubend. „Ich wäre auch erschüttert, wenn ich einen menschlichen Schädel auf meinem Herd köchelnd finden würde und mich nicht erinnern könnte, ob ich ihn in den Topf getan habe."

„Sie glauben, er hat das selbst gemacht und kann sich nicht daran erinnern?"

„Sein verdammter Hund gräbt dauernd irgendwelche Körperteile aus. Wer weiß, was Racine als Souvenir behalten hat und was noch unter der Veranda lagert?" Er bemerkte Maggies Skepsis. „Haben Sie eine andere Erklärung?"

„War Racine nicht im Steinbruch, als die erste Leiche gefunden wurde?"

„Ja, sicher. Und er hat die Geschichte umgehend im Fernsehen ausgequatscht. Wahrscheinlich ist das nur so eine Finte von dem armen Kerl, um sich wichtig zu machen."

„Er behauptet, verfolgt worden zu sein."

„Ja, und nächste Woche behauptet er vermutlich, Abraham Lincoln zu sein."

„Hat er das denn schon mal gemacht?" Maggie reagierte zunehmend gereizt auf Watermeiers Sarkasmus.

„Was? Verdammte Schädel gekocht?"

„Nein. Hat er früher schon mal etwas Exzentrisches angestellt, um Aufmerksamkeit zu erregen?"

„Nicht, dass ich wüsste. Aber Sie wissen, dass der alte Mann Alzheimer hat, oder?"

„Ja, das ist mir bekannt", sagte sie mit einer Gelassenheit, die ihr allmählich schwer fiel. „Soweit ich über Alzheimer informiert bin, manifestiert es sich gewöhnlich nicht in Paranoia."

„Was genau wollen Sie damit sagen, O'Dell? Glauben Sie, jemand ist ihm gefolgt, in sein Haus geschlichen und hat ihm ein kleines Geschenk hinterlassen, um ihn fertig zu machen?" Watermeier lehnte sich in herausfordernder Pose mit vor der Brust verschränkten Armen gegen die Arbeitsplatte. Durch seine Größe wirkte die kleine Küche noch kleiner. Auch seine Stiefel der Größe zwölf nahmen zu viel Platz ein.

„Und wenn der Killer Mr Racine nun im Fernsehen gesehen hat? Was, wenn er ihm die Schuld daran gibt, dass sein kleines Versteck aufgeflogen ist?" Sie wartete auf Watermeiers Reaktion. Der wartete jedoch skeptisch ab, um mehr von ihr zu hören. „Wir haben darüber gesprochen, dass dieser Killer paranoid und delusorisch ist. Erinnern Sie sich?"

„Ja, ich erinnere mich. Und Sie haben erwähnt, dass der Täter sich an jemandem vergreifen könnte, von dem er sich verfolgt fühlt, weil der ihn seiner Ansicht nach fertig machen will. Aber warum wählt er dann Racine aus und nicht Vargus? Der hat doch eigentlich die Fässer entdeckt."

„Nach allem, was wir wissen, schlägt unser Täter seinen Opfern von hinten den Schädel ein und versteckt die Leichen. Wir reden hier also nicht von einer vor Arroganz und Mut strotzenden Persönlichkeit. Würden Sie sich an seiner Stelle auf den jungen, kräftigen Bauarbeiter stürzen oder auf den alten Mann mit Alzheimer im Frühstadium?"

„Sie haben aber auch gesagt, der Täter könnte aus Panik töten."

„Ja. Und ich glaube, er hat die Frau entführt, nach der ich suche. Joan Begley. Sie ist möglicherweise Samstagabend in den Hubbard Park gefahren, um sich dort mit ihm zu treffen."

„Hubbard Park?"

„Ich habe in ihrem Hotelzimmer eine Adresse gefunden: Hubbard Park, West Peak, 23.30 Uhr. Das ist etwa die Zeit, als man das letzte Mal von ihr gehört hat. Könnten Sie den Park absuchen?"

„Nach ihrem Auto?"

„Ja. Oder nach ihrer Leiche."

Maggie sah, wie Watermeier leicht die Augen verengte. Er verlagerte das Gewicht und lehnte sich wieder an die Arbeitsplatte, aber diesmal, um ernsthaft über das Gesagte nachzudenken.

„Sie wissen, dass ich dreißig Jahre bei der New Yorker Polizei war?"

Die Frage überraschte Maggie. Watermeier blickte über ihren Kopf hinweg durch das Fenster nach draußen. Vielleicht beobachtete er Bonzado und Racine. Vielleicht. Obwohl er kurz verstummte, wusste sie, dass er keine Antwort von ihr erwartete.

„Ich habe in meiner Zeit eine Menge abartigen Mist gesehen, O'Dell." Er streifte sie mit einem Blick, ehe er wieder zum Fenster hinaussah. „Rosie, meine Frau, hatte die Idee, hierher zu ziehen. Zuerst gefiel mir die Gegend genauso wenig wie ihr Vorschlag, ich sollte mich für das Amt des Sheriffs bewerben. Das Leben hier erschien mir zu langsam und eintönig. Und dann passierte der 11. September. Ich verlor eine Menge alter Freunde. Alle an einem Tag."

Er kratzte sich das Kinn, sah Maggie jedoch nicht an. „Ich hätte an jenem Tag unter ihnen sein können, dann gäbe es mich nicht mehr. Einfach so. Letztlich habe ich Wochen dort verbracht ... in dem ganzen Chaos. Rosie wollte es nicht, aber sie verstand, dass ich es tun musste. Jede Woche bin ich wieder hingefahren. Es war wie ein Zwang. Ich musste helfen, meine Freunde zu finden. Das war das Mindeste, was ich beitragen konnte."

Nach einer kurzen Pause fuhr er fort: „Jeden erbärmlichen Tag haben wir nach ihnen gesucht, als könnten wir sie immer noch finden, obwohl es längst nur noch Reste und kleine Stücke zu entdecken gab. Dreißig Jahre im Polizeidienst, und ich dachte, ich hätte alles gesehen. Aber nichts kann einen auf ein solches Grauen vorbereiten. Weggebrannte Gesichter. Ein Fuß, der noch in einem geschnürten Stiefel steckt. Eine abgetrennte Hand, die ein weggeschmolzenes Handy hält. Ich habe eine Menge Mist gesehen, O'Dell. Also, das da ...", er deutete mit dem Kopf zum Bratentopf auf dem Herd, „schockiert mich nicht. Genauso wenig wie das, was wir in den Fässern entdeckt haben."

Er sah Maggie an, um sich ihrer Aufmerksamkeit sicher zu sein. „Der Unterschied ist aber, dass ich für diese Sache hier Erklärungen finden soll. Als gäbe es dafür eine verdammte Erklärung. Man erwartet von mir, dass ich den Fall löse und diesen Scheißkerl von Täter aufhalte."

Maggie war nicht sicher, was er ihr sagen wollte. Erwartete er Trost nach dem Motto: Es wird schon alles gut, natürlich finden wir den Täter, ich habe schon ein detailliertes Profil erstellt, und meine Profile sind immer korrekt?

Sie war nicht mal sicher, ob sie Luc Racine beschützen konnten.

Adam Bonzado kam durch die Hintertür herein und blickte über die Schulter zurück auf Luc, der auf der Bank auf der Steinterrasse sitzen geblieben war, seinen Jack Russell auf dem Schoß. Beide hatten den Blick auf den Teich gerichtet. Als die Gänse aufflogen, verfolgte der Hund sie mit dem Blick und wandte entsprechend den Kopf. Racine stierte jedoch nur geradeaus.

Bonzado sah von Maggie zu Watermeier. „Spricht etwas dagegen, wenn ich das da mit ins Labor nehme?"

„Bedienen Sie sich. Ich muss einen der Techniker dazu bringen, den Bratentopf einzutüten. O'Dell hier glaubt, es könnten Fingerabdrücke darauf sein." Watermeier verzichtete diesmal auf Sarkasmus.

„Was ist mit dem alten Mann?", fragte Bonzado den Sheriff.

„Was soll mit ihm sein?"

„Haben Sie jemand, der heute Nacht bei ihm bleiben kann?"

„Meine Leute schieben schon Doppelschicht. Ich kann sie nicht bitten …"

„Ich bleibe heute Nacht hier", sagte Maggie und überraschte sich mit diesem impulsiven Angebot genauso wie die beiden Männer.

46. KAPITEL

Agenten taten das ständig. Sie gaben aufeinander Acht und traten füreinander ein. Oft dehnten sie dieses Verhalten auch auf das Privatleben aus. Detective Julia Racine war allerdings im Police Department von Washington D. C. tätig und nicht beim FBI. Obwohl sie an einigen Fällen mit Maggie gearbeitet hatte, waren sie alles andere als Freundinnen. Sie tolerierten sich lediglich als Kolleginnen. Racine war die Karriereleiter hinaufgeklettert, indem sie ihr lästige Regeln gebrochen hatte. Sie konnte leichtsinnig sein und manchmal auch rücksichtslos. Doch letztes Jahr hatte sie in einer Parktoilette in Cleveland Maggies Mutter daran gehindert, sich die Pulsadern aufzuschneiden. Dafür hatte sie bei Maggie etwas gut.

Maggie blieb nicht gern etwas schuldig. Deshalb schien es ihr nur angemessen, dass sie Julias Vater vor einem Killer schützte. Außerdem mochte sie den alten Knaben irgendwie.

Sie trug ein Tablett zu ihm hinaus auf die Bank, wo er immer noch in die Landschaft stierte, die langsam in nächtlichen Schatten versank. Er hatte sich geweigert, das Haus zu betreten, ehe der Schädel nicht entfernt und der Geruch nach gekochtem Menschenfleisch verflogen war.

Maggie hatte den Ventilator der Dunstabzugshaube auf höchster Stufe laufen lassen und alle Fenster geöffnet. Im Gegensatz zu Luc konnte sie längst keinen Geruch mehr feststellen.

„Ich habe uns Sandwiches gemacht", erklärte sie und stellte das Tablett zwischen sie beide auf die Bank. Außer Milch und Saft waren nur Aufschnitt, Mayonnaise und Brot im Kühlschrank gewesen.

„Ich bin nicht hungrig", erwiderte er und würdigte das Essen keines Blickes. Aufmerksam mit geradem Rücken dasitzend, setzte er seine Nachtwache fort und lauschte auf ungewöhnliche Geräusche. Außer dem Zirpen von Grillen und dem Rufen nachtaktiver Vögel war jedoch nichts zu hören.

Scrapple saß zufrieden auf dem Schoß seines Herrn und begann sich zunehmend für das Essen zu interessieren. Er wibbelte herum, bis sein Besitzer aufmerksam wurde, etwas Schinken vom Brot zog und es ihm mit der Anweisung gab: „Kauen, nicht einfach schlingen." Der Hund schlang trotzdem und wartete auf Nachschub.

„Dann habe ich mir das alles doch nicht eingebildet. Er war in meinem Haus", bemerkte Luc, ohne Maggie anzusehen.

„Ja."

Das schien ihn zu erleichtern. Die Vermutung, sein Verstand könnte ihm Streiche gespielt haben, hatte ihn offenbar bedrückt. Jetzt biss Luc sogar in sein Sandwich und brach ein Stück für Scrapple ab.

„Aber warum? Warum hat er es auf mich abgesehen?"

„Sie und Calvin Vargus sind in seine Deponie und damit in seine Privatsphäre eingedrungen. Das will er Ihnen vielleicht nur heimzahlen."

„Glauben Sie, er will mir etwas antun? So wie den anderen?"

Maggie betrachtete ihn und suchte nach Anzeichen für Angst. Luc schien momentan jedoch mehr am Essen interessiert zu sein.

„Er will Sie vielleicht nur ins Bockshorn jagen", erwiderte sie, obwohl sie davon nicht überzeugt war. Sie konnte nicht einmal ausschließen, dass der Killer hier irgendwo im Halbdunkel lauerte und sie beobachtete, obwohl die Männer des Sheriffs das Anwesen abgesucht hatten.

„Ich glaube, ich habe ihn gesehen", sagte Luc beiläufig, und Maggie merkte auf.

„Wo? Wann?"

„Gestern. Vielleicht vorgestern. Es war nur sein Spiegelbild im Schaufenster, als ich am alten Fleischerladen vorbeigegangen bin. Dann habe ich mehrmals Schritte gehört ... Sie wissen schon, die einem folgen und dann langsamer werden, wenn man selbst langsamer geht. Er blieb sogar stehen, als ich stehen geblieben bin."

Maggie bezwang ihren Eifer und ließ Luc in seinem Tempo erzählen, aber sie war jetzt ungeduldig. Er hatte das halb gegessene Sandwich bereits wieder abgelegt und starrte in die Dunkelheit. „Wie hat das Spiegelbild ausgesehen?"

Luc blieb still, und sie dachte, er versuche sich zu erinnern, um eine genaue Vorstellung zu bekommen. Nach einem Moment wiederholte sie: „Luc, wie hat der Mann im Spiegelbild ausgesehen?"

Er drehte ihr den Kopf zu, sein Blick sprang hin und her, ehe er sie ansah und sagte: „Tut mir leid, wer, haben Sie gesagt, war da?"

47. KAPITEL

Tully konnte nicht wissen, wie sie reagieren würde, jedoch vermutete er, dass Dr. Patterson nachsichtiger mit ihm verfuhr als O'Dell. Zumindest war das sein Vorwand, sie anzurufen und zu fragen, ob er ihr etwas zeigen dürfe. Er hätte es ihr am Telefon erklären oder ihr eine E-Mail schicken können, doch als sie vorschlug, er solle bei ihr zu Hause vorbeikommen, hatte er nicht gezögert.

Gwen Patterson öffnete die Tür, barfuß, in Rock und Seidenbluse, ihrer üblichen Arbeitskluft, jedoch ohne Jacke. Sie hatte sich die Bluse aus dem Bund gezerrt, als sei sie trotz der späten Stunde soeben erst heimgekehrt.

„Kommen Sie herein." Sie ließ ihn stehen und ging in die Küche zurück, wo einem Topf auf dem Herd delikate Düfte nach Knoblauch und Tomaten entströmten.

„Es ist nichts Großartiges", erläuterte sie zum Essen. „Nur Spaghetti und Marinara Sauce."

Tully beobachtete sie, um festzustellen, ob das nur eine Einladung oder eine Geste der Erinnerung sein sollte. Letztes Jahr in Boston hatte er sie in ein kleines italienisches Restaurant ausgeführt, wo sie ihm eine praktische Lektion im korrekten Wickeln von Spaghetti erteilt hatte. Das war fast zu einem erotischen Erlebnis geworden. Zumindest für ihn.

Während er noch nach Anzeichen suchte, dass sie sich ebenfalls an jenen Abend erinnerte, rührte Gwen Patterson rasch die Soße um und strich frische Butter auf ein Meterbrot. Sie beachtete ihn nicht einmal. Nein, sie versuchte eindeutig nicht, ihn an Boston zu erinnern. Was für ein Idiot er doch war. Sie hatte seinerzeit gesagt, es sei besser, den ganzen Abend zu vergessen, und hatte es auch so gemeint. Warum hoffte er immer noch, es sei anders?

„Kann ich helfen?", fragte er, zog sein Jackett aus und stellte die Aktentasche mit dem Laptop auf den Küchentresen.

„Da liegen ein paar römische Herzen im Sieb." Sie deutete auf das Spülbecken. „Würden Sie die für unseren Salat auseinanderrupfen?"

„Klar, kann ich machen", erwiderte er und rollte sich die Hemdsärmel auf. Herzen für Salat auseinanderrupfen? Sicher konnte er das. Trotzdem war er erleichtert, dass sich römische Herzen als Innenteil von römischem Salat entpuppten.

Er sollte wirklich mehr auf solche Dinge und ihre korrekte Benennung achten: römische Herzen und Picasso … Pablo Picasso. Es wurde Zeit, ein wenig für die Bildung zu tun. Wenn er lernen konnte, wer Britney Spears war, was man unter Rave verstand und dass „Wet" PCP und Einbalsamierungsflüssigkeit enthielt – wobei er Emma im Übrigen gedroht hatte, sollte er sie je mit Drogen erwischen, bekäme sie Hausarrest bis fünfunddreißig –, dann konnte er zweifellos auch herausfinden, was die Welt von Dr. Gwen Patterson ausmachte. Allerdings hatte Emma ihn bereits informiert, dass Britney „total von gestern" war.

„Gut gemacht, Agent Tully." Gwen trat mit Essig- und Ölflasche neben ihn. „Das Brot ist im Ofen, und die Soße köchelt."

Sie beträufelte den Salat mit Essig und Öl, wendete ihn vorsichtig und gab etwas frisch geriebenen Parmesan und schwarzen Pfeffer darüber. Es roch wunderbar, und Tully war ein wenig stolz, etwas zu der Kreation beigetragen zu haben. Bei Gwen sah alles so mühelos aus. Wie machte sie das? Ihm bereitete es in letzter Zeit schon Mühe, seinen Imbiss auf einen richtigen Teller zu geben, anstatt ihn gleich aus dem Plastikschälchen zu essen.

„Den stellen wir in den Kühlschrank", sagte sie. „Und während wir auf die Spaghetti warten, können Sie mir zeigen, was Sie mitgebracht haben."

Tully holte den Laptop heraus, öffnete ihn und schaltete ihn ein.

„Wenn der Killer und dieser Sonny ein und dieselbe Person sind, dann bin ich mir fast sicher, dass er Joan entführt hat. In einigen seiner E-Mails sagt er komische Sachen zu ihr."

Er behielt sie im Auge, um ihre Reaktion zu sehen. Er war nicht sicher, ob er ihr seine Theorie unterbreiten sollte, was der Killer möglicherweise mit ihrer Patientin vorhatte. Gwen wirkte blass, aber das war vielleicht nur Müdigkeit.

„Möchten Sie wirklich mit mir darüber reden?", erkundigte er sich vorsichtshalber.

„Natürlich. Es ist ein Kriminalfall, und ich habe meine Hilfe angeboten. Meine psychologischen Kenntnisse sind möglicherweise nützlich, Joan zu finden." Sie deutete auf das Weinregal am Ende des Tresens. „Würden Sie vielleicht eine Flasche öffnen?"

Er sah sich einige Flaschen an, bis er einen Roten entdeckte, zog ihn heraus und zeigte ihr das Etikett, damit sie zustimmte. Gwen reichte ihm jedoch nur den Korkenzieher und holte Gläser. Die Sorte schien keine Rolle zu spielen.

„Gehen wir ein wenig zurück. Maggie sagt, er entfernt seinen Opfern Körperteile", begann sie und gab sich sichtlich Mühe, mit der üblichen Professionalität an die Sache heranzugehen, obwohl sie immer noch auffallend blass war. „Aber warum? Das sieht nicht nach der üblichen Trophäenjagd von Serienkillern aus."

„Ja", bestätigte er, „dieser Fall liegt anders."

„Versucht er mit missionarischem Eifer, die Welt von Krankheit und Gebrechen zu befreien?"

„Daran habe ich auch gedacht, aber warum ist er dann nicht stolz auf sein Werk und präsentiert es. Killer, die auf einer Mission sind, zeigen gewöhnlich, was sie getan haben. Dieser Typ verheimlicht seine Taten. Er versteckt seine Opfer nicht einfach so, sondern gibt sich ausgesprochen viel Mühe, stopft sie in Fässer, versiegelt sie und begräbt sie unter Tonnen von Fels, damit sie nie gefunden werden."

„Eine Art Overkill", bestätigte sie und musste lächeln. „Schlechter Scherz, tut mir leid."

Vielleicht zeigte der Wein erste Wirkung, denn allmählich kehrte Farbe in ihre Wangen zurück. Tully füllte ihr Glas wieder auf.

„Das waren genau meine Gedanken. Warum dieser Overkill? Ich glaube, er schämt sich seiner Taten." Er wartete auf ihre Reaktion, denn ihn interessierte, was der Psychologin Gwen Patterson dazu einfiel.

„Hm … interessant."

„Ich vermute, dass er beim Töten weder Freude noch Genugtuung empfindet. Verstehen Sie mich nicht falsch, ich denke schon, dass ihm das Töten etwas bringt, abgesehen davon, dass er an die ersehnten Körperteile gelangt. Vielleicht geht es ihm um Dominanz. Aber auch hier glaube ich, dass nicht der Tötungsvorgang das Entscheidende ist, sondern der Besitz dieser Körperteile. Ergibt das Sinn?"

„Was hält Maggie davon?"

Er nahm zum ersten Mal sein Glas und trank einen Schluck Wein. „Ich habe das noch nicht mit ihr besprochen."

„Wirklich? Warum nicht?"

„Ich wollte meine Theorie zuerst Ihnen unterbreiten." Er konnte ihr vom Gesicht ablesen, dass sie das nicht glaubte. „Okay, ich hab es ihr noch nicht erzählt, weil ich etwas getan habe … und na ja, ich bin nicht sicher, ob sie darüber sehr erfreut ist."

Dr. Patterson stemmte die Ellbogen auf den Tresen und lehnte sich vertraulich zu ihm hinüber, als wolle sie ihm ein Geheimnis entlocken. „Und was genau haben Sie getan, Agent Tully?"

„Ich habe einen echten Maggie O'Dell abgezogen."

Gwen lächelte. „Ach du lieber Gott, dann hat sie ja schon einen ziemlich schlechten Einfluss auf Sie. Was haben Sie gemacht?"

Tully zog den Laptop näher und klickte auf das AOL-Icon. „Ich habe ihm eine E-Mail geschickt."

„Sie haben Sonny eine E-Mail geschickt? Das klingt gar nicht so unverzeihlich, das könnte Maggie auch getan haben."

„Da bin ich mir nicht so sicher. Ich habe die E-Mail über Joan Begleys Adresse geschickt."

Er wartete auf ihre Reaktion. Sie nippte an ihrem Wein und betrachtete ihn über den Rand des Glases hinweg. Schließlich sagte sie: „Sie glauben, Joan ist schon tot, oder?"

Er fühlte sich ertappt und spürte, wie ihm das Blut aus dem Gesicht wich, weil er – ja, weil er die Hoffnung aufgegeben hatte, Joan Begley noch lebend zu finden. Vor allem, wenn Sonny der Killer vom Steinbruch war. Nach den E-Mails, die Sonny und Joan in den Tagen vor ihrem Verschwinden getauscht hatten, war er überzeugt, dass Sonny sie entführt und sehr wahrscheinlich bereits getötet hatte.

„Ich möchte Ihnen einige der E-Mails zeigen", erwiderte er als Antwort auf ihre Frage. „Und dann sagen Sie mir, was Sie denken."

Er rief die E-Mails am Monitor auf. Gwen trat hinter ihn und sah ihm über die Schulter. Vielleicht lag es an der Wirkung des Weines, aber Tully fand es plötzlich schwierig, sich auf den Monitor zu konzentrieren. Dr. Patterson beugte sich zum Lesen leicht vor, und er konnte nur denken, dass sie gut roch – wie frische Blumen nach einem Frühlingsregen.

„Das klingt fast, als sei er auf Joans Kampf mit ihrem Gewicht eifersüchtig gewesen", fuhr er fort.

„Eifersüchtig?"

„Er sieht in ihrem Leiden den Grund für Mitgefühl und Anteilnahme ihrer Umwelt."

„Sie denken, er ist eifersüchtig auf die Schwächen und Behinderungen seiner Opfer?"

„Genau. Hier erzählt er sogar, dass er wünscht, er hätte auch einen Grund, um seinen Mitmenschen leid zu tun. Und hier ...", er ließ den Text durchlaufen, bis er dic Stelle fand, „hier vertraut er ihr an, dass er als Kind grauenhafte Magenschmerzen hatte und seine Mutter ihm nie glaubte. Er schreibt: ‚Sie gab mir Medizin, aber danach wurde es nur noch schlimmer.' Er berichtet weiter, dass er es dann aufgegeben hat, von seinen quälenden Schmerzen zu erzählen, weil ihm niemand glaubte. Der erinnert stark an einen Hypochonder."

Tully spürte ihr Haar über seine Schläfe streichen, als sie es sich aus dem Gesicht schob, um den Text auf dem Monitor zu lesen. Er versuchte sich zu konzentrieren. Was hatte er noch sagen wollen?

„Jedenfalls habe ich mir so meine Gedanken gemacht. Wenn er diese schrecklichen Magenschmerzen hatte, sie vielleicht immer noch bekommt, aber kein Arzt etwas feststellen konnte, dann wurde ihm vermutlich bedeutet, dass er ein Simulant ist. Die Ärzte haben ihm vielleicht gesagt, dass es die Schmerzen nur in seiner Vorstellung gibt. Zugleich sieht er Menschen in seiner Umgebung, die durch ihre Leiden Anteilnahme und Verständnis wecken: ein Mann mit einem inoperablen Hirntumor, eine Frau, die Brustkrebs überlebt hat, und so weiter."

Nach einem Moment fuhr er fort: „Ihre Erkrankung lieferte die Rechtfertigung ihrer Qualen. Er will diese Rechtfertigung auch. Vielleicht so sehr, dass er sie zu bekommen glaubt, wenn er ihnen die erkrankten Körperteile nimmt. Vielleicht vermittelt ihm ihr Besitz ein Gefühl von Stärke und Dominanz."

Gwen ging auf die andere Seite des Tresens, setzte sich und sah ihn versonnen an. Er fürchtete schon, sie werde seine Argumentationskette als krauses Zeug abqualifizieren, stattdessen erwiderte sie: „Demnach hat er keinen Grund, Joan am Leben zu lassen?"

Sie erwartete keine Antwort, da sie zu demselben Schluss gelangt war wie er. Sie stand auf, ging zum Herd und machte sich an der Soße zu schaffen, die zu lange geköchelt hatte. „Ich kann nicht anders, ich fühle mich teilweise verantwortlich für das, was ihr zugestoßen ist", gestand sie zu seiner Überraschung.

„Verantwortlich? Aber warum denn?"

„Ich weiß, das klingt albern." Sie lachte nervös und fuhr sich mit einer Hand durch das Haar. Eine Befangenheitsgeste, die ihm schon früher aufgefallen war, vor allem, wenn sie sich verletzbar fühlte. Als hätte sie zu viel preisgegeben und müsste sich erinnern, das Haar nicht so herabhängen zu lassen.

„Nein, das klingt nicht albern. Ich weiß nur nicht, warum Sie sich verantwortlich fühlen. Sie konnten doch nicht ahnen, dass Joan Begley in Connecticut diesem Killer begegnen würde."

„Aber ich hätte in der Nacht, in der sie anrief, erreichbar sein müssen. Wenn ich zurückgerufen hätte ... sie hat mich gebraucht, und ich war nicht da."

„Und was hätte sich geändert, wenn Sie da gewesen wären?" Er ging auf sie zu und lehnte sich gegen den Tresen. „Das hätte vielleicht gar nichts gebracht."

Sie drehte sich um, und er entdeckte erstaunt Tränen in ihren Augen. „Sie hat mich um Hilfe gebeten, ich sollte ihr das Rendezvous ausreden." Sie wischte sich die Augen mit gesenktem Blick, um ihre Verlegenheit zu verbergen.

„Sie vergessen etwas, Doc."

„Und zwar?"

„Es war Joans Entscheidung, zu diesem Rendezvous zu fahren. Dafür sind Sie nicht verantwortlich. Hat man Ihnen das in der Psychiaterschule nicht beigebracht?“

Sie hob wieder den Blick und versuchte zu lächeln, doch es kostete zu viel Anstrengung.

„Manchmal“, fuhr er fort und missachtete die warnende innere Stimme, sich zurückzuhalten, solange es noch ging, „ist es keine schlechte Idee, sich eine Pause zu gönnen. Sie können und dürfen sich nicht für das Verhalten jedes Patienten verantwortlich fühlen.“ Er trat näher, schlang die Arme um Gwen und zog sie sacht an sich.

Er neigte den Kopf und presste ihr die Lippen auf das Haar. Da Gwen reagierte und sich enger anschmiegte, küsste er ihr den Nacken. Sie nahm den Kopf weit genug zurück, um ihr Gesicht darzubieten, und er küsste sie so innig, wie er es sich seit Boston gewünscht hatte.

Noch einmal wich sie ein wenig zurück, um ihm ins Ohr zu flüstern: „Bleib heute Nacht bei mir, Tully.“

Sein Körper hatte bereits zugestimmt, als sich sein Verstand einschaltete. Gwen fest in den Armen, die Lippen auf ihrem Nacken, flüsterte er: „Ich kann nicht. Du ahnst nicht, wie sehr ich es mir wünsche, aber es geht nicht.“

Sie stieß sich von ihm ab, gekränkt durch die Zurückweisung. „Natürlich“, erwiderte sie nüchtern, professionell, um ihre Scham zu überspielen. „Tut mir leid, ich hätte nicht …“

„Nein, du verstehst mich falsch.“

„Ich verstehe sehr gut.“ Sie wandte sich wieder dem Herd zu und rührte die Marinara Sauce um. „Ich wollte nicht aufdringlich sein.“

„Wenn hier jemand aufdringlich war, dann ich.“

„Das spielt keine Rolle. Ich hätte dir nicht vorschlagen dürfen …“

„Gwen, hör auf damit! Ich kann wegen Emma nicht bleiben."

Sie sah ihn wieder an und erkannte augenscheinlich ihren Irrtum. Mit dem Verstehen seiner Beweggründe verflüchtigte sich auch das Gefühl, eine Abfuhr erhalten zu haben.

„Andernfalls ... na ja, andernfalls stünden wir jetzt garantiert nicht mehr hier und würden diskutieren."

„Vielleicht wäre es ganz gut, darüber zu diskutieren."

„Nein, absolut nein!", widersprach er entschieden und brachte sie mit erhobener Hand zum Schweigen. „Und deshalb sollte ich jetzt auch sofort gehen. Ich möchte uns nicht die Chance geben, alles zu zerreden, und uns etwas auszureden, ehe es etwas zum Ausreden gibt." Er begann seine Tasche zu packen, ohne Gwen anzusehen.

Sobald er fertig war, nahm er sein Jackett von der Stuhllehne, zog es über und kehrte zu Gwen an den Küchentresen zurück. „Ich mag es, Killer mit dir zu analysieren, aber ich möchte nicht, dass wir uns analysieren. Können wir nicht einfach eine Weile genießen, was da zwischen uns läuft?"

Ehe sie antworten konnte, küsste er sie noch einmal lange und innig, und als er zurückwich, fiel ihr keine Antwort mehr ein.

48. KAPITEL

Der Einkauf zu dieser späten Stunde gefiel ihm. Die Gänge von Stop N Shop waren praktisch leer. Und da er Wut im Bauch hatte, die irgendwann in Übelkeit umzuschlagen drohte, wollte er keine Aufmerksamkeit auf sich lenken, wenn er irgendwann zur Toilette rennen oder Einkaufswagen samt Laden plötzlich verlassen musste.

Wobei ihm einfiel, dass er noch etwas von diesem kalkigen Zeug kaufen musste.

Seit Verlassen der Bibliothek kribbelte es ihm im Nacken, und die Knie waren ihm weich geworden. Mehrfach hatte er sich vergewissert, ob er beobachtet oder verfolgt wurde. Irgendwo gab es jemanden, der hinter ihm her war. Aber woher wusste dieser Jemand Bescheid? Wie war der an seine E-Mail-Adresse gekommen?

Zuerst hatte er vermutet, der alte Mann stecke dahinter. Inzwischen war er überzeugt, diese neugierige kleine Reporterin war es. Dieses Luder. Er hätte wissen müssen, dass sie sich zum Problem entwickelte. Sie folgte ihm. Er hatte sie überall herumschnüffeln sehen, wo er auch war. Gestern war er fast mit ihr zusammengestoßen, und sie hatte durch ihn hindurchgesehen, als wäre er Luft. Die hatte bewusst so getan, als wüsste sie nichts, aber die wusste etwas. Warum sonst war sie ständig in seiner Nähe?

Trieb sie jetzt auch noch Spielchen mit ihm? Schickte sie ihm E-Mails, als wäre sie Joan? Das konnte nur diese Reporterin sein. Sie war es. Aber wie war sie ihm auf die Schliche gekommen? Vor allem, wie hatte sie erfahren, dass er Joan hatte? War sie Zeugin der Entführung in jener Nacht im Hubbard Park gewesen?

Er musste ruhig bleiben. Ruhig und gelassen. Tief durchatmen. Er würde sich um seine Feinde kümmern. Einen nach dem anderen würde er zur Strecke bringen. Nur die Ruhe. Er klopfte kurz auf die Tasche, um sich zu vergewissern, dass das gefaltete Stück Papier darin steckte. Als er in der Bibliothek war, hatte er sich Adresse und Telefonnummer des Fernsehsenders herausgesucht und dort angerufen. Man hatte ihm mitgeteilt, Jennifer Carpenter werde erst um 10.30 Uhr hereinkommen. Wenn er mit ihr reden wolle, könne er nach den Elf-Uhr-Nachrichten noch einmal anrufen. Mit ihr sprechen? Nun ja, vielleicht sollte er mit ihr sprechen und sie fragen, warum sie ihn verfolgte, ja sogar belästigte?

Er blickte suchend über die Regalreihen, um sich auf seinen Einkauf zu konzentrieren. Prüfend nahm er einige Geleegläser in die Hand. Die mit zwölf Unzen Inhalt waren brauchbar. Dann bemerkte er große Olivengläser. Die hatte er noch nie gesehen. Er nahm eines und studierte das Etikett. Zweiunddreißig Unzen Inhalt und eine schöne große Öffnung mit Schraubdeckel.

Er stellte es in den Wagen neben die Dosensuppe und das Weißbrot. Mayonnaise. Ihm fiel ein, dass ihm die Mayonnaise ausging. Leider gab es sie nicht in größeren Gläsern. Jetzt verkaufte man sie sogar in Vierundsechzig-Unzen-Plastikbehältern. Plastik war einfach nicht geeignet.

Er versuchte nicht an die E-Mail zu denken und unterdrückte seine Wut. Es war dumm, dumm und gefährlich, Spielchen mit ihm zu treiben und ihm als Joan Begley E-Mails zu schreiben. Sie legte es darauf an, ihn fertig zu machen. Alle wollten ihn fertig machen. Der alte Mann und sogar die FBI-Agentin. Alle versuchten ihn zur Strecke zu bringen. Aber das würde ihnen nicht gelingen, keinem von ihnen, denn er würde den Spieß umdrehen und ihnen zuvorkommen.

Er musste schmunzeln. Ja, er würde sich seiner Feinde Stück für Stück entledigen. Die hatten zwar seine Deponie entdeckt, aber er würde eine neue finden. Und sofort hatte er wieder das schöne Gefühl, obenauf zu sein.

Er ging einen neuen Gang hinunter. Irgendwer hatte gesagt, der alte Mann leide unter Alzheimer. Abstoßend, mit wie viel Mitgefühl sie das gesagt hatten. Der Alte tat ihnen wegen seiner Krankheit offensichtlich leid.

Er fragte sich, wie die Krankheit aussah, wie sie sich im Hirn darstellte. Schrumpfte es teilweise ein, verfärbte es sich irgendwie? Er würde das gerne mal sehen.

Das letzte Mal hatte ihm ein großes Gurkenglas gute Dienste geleistet, und er suchte nach einem ähnlichen. Ja, Steve Earlmans Gehirn hatte wunderbar in so ein Glas gepasst, und bei Luc Racines würde das nicht anders sein.

49. KAPITEL

Luc hörte etwas. Ein Geräusch hatte ihn aufgeweckt. Auf einen Ellbogen gestützt richtete er sich auf und warf einen Blick auf Scrapple, der am Fußende des Bettes auf dem Rücken lag, Beine in die Luft gestreckt.

Entweder hatte er sich das Geräusch eingebildet oder sein Hund war als Wachhund eine völlige Niete.

Luc lauschte und versuchte mehr zu hören als das Pochen des eigenen Herzens. Vielleicht war das Geräusch von der FBI-Frau unten gekommen, Julias Freundin. Er war es nicht mehr gewöhnt, jemanden im Haus zu haben. Vielleicht reagierte er deshalb empfindlicher auf Geräusche.

Sie hatte versprochen, Julia nicht anzurufen. Hoffentlich hielt sie sich daran. Er wollte Julia Sorgen ersparen. Sie sollte nicht aus Mitleid heimkommen. Er wollte einfach nicht …

Heiliger Strohsack! Da bewegte sich etwas in seinem Schrank. Genaues war nicht zu erkennen, da er sich mit der Helligkeit des Nachtlichtes in der Steckdose begnügen musste. Luc kniff die Augen leicht zusammen, um besser sehen zu können. Die Schranktür stand etwa einen Fuß breit auf. Er ließ sie nie offen und vergewisserte sich immer, dass sie abgeschlossen war. Jetzt erkannte er auch einen Schatten darin. Ja, da war jemand in seinem Schrank. Großer Gott! Demnach war der Typ, der ihn verfolgte, nicht gegangen, sondern lauerte in seinem Schrank versteckt darauf, dass er fest einschlief.

Luc sank in die Kissen zurück, tat, als würde er einschlafen, legte sich aber so, dass er die Schranktür im Auge behalten konnte. Er lauschte wieder, doch diesmal hatte es keinen Sinn, sein Herz hämmerte zu laut. Der Pulsschlag dröhnte ihm in den Ohren, und er konnte seine Atmung kaum kontrollieren.

Er musste nachdenken. Was lag in der Nähe, das er als Waffe

benutzen könnte? Die Lampe? Sie war mit dem Wandstecker verbunden und zu klein.

Er ließ den Blick langsam suchend durch den Raum schweifen, sah jedoch immer wieder zum Schrank. Hatte sich der Schatten bewegt?

Was zum Teufel war nur mit Scrapple los? Der Hund schlief weiter zufrieden auf dem Rücken, ohne einen Mucks zu machen, geschweige denn zu knurren. Wie war es möglich, dass er diesen Burschen dort nicht bemerkte?

Ein Baseballschläger wäre eine gute Waffe. Ja, er hatte immer einen gehabt – alles, Ball, Schläger und Handschuhe. Manchmal machte er noch ein paar Schläge mit Julia. Was für ein Blödsinn, das war doch alles schon Jahre her. Wer weiß, wo der verdammte Schläger abgeblieben war.

Die FBI-Agentin war unten. Wie sollte er sie auf sich aufmerksam machen? Konnte er sich einfach aus dem Zimmer schleichen? Aber nicht ohne Scrapple. Der Hund war vielleicht nutzlos, aber keinesfalls würde er ihn hier zurücklassen.

Plötzlich entdeckte er das gerundete Ende des Baseballschlägers unter dem Bett hervorragen. Ja, richtig, dort hatte er ihn aufbewahrt. Vorsichtig ließ er die Hand über die Bettkante baumeln. Verflixt. Er konnte ihn nicht erreichen. Er blickte wieder zur Schranktür. War sie nicht ein bisschen weiter offen? Kam der Kerl jetzt heraus? Ihm blieb keine Zeit mehr.

Luc sprang aus dem Bett und schlug mit dem Knie gegen die Kommode, dass Scrapple erschrocken hochfuhr. Den Schläger in der Hand rannte Luc zum Schrank, riss die Tür auf, holte aus und zwang den Schatten mit mehreren kräftigen Schlägen zu Boden.

Er brauchte einige Sekunden, um zu erkennen, dass er den einzigen Anzug verprügelt hatte, den er besaß. Er hatte ihn kürzlich aus der Reinigung geholt und noch in der Plastikumhüllung in den Schrank gehängt. Der Anzug sollte sauber und gebügelt für seine Beerdigung hier bereit hängen. Stattdessen lag er nun, als vermeintliche Bedrohung überwältigt, zerknüllt am Boden.

Luc setzte sich auf die Bettkante, tätschelte den inzwischen hellwachen Scrapple und wartete, dass sich das Zittern seiner Hände legte. Zu was für einer lächerlichen Gestalt war er geworden. Was war bloß los mit ihm? Er verlor nicht nur sein Gedächtnis, sondern offenbar auch den Verstand.

Dann hörte er ein Geräusch von unten, ein leichtes Klopfen, als käme es von der Hintertür. Und diesmal hatte Scrapple es auch gehört.

50. KAPITEL

Als Maggie es sich auf dem zerschlissenen alten Sofa bequem zu machen versuchte, glaubte sie, Luc oben zu hören. Es klang fast, als rücke er Möbel. Nach seinem Aussetzer vorhin verspürte sie wenig Neigung hinaufzugehen, um ihn vielleicht dabei zu ertappen, wie er schlafwandlerisch Möbel aufeinander stapelte, ohne zu wissen, was er tat.

Nein, das war lächerlich, und sie tadelte sich sofort für diesen Gedanken. Alzheimer manifestierte sich nicht in völlig absurdem Verhalten. Jedenfalls nicht, soweit ihr bekannt war. Inzwischen bedauerte sie ihr Versprechen, Julia nicht anzurufen. Eigentlich sollte sie informiert werden, dass ihr Vater in Gefahr sein könnte.

Vielleicht erinnerte sich Luc ja schon nicht mehr an ihr Versprechen, und sie konnte Julia anrufen. Besser wäre es allerdings, ihn zu überzeugen, es selbst zu tun.

Sie starrte an die Decke und verfolgte die tanzenden Schatten der schwingenden Äste vor dem Fenster. Luc hatte in sämtlichen Steckdosen Nachtlichter. In einem schwachen Moment hatte er ihr gestanden, dass er Angst davor hatte, eines Tages nicht mehr zu wissen, wie man eine Lampe einschaltete, und dann gezwungen war, im Dunkeln zu sitzen. Wie schrecklich zu wissen, dass so etwas passieren konnte. Sie mochte sich kaum vorstellen, welche Angst es auslöste, mit dem Wissen um die allmähliche Zerstörung des Gedächtnisses zu leben. Sogar das Grundwissen ging verloren, bis keinerlei Gedächtnisleistung mehr möglich war.

Ihre Gedanken schweiften ab und landeten bei Patrick. Sie fragte sich, ob er etwas über ihren gemeinsamen Vater wusste.

Ihre Kindheitserinnerungen an den Tod des Vaters und das Aufwachsen mit der alkoholkranken, selbstmordgefährdeten

Mutter empfand sie vor allem als Belastung, auf die sie gerne verzichtet hätte. Als sie sich jedoch vorhin auch an die guten Dinge erinnert hatte, war ihr klar geworden, dass sie sich etwas vormachte. Vielleicht war sie ein bisschen wie Luc in ihrer Unfähigkeit, das wirklich Wichtige im Gedächtnis zu behalten. Sie erinnerte sich vor allem an das Belastende, dabei hätte sie durchaus eine andere Wahl.

Ihr Blick schweifte zum Nachtlicht, und sie nahm sich vor, Luc morgen Zeitschaltuhren für alle Lampen im Haus zu kaufen. Dazu noch Sparleuchten mit längerer Lebensdauer. Vielleicht spendierte sie ihm auch noch ein, zwei neue Lampen. Sie konnte nicht verhindern, dass er eines Tages vielleicht nicht mehr wusste, wie man Lampen einschaltete, aber sie konnte dafür sorgen, dass er keinesfalls im Dunkeln saß.

Sie hörte ihn die Treppe herunterkommen und setzte sich auf. Ehe er den unteren Treppenabsatz erreichte, sah sie bereits seinen lang gezogenen Schatten. Luc trug etwas über der Schulter, und der kleine Terrier folgte ihm auf den Fersen.

Ach du liebe Zeit. Schlafwandelte er etwa? Maggie versuchte sich zu erinnern, ob man Schlafwandler nun aufwecken sollte oder nicht.

Als Luc um die Ecke bog, erkannte sie, dass er den Baseballschläger schlagbereit erhoben hielt. Instinktiv streckte sie den Arm aus und riss ihre Smith & Wesson aus dem Holster. Unterdessen bedeutete Luc ihr mit einem Finger an den Lippen, leise zu sein, und flüsterte: „Da draußen ist jemand.“

Maggie war überzeugt, dass der alte Mann schlafwandelte oder sich als Folge des aufregenden Tages etwas einbildete. Bis sie am Vorderfenster die Silhouette eines Mannes vorbeigehen sah.

Sie gab Luc mit erhobener Hand ein Zeichen zurückzubleiben und winkte ihn vom Fenster fort. Der Terrier knurrte, blieb aber nah bei seinem Herrn.

Maggie ging zur Haustür, die schussbereite Waffe nah am Körper. Langsam schloss sie vorsichtig auf und vergewisserte sich mit einem raschen Blick zu Luc, dass er sich nicht in der Schusslinie befand. Sie riss die Tür auf und hielt dem Schatten die Smith & Wesson unter die Nase, als der soeben in den Lichtkegel der Verandabeleuchtung trat.

„Mein Gott, Bonzado, was zum Teufel machen Sie denn hier?“

51. KAPITEL

Maggie erschreckte ihn so sehr, dass er einen Einkaufsbeutel fallen ließ und die Lebensmittel über den Holzboden kullerten.

„Ich dachte, Sie beide wären noch nicht zu Bett gegangen. Ich fürchte, ich habe nicht bemerkt, wie spät es ist. Habe ich Sie geweckt?"

„Sie haben uns zu Tode erschreckt. Was zum Geier tun Sie hier?"

Maggie sah ihn Kästchen und Dosen aufsammeln. Aus Sorge, Luc könnte wieder geistig abgeschaltet haben, warf sie ihm einen kurzen Blick zu. Luc stand dort, den Schläger in der Hand, und starrte Bonzado an, als könnte er sich nicht entscheiden, ob er zuschlagen sollte oder nicht.

„Es ist okay, Luc", sagte sie. „Es ist Professor Bonzado. Erinnern Sie sich? Er war heute Nachmittag schon hier."

„Warum ist er zurückgekommen?", wollte Luc wissen. „Warum schleicht der hier im Dunkeln herum?"

„Gute Frage", erwiderte sie und wandte sich wieder dem Professor zu.

Der blickte auf Händen und Knien zu ihr auf und angelte einige Dosen unter der Schaukel hervor. „Ich bin nicht im Dunkeln herumgeschlichen. Ich bin nur zur Tür gegangen. Und ehe ich klopfen konnte, haben Sie mir die Waffe ins Gesicht gerammt."

„Was tun Sie hier, Adam?", fragte sie erneut.

„Mir war aufgefallen, dass Mr Racine nicht allzu viel in seinem Kühlschrank hatte. Und da dachte ich mir, ich bringe ihm ein paar Vorräte. Ich habe wirklich nicht geglaubt, dass Sie schon schlafen. Es ist noch nicht mal zehn. Und ..." Er richtete sich auf, öffnete einen zweiten Beutel und holte ein weißes Kästchen heraus. „Und ich wollte Ihnen ein Dessert mitbringen, weil unser Dinner ja nun ins Wasser gefallen ist."

„Sie hätten wirklich vorher anrufen sollen." Man konnte ihm kaum böse sein, wo er ihnen doch offenbar eine Freude machen wollte.

„Das habe ich versucht. Aber Ihr Handy muss abgeschaltet sein, und die Telefonnummer von Mr Racine kannte ich nicht."

„Die Auskunft hätte Ihnen da sicher weitergeholfen." So leicht mochte sie ihn nicht vom Haken lassen. Ihr missfiel, wie still Luc sich verhielt. Schließlich kam er jedoch auf die Veranda hinaus, um Bonzado zu helfen, nahm ihm eine Tasche ab und sah hinein.

„Ich koche nicht mehr viel."

„Das hatte ich mir schon gedacht. Deshalb habe ich ein paar Fleischkonserven, Käse, etwas Brot, verschiedene Cornflakes und Milch besorgt. Ach ja, und ein paar Pop-Tarts. Die sind auch kalt ziemlich gut. Man muss sie nicht unbedingt in den Toaster geben. Sie sollten sie wirklich versuchen."

Die beiden Männer gingen an Maggie vorbei ins Haus. Bonzado blickte auf die Waffe in ihrer Hand, hob den Blick und bemerkte lächelnd: „Mein lieber Mann, Sie sind aber hart zu jemandem, der Ihnen lediglich einen kleinen Käsekuchen bringen wollte."

„Sagten Sie Käsekuchen?" Jetzt hatte er die volle Aufmerksamkeit eines begeisterten Luc.

„Allerdings. Und keinen Geringeren als Schoko-Mandel vom Stone House." Bonzado folgte Luc in die Küche.

Maggie wollte kopfschüttelnd die Tür schließen, trat aber noch einmal auf die Veranda hinaus. Warum hatte sie Bonzados El Camino nicht gehört oder wenigstens die Scheinwerfer gesehen? Sie entdeckte den Wagen ein Stück vom Haus entfernt in der Zufahrt. Merkwürdig, dass er nicht einfach hinter ihrem Mietwagen geparkt hatte.

Als sie sich abwenden wollte, um ins Haus zu gehen, hörte sie den Motor eines Autos auf dem Whippoorwill Drive. Da sie das Fahrzeug hörte, aber wegen der Bäume nicht sah, ging sie von der Veranda hinunter ins Dunkel und entfernte sich aus dem Lichtkegel der Beleuchtung. Die Augen leicht verengt blickte sie angestrengt durch die Äste und verfolgte das leise Motorengeräusch.

Sehen konnte sie nichts, weil der Fahrer im Dunkeln losfuhr, bis er fast außer Sichtweite des Hauses war, ehe er die Scheinwerfer einschaltete. Dann gab er Gas, und die Rücklichter verschwanden um die nächste Kurve.

52. KAPITEL

Joan mochte die Mahlzeit, die er auf dem Tablett auf dem Nachttisch stehen gelassen hatte, nicht mal ansehen. Essen konnte sie es schon gar nicht. Was immer das war, womit er ihre Mahlzeiten würzte, es bescherte ihr Schmerzen, als würden ihr die Eingeweide herausgerissen. Die Lederfesseln waren überflüssig geworden. Selbst wenn sie gewollt hätte, sie konnte das Bett nicht mehr verlassen. Stattdessen kämpfte sie seit Stunden in eine Fötushaltung gekrümmt gegen den Schmerz an.

Sie dachte längst nicht mehr daran, Sonny zu überreden, sie freizulassen. Sie träumte auch nicht mehr davon, der Hütte zu entfliehen. Entfliehen wollte sie nur noch diesen elenden Schmerzen. Vielleicht würde Sonny sie am Ende einfach umbringen. Ja, warum tötete er sie nicht und brachte es hinter sich? Stattdessen versorgte er sie mit Essen. Schon den Geruch der Suppe assoziierte sie mit ihren körperlichen Reaktionen darauf, dass ihr die Eingeweide brannten. Die Übelkeit wurde sie nicht mehr los wie tagelange Seekrankheit ohne Aussicht auf Besserung. Denken und Empfinden waren längst abgestumpft. Als er sich neben sie setzte und anfing, ihr seine Sammlung von Körperteilen zu zeigen, konnte sie nur noch mit leerem Blick Interesse heucheln.

Er war wieder der kleine Junge, der ihr aufgeregt und eifrig seine gesammelten Lieblingsstücke zum Bestaunen brachte. Jedes Teil widerwärtiger als das vorangegangene. Sie fürchtete, sich erneut übergeben zu müssen, doch in ihrem Magen konnte nichts mehr sein. Sie untersagte sich, in den gezeigten Fleischklumpen Teile der Anatomie zu erkennen, die er Menschen herausgeschnitten hatte.

Er zeigte ihr etwas in einem großen Glas mit weißem Deckel. Sie weigerte sich hinzusehen. Ihre Augen sollten sich nicht auf den schmutzig gelben Klumpen fettigen Gewebes konzentrieren.

„Das hier war eine Überraschung“, erklärte er und hielt ihr das Glas in Augenhöhe hin. „Ich wusste ja, dass die Leber eines Alkoholikers abnorm ist, aber so was …“, setzte er lächelnd hinzu, als hätte er den Hauptpreis in einer Tombola gewonnen. „Eine normale Menschenleber soll in Farbe und Struktur wie eine Kalbsleber sein. Du weißt schon, so eine, die man im Supermarkt kauft. Ich kann mir eigentlich nicht vorstellen, dass jemand Kalbsleber essen mag. Das ist doch Abfall.“ Er drehte das Glas allmählich, damit sie den Inhalt von allen Seiten bewundern konnte. „Siehst du, diese Verfärbungen kommen vom Alkohol.“

Er stand auf und stellte das Glas auf eines der oberen Regale zurück. Joan hoffte, die Präsentation sei beendet. Sonny kam zurück und blieb neben dem Tablett stehen.

Oh Gott, sie würde es nicht ertragen, wenn er sie noch einmal zwangsernährte. Einen weiteren Löffel Suppe würde sie nicht überleben.

Ihr Essen interessierte ihn jedoch nicht. Er nahm eine braune Papiertüte auf, die er mit dem Tablett hereingebracht hatte, setzte sich wieder auf die Bettkante und holte ein Glas aus der Tüte. Es sah wie ein gewöhnliches Marmeladenglas aus. Der Inhalt war jedoch keineswegs Marmelade, sondern eine klare Flüssigkeit wie bei den anderen Behältern, und darin schwamm etwas.

„Das ist meine neueste Errungenschaft“, verkündete er und drehte das Glas vor ihren Augen. Dann hielt er es ihr so nah vor das Gesicht, dass sie dem Anblick von zwei schwimmenden Augäpfeln mit blauer Iris nicht ausweichen konnte.

„Erstaunlich, dass diese schönen Augen nur mit richtig dicken Brillengläsern etwas sehen konnten.“

53. KAPITEL

Es war nach Mitternacht.

Er warf den Wischmopp in die Ecke und wurde nur noch wütender, als das eine Lawine herabpurzelnder Gartengeräte auslöste. Er entleerte den Eimer in den Bodenabfluss und hielt den Atem an, während er das Erbrochene besprühte. Gelbe schleimige Klumpen, ein Anblick, den er aus seiner Kindheit nur zu gut kannte, als ständig ein Eimer neben seinem Bett gestanden hatte. Er war es leid, dass sie sich dauernd übergab.

Ja, er hatte das so gewollt. Ihr sollte schlecht werden, sie sollte sich elend fühlen, damit sie merkte, dass er sie absolut beherrschte. Er hatte es so gewollt, und zugleich widerte es ihn an. Er hätte sie zwingen sollen, die eigene Sauerei wegzumachen, so wie seine Mutter mit ihm verfahren war.

Er müsste sich jetzt stark und mächtig fühlen, besonders nach seiner neuesten Errungenschaft. Stattdessen hatte er Magenschmerzen, obwohl er schon eine halbe Flasche von dem kalkigen Zeug geschluckt hatte. Diese dämliche, sogenannte Medizin sollte die Übelkeit unterbinden, und er verließ sich auf die Wirkung. Warum funktionierte es heute nicht? Warum arbeitete alles und jeder gegen ihn?

Er wollte, dass Joan Begley seine Dominanz anerkannte, deshalb musste sie schwach und hilflos werden. So hatte seine Mutter das jahrelang bei ihm geschafft. Zuerst hatte sie seinen Vater beherrscht und dann ihn. Warum schaffte er das nicht? Und er hasste diese Sauerei!

Er schnappte sich ein Hackbeil von der Werkbank und schlug es in das Holz. Hob es und hieb erneut zu. Noch ein Schlag, noch einer und noch einer.

Danach legte er es beiseite. Das Holz der Werkbank hatte von seinen Wutanfällen eine Menge Schnitte und Riefen, Splitterungen und rohe Wunden davongetragen. Die Werkbank hatte seinem Vater gehört und war bis zu dessen Tod in tadellosem Zustand gewesen. Er hatte das wertvolle Stück samt Werkstatt – Vaters Zufluchtsort – übernommen und seine Zuflucht daraus gemacht. Eine ausgezeichnete sogar. Nur hier gestattete er sich, seine wahren Gefühle auszuleben. Hier war seine geheime Gruft, die ihn schützend aufnahm, allen Kränkungen, Schmerzen, Wutanfällen und Siegestaumeln widerstand und ihm manchmal sogar ein Gefühl von Macht verlieh.

Er drehte sich um und ließ, gegen die Werkbank gelehnt, die Anblicke und Gerüche seiner Wunderwerkstatt auf sich wirken. Die geliebten Gerüche, die ihn an seinen Vater erinnerten, nach frischem Sägemehl, Benzin und WD-40 waren leider längst von denen seiner eigenen Zuflucht überlagert worden: nach getrocknetem Blut, verrottenden Fleischresten, Formaldehyd, Ammoniak und Erbrochenem. Doch nur der Geruch nach Erbrochenem war ihm wirklich zuwider.

Er bewunderte die Werkzeugsammlung seines Vaters, ein sonderbares, glänzendes Sortiment, das in geordneten Reihen an Nägeln und Haken die Wand zierte. Er hatte alte Fleischerhaken, Entbeinungsmesser und Hackbeile hinzugefügt, die jetzt neben Schraubenschlüsseln, Stemmeisen und Metallsägen hingen. Ansonsten beließ er die Werkzeugwand, wie sein Vater sie hinterlassen hatte, und zollte der Ordnung Respekt, indem er jedes benutzte Stück nach Gebrauch säuberte und an seinen Platz zurücklegte. So ließ er auch die praktischen Klemmen an der Werkbank und die Knochensäge und die große Rolle weißes Einschlagpapier, das in einer besonderen Vorrichtung mit einer Metallklinge lag, die auf leichten Druck das Papier durchtrennte, an ihrem Platz.

In der Ecke stand eine alte, zerbeulte Tiefkühltruhe, deren graue Kratzer im Email an Wunden erinnerten und das ständige tiefe Brummen an das Schnurren einer Katze. Die Truhe war auch ein Inventarstück seines Vaters. Er hatte besondere Fleischstücke darin aufbewahrt oder nach seltenen Angelausflügen Forellen oder Barsche. Nach Vaters Tod war dieses Gerät zum ersten Behältnis für ihn geworden, ehe er wusste, wie er seine Schätze konservieren musste. Die Truhe hatte sich rasch gefüllt und war inzwischen eine von mehreren. Eine weitere stand nebenan und noch eine im Haus.

Die Regale an der Rückwand hatte er hinzugefügt. Ebenso die Phiolen, Einmach- und Marmeladengläser, die Tongefäße, Glasröhren, Plastikbehälter, Aquarien und Flaschen mit weiten Öffnungen. Alles wartete makellos sauber darauf, seine Trophäen aufzunehmen und zu lagern. Sogar die preiswerten, im Laden erstandenen Gurkengläser strahlten, ohne eine Spur der aufgeklebten Etiketten.

Das obere Regal beherbergte seine eigene stolze Sammlung an Werkzeugen: schimmernde Skalpelle, X-acto-Messer und -Klingen, Pinzetten, Edelstahlsonden und Schüsseln in unterschiedlichen Formen und Größen. Das meiste hatte er bei der Arbeit mitgehen lassen, Stück für Stück, damit es niemand merkte.

Ja, er war stolz auf das, was er tat. Hier hatte er Macht. Obwohl der Geruch nach Erbrochenem ihm den Magen umdrehte, musste er sich nie übergeben. Hier schnitt er Schmerzen heraus, Abnormitäten und Gebrechen, das Recht von Menschen, sich hervorzutun, und behielt es für sich.

Seine Krankheit war während seiner gesamten Kindheit obskur geblieben. Er hatte nie auf ein verkrüppeltes Bein, einen Herzfehler oder einen wertvollen Tumor hinweisen und sagen können, seht her, das verursacht meine Leiden. Man hatte nur an ihm gezweifelt, auf Krankenhausfluren über ihn getuschelt und geraten, ihn in eine Therapie zu geben.

Hätte seine Krankheit einen Namen gehabt, wäre er nicht ausgelacht worden. Niemand hätte kichernd mit dem Finger auf ihn gezeigt, wenn er mal wieder darum bat, früher aus der Klasse gehen zu dürfen. Mit einem Krebstumor oder einem deformierten Bein wäre er nicht als lächerlicher Schwächling beschimpft oder für eine weinerliche Göre gehalten worden. Für alle wäre er nur der tapfere kleine Junge gewesen.

Dass es Menschen gab, die durch ihre Leiden Anspruch auf Mitgefühl hatten, machte ihn wütend, eifersüchtig und wahnsinnig vor Neid. Die konnten sich beklagen, so viel sie wollten, und niemand sagte ihnen, sie sollten sich zusammenreißen und die Klappe halten. Dabei erkannten sie nicht einmal, welchen Schatz sie in ihrem Leiden besaßen. Narren waren das. Allesamt.

Deshalb schnitt er sie auf und entfernte, was sie zu etwas Besonderem machte. Er schnitt die Trophäen heraus, und sobald sie sein Eigentum wurden, verliehen sie ihm Kraft und Macht.

Er musste endlich mit Joan Begley verfahren, wie er es von Anfang an vorgehabt hatte. Er musste sich nur überlegen, wie er es am besten anstellte und welches Werkzeug er benutzen sollte.

Das Kinn kratzend betrachtete er prüfend seine Auswahl. Er war sich nicht einmal sicher, welche Abnormität Joan besaß. Wo war ein Hormonmangel angesiedelt? Etwa in der Hypophyse? Die lag auf der Unterseite des Hirns. Dazu würde er Bohrer und Knochensäge gebrauchen. Oder lag es an der Schilddrüse? Dazu war nur ein simpler Schnitt durch die Kehle nötig. Außerdem könnte es eine der Nebennierendrüsen sein. Wo zum Teufel saßen die? Irgendwo über den Nieren vielleicht. Er holte das illustrierte Medizinlexikon vom oberen Regal und begann es durchzublättern.

Während er mit dem Zeigefinger einer Hand über die Inhaltsangabe fuhr, fand die nervöse andere ein Entbeinungsmesser, die gebogene Klinge scharf wie ein Rasiermesser. Plötzlich wünschte er sich, es sei die Schilddrüse. Er glaubte sogar, sich zu erinnern, dass sie von einem Schilddrüsenproblem gesprochen hatte. Ja, das wäre gut. Nachdem er immer wieder ihr Erbrochenes aufgewischt hatte, hätte er nichts dagegen, Joan Begley die Kehle durchzuschneiden.

54. KAPITEL

Donnerstag, 18. September

„Sie müssen mir kein Frühstück machen, Mr Racine", sagte Maggie. Doch beim Duft von Bratkartoffeln und Würstchen, die in einer Pfanne brutzelten, während Luc in einer zweiten Rühreier zubereitete, lief ihr bereits das Wasser im Munde zusammen.

„Nein, muss ich nicht, aber ich möchte. Mein Gott, wie mir das fehlt!" Er gab Milch und frisch gemahlenen Pfeffer in die Eimasse, rührte und schlug sie mit dem Geschick eines Kochs auf. „Ich komme sonst nicht mehr dazu, weil ich Angst habe, ich könnte vergessen, den Herd abzuschalten." Er sah zu ihr hin. „Ich erwähne das nur, damit Sie ein Auge auf alles haben und ich nichts auf dem Herd stehen lasse. Würden Sie das bitte tun?"

Er wandte ihr rasch wieder den Rücken zu. Maggie war klar, dass ihm diese Bitte nicht leicht gefallen war. Vielleicht hatte er seine Tochter nicht informieren wollen, damit sie nicht sah, dass sich sein Zustand verschlechterte.

„Aber ja. Kann ich Ihnen bei irgendetwas helfen?"

„Nein. Ich habe den Tisch schon gedeckt." Er sah sich um. „Vielleicht fehlt noch Orangensaft. Ich glaube, Ihr Freund hat gestern Abend welchen mitgebracht." Er öffnete eine Schranktür, dann eine andere und noch eine, ehe er zwei Gläser fand und sie ihr reichte. Er konnte eine verlegene Röte nicht verbergen. „Ich glaube, der mag Sie."

„Was?"

„Der Professor. Er mag Sie."

Diesmal errötete sie ein wenig, fand den Orangensaft und schenkte zwei Gläser voll. „Wir arbeiten zusammen an dem Fall. Das ist alles."

„Soll das heißen, Sie mögen ihn nicht?“ Er warf ihr einen Blick über die Schulter zu.

„Das habe ich nicht gesagt. Es ist nur … nun ja, ich habe in ihm eben nicht vorrangig den Mann gesehen.“

„Warum nicht? Er sieht gut aus. Und mir ist aufgefallen, dass Sie ungebunden sind.“

„Ich weiß nicht. Ich bin nicht … ich wollte nicht …“ Sie verstummte, da sie wie ein verlegener Teenager stammelte und sich fragte, warum sie es Luc erklären wollte. „Ich bin momentan eben nicht auf der Suche.“

„Oh, verstehe.“ Er nickte ihr zu und widmete sich wieder den Rühreiern.

„Was verstehen Sie?“

„Sie sind eine Freundin von Julia, ich verstehe.“

„Warten Sie einen Moment. Ich glaube nicht, dass Sie verstehen. Meine Scheidung ist gerade erst durch, und ich bin noch nicht bereit, mich auf eine neue Beziehung einzulassen.“

„Ja, okay.“ Er streifte sie wieder mit einem Blick. „Tut mir leid, ich wollte meine Nase nicht in Ihre Angelegenheiten stecken.“ Er begann die Arbeitsfläche zu reinigen. „Ich mag Sie. Sie erinnern mich an Julia. Ich glaube, ich vermisse sie.“

„Ich habe darüber nachgedacht, Mr Racine. Ich denke …“

„Es wäre nett, wenn Sie mich Luc nennen würden.“

„Okay, aber ich habe darüber nachgedacht und finde, Sie sollten Julia anrufen. Wahrscheinlich wird sie wissen wollen, was hier los ist. Ich würde mich dann auch besser fühlen.“

Er räumte fort, was er nicht mehr benötigte, schob den Eierkarton in den Kühlschrank zurück und schlug die restliche Wurst wieder in das Einwickelpapier.

Maggie stutzte. „Was ist das? Woher haben Sie das?“ Sie deutete auf die Wurst, die er fest in das weiße Fleischerpapier wickelte.

„Das? Die nennt man Scrapple“, erklärte er in Missdeutung ihrer Frage, wickelte die Wurst wieder aus und zeigte sie ihr. „Meine Frau stammt aus Philadelphia, da machen sie die Besten. Hier in der Gegend bekommt man sie nicht. Letzten Winter habe ich Steve Earlman gebeten, mir welche aus Schweineschulter zu machen. Sie sind ihm gut gelungen. Ich denke, sie werden Ihnen schmecken.“

Maggie fragte sich, ob Luc wusste, dass man Steve im Steinbruch gefunden hatte. Er war oft genug dort gewesen, um es zumindest gehört zu haben. Aber vielleicht erinnerte er sich nicht. Das Einwickelpapier erinnerte sie jedoch stark an die weißen Papierschnipsel vom Fundort der Leichen. Was entging ihr hier?

„Luc, was wurde nach Steves Tod aus dem Fleischerladen? Hatte er keine Kinder, die ihn weiterführen wollten?“

Er füllte Bratkartoffeln, Würstchen und Eier auf ihre Teller und teilte alles ordentlich auf. Es sah delikat aus, und sie folgte ihm mit dem Orangensaft an den Tisch.

„Nein, Steve hat nicht geheiratet. Er war ein netter Kerl.“ Er zog ihr den Stuhl zurück, wartete, bis sie sich gesetzt hatte, und nahm seinen Platz ein. „Immer bescheiden. Er hat nicht mal den Namen des Geschäftes geändert, als er es Ralph Shelby abkaufte. Er dachte sich wohl, jeder kennt die Fleischerei als Ralphs, also warum etwas Bewährtes ändern? Es ist traurig, dass der Laden geschlossen wurde. Ich habe damals gehört, dass jemand bei der Versteigerung das gesamte Inventar gekauft hat. Deshalb dachte ich, der Laden würde wieder eröffnet und weitergeführt werden. Aber das war ein Irrtum.“

„Können Sie sich erinnern, wer die Einrichtung gekauft hat?“

Luc sah sie mit gefurchter Stirn an, Frustration im Blick. „Ich sollte es wissen.“

„Ist schon okay, wenn Sie sich nicht erinnern. Ich war nur neugierig.“

„Nein, ich müsste es wissen. Es war jemand, den ich kannte."

Nebenan begann Maggies Handy zu klingeln, und Scrapple, der seinen Bettelplatz unter dem Tisch eingenommen hatte, begann zu bellen.

„Scrapple, das reicht. Still!"

„Entschuldigen Sie mich. Ich muss ans Telefon." Maggie sprang auf und suchte, dem Klang folgend, ihre Jacke. Endlich. „Maggie O'Dell."

„O'Dell, hier ist Watermeier. Ich bin im Hubbard Park, am West Peak. Wir haben etwas gefunden. Ich glaube, das möchten Sie sich ansehen."

55. KAPITEL

Adam Bonzado zog die Polaroidfotos aus der Hemdtasche, studierte sie lange und eingehend und schob sie zurück. Wahrscheinlich war es keine besonders gute Idee, sie hier hervorzuholen, während er die Regale des örtlichen Eisenwarenladens durchstöberte.

Er versuchte sich Maggie O'Dell aus dem Kopf zu schlagen. Dabei half es ihm nicht gerade, dass er sich wie ein Volltrottel vorkam. Zuerst der Vorfall mit der Suppe, und dann weckte er sie und Racine in der Nacht auf und machte ihnen auch noch Angst. Obwohl Maggie hinter ihrer Smith & Wesson nicht sonderlich ängstlich ausgesehen hatte. Die Erinnerung ließ ihn schmunzeln. Es gefiel ihm, dass sie auf sich aufpassen konnte. Weniger begeisterte ihn die Vorstellung, dass sie ihm fast den Schädel weggepustet hätte.

Manchmal befürchtete er, dass seine Mutter recht hatte. Vielleicht war er wirklich zu viel mit Skeletten und zu wenig mit richtigen Menschen zusammen. Seine Studenten zählten in dieser Hinsicht nicht, wenn er seiner Mutter glauben durfte.

„Warum kannst du nicht ausgehen wie normale Jungs", begann sie üblicherweise ihre Lektion, die dann auch etwas von Rendezvous mit netten Mädchen enthielt. „Du gehst nicht mal mehr mit deinen Brüdern zu Ballspielen."

Seine Arbeit gefiel ihm eben. Warum sollte er sich dafür entschuldigen? Außerdem waren die meisten Frauen sofort abgetörnt oder desinteressiert, wenn sie hörten, womit er seinen Lebensunterhalt verdiente. Nein, in Wahrheit hatte er nach Kate keine Frau mehr haben wollen und sich in seine Arbeit vergraben, um die Leere im Herzen auszufüllen.

Und er tat es schon wieder. Er stürzte sich in Arbeit, um nicht an Maggie O'Dell zu denken. Und wie gelang das besser, als mit einer Hand voll Polaroidfotos bewaffnet in einem Eisenwarenladen seine Liste möglicher Tatwerkzeuge zu komplettieren.

Dr. Stolz hatte ihm Fotos von den Kopfwunden der Opfer überlassen, die sich alle am Hinterkopf befanden. Sogar der Schädel des jungen Mannes, den er im Labor hatte, und der aus dem Kochtopf bei Luc Racine wiesen solche Wunden auf.

Während er einen Gang hinunterschlenderte, betrachtete er immer wieder einzelne Werkzeuge, wobei er besonders deren Enden begutachtete. Hammer? Nein. Bolzenschneider? Nein. Dann die Zangen. Adam rieb sich das Kinn, immer wieder erstaunt über die vielen unterschiedlichen Sorten von Rund-, Rohr- und Kabelzangen.

Nein, Zangen konnte er ganz vergessen.

Muffen, Schraubenschlüssel, Bolzenklammern. Die sahen vielversprechend aus. Nein, doch nicht. Oder lieber die Schraubzwingen? Nein.

„He, ein Minihackebeil", sagte er vor sich hin und nahm es hoch. „Für alle schwer zu erreichenden Gelenke, wenn man gerade dabei ist, die Leiche zu zerlegen."

„Kann ich Ihnen helfen, Sir?" Am Ende des Ganges erschien ein junger Angestellter.

Adam legte wie ertappt das kleine Beil zurück und fragte sich, ob der junge Mann ihn gehört hatte. Der Knabe sah aus, als verbrächte er mehr Zeit im elterlichen Sportstudio im Keller des Hauses als in Dads Garage. Er schien eher in einen Elektronikladen oder eine Elektronikabteilung zu gehören, wo er mit Gameboys und DVD-Playern zu tun hatte, anstatt mit Bohrern, Kreissägen und Handwerkzeugen.

„Suchen Sie etwas Bestimmtes, Sir?"

„Ja. Aber was, weiß ich erst, wenn ich es sehe. Verstehen Sie mich?"

Der Junge starrte ihn nur an und verstand ihn natürlich nicht. „Sie meinen für eine Spezialaufgabe oder so?“

Adam lächelte. Er fragte sich, was der Knabe tun würde, wenn er ihm seine Liste von Tatwerkzeugen zeigte. Oder besser noch die Fotos dazu und ihn bitten würde, ihm bei der Suche nach dem Werkzeug zu helfen, das beim Spalten der Schädel diese dreieckigen Wunden hinterließ. Stattdessen erwiderte er: „Ja, das kann man so sagen.“

„Okay. Melden Sie sich, wenn Sie Hilfe brauchen.“

„Danke, mache ich.“

Adam nahm den nächsten Gang in Angriff, in dem es vor allem Stemmeisen gab. Da kam man der Sache schon näher. Es gab sie in vielen Formen und Größen und aus gehärtetem Stahl mit schwarzem Oxidüberzug gegen Verrosten. Adam las die Etiketten. „Leichter, komfortabler Gummigriff“ und „kurze Profilklaue zur besseren Hebelwirkung“. Eines hieß „Gorillaeisen“, ein anderes „Wundereisen“. Eines hatte ein doppeltes Ende zum Nägelziehen, ein anderes einen gebogenen Hals. Das war doch verrückt.

Dann entdeckte er es. Der Winkel war genau richtig. Die Größe stimmte auch. Er nahm die Fotos heraus, um sich noch einmal zu vergewissern. Ja, das kam hin. Das gegabelte Ende des Stemmeisens zum Nägelziehen passte genau zu den Abdrücken in den Schädeln.

Adam nahm das Stemmeisen auf, drehte es in der Hand, betrachtete es von allen Seiten und versuchte ein Gefühl für die Handhabung zu bekommen. Es wog mehr, als er gedacht hatte. Er hielt es hoch über den Kopf, wie der Killer es vermutlich vor dem Schlag getan hatte, um nachzuvollziehen, wie der Schlag ausgeführt worden war. Es erforderte erstaunlich wenig Kraft. Ein bisschen drehen, und das schwere, gegabelte Ende knackte den Schädel mühelos.

Mit erhobenem Stemmeisen wollte er gerade einen Todesschlag ausführen, als er den jungen Verkäufer wieder am Ende des Ganges erblickte. Der beobachtete ihn und sah aus … na ja, besorgt wäre eine ziemliche Untertreibung.

„Ich denke, ich habe gefunden, was ich suchte“, sagte Adam und nahm das Werkzeug ohne viel Aufhebens herunter. „Und es sieht ganz so aus, als wäre es auch noch ein Sonderangebot.“ Er deutete lächelnd auf das Preisschild und ging den nächsten Gang entlang davon.

Während er in der Schlange vor der Kasse wartete, schlug er sich gedankenverloren mit dem Stemmeisen in die Hand. Und plötzlich fiel ihm auf, dass dieses hier exakt dem aus seinem El Camino glich.

56. KAPITEL

Sheriff Henry Watermeier sah im Regen vom Rand des Abhangs aus zu. Sie hatten den Wagen fast zwischen den Bäumen hervorgezogen, und es war genügend Kofferraum sichtbar, um zu erkennen, dass es sich um eine Limousine neuerer Bauart handelte. Mein Gott, was für ein Mist! Warum musste es, wenn es regnete, immer gleich schütten?

Er ertappte sich bei dem Wunsch, dass der Fahrer ein armer Betrunkener gewesen sein möge, der hier oben einfach die Kontrolle über das Fahrzeug verloren hatte und über den Rand gekippt war. Er wünschte sich von Herzen, es möge so einfach sein.

Eigentlich war er nur hier heraufgefahren, um O'Dells Vermutung zu widerlegen, doch jetzt fragte er sich, ob sie nicht wirklich Joan Begley gefunden hatten.

Er sah O'Dell hinter der Barrikade der Polizei von Meriden aus ihrem Mietwagen steigen. Sie hatten die Kette unten am Parktor vorgelegt, abgeschlossen und Wachen aufgestellt. Trotzdem war es auf der kurvigen Auffahrt noch ganz schön voll. Er winkte Deputy Truman, O'Dell durchzulassen.

„Sie haben sie gefunden?“, fragte sie, ehe er etwas sagen konnte.

„Ich habe bisher gehofft, ein Betrunkener hätte die falsche Abzweigung genommen“, gestand er, an das hölzerne Schutzgeländer gelehnt.

Schweigend beobachteten sie nebeneinander stehend, wie die Seile der Zugmaschinen den Wagen über Fels und Buschwerk hinaufzerrten. Dabei kratzte immer wieder Metall gegen Baumrinde.

Als der Wagen endlich auf ihrer Ebene ankam, rief ihnen Deputy Charlie Newhouse von der eingedrückten Frontseite des Wagens aus zu: „Ist keiner drin, Sheriff!“

„Großer Gott, das fehlt mir gerade noch. Überprüfen Sie die Zulassungsnummer." Doch noch während Henry das sagte, bemerkte er das fehlende Nummernschild hinten.

„Vorne ist kein Schild", sagte Arliss.

„Hinten auch nicht", erwiderte Watermeier.

„Glauben Sie, dass die gestohlen wurden?", fragte Charlie.

„Wir rufen besser die Jungs von der mobilen Spurensicherung." Henry ging zur Vorderseite des Wagens und warf einen Blick durch die demolierte Windschutzscheibe.

„Sheriff!"

Maggie war hinter dem Fahrzeug geblieben und wartete dort auf ihn. Als er zu ihr kam, deutete sie auf ein kleines Stück Stoff, das, vom Kofferraumdeckel eingeklemmt, herausschaute.

„Scheiße!", grummelte er vor sich hin und spürte, wie sich ihm ein Gewicht auf die Brust legte. „Charlie, versuchen Sie den Kofferraum zu öffnen. Greifen Sie hinein, aber fassen Sie nicht zu viel an."

Als niemand reagierte, sah Henry seine beiden Deputys und den Fahrer der Zugmaschine an, die reglos auf den Kofferraum starrten.

„Charlie", wiederholte Henry.

Diesmal gehorchte der Deputy, ließ sich jedoch Zeit, als müsste er besondere Vorsicht walten lassen, dabei verlangte Henry nur, dass er den Kofferraumdeckel öffnete. Als der Deckel endlich aufsprang, fragte Henry sich wieder einmal, warum er nicht schon vor einem halben Jahr in den Ruhestand gegangen war.

Er drückte den Deckel weit auf, und alle verharrten sprachlos, als sie auf die kleine zusammengekrümmte Gestalt im Kofferraum blickten. Henry bemerkte sofort, dass weder ihre Hand- noch Fußgelenke gefesselt waren. Aber dazu bestand wohl auch keine Notwendigkeit. Ihr Hinterkopf war ihnen zugewandt, eine Masse wirrer, blutverklebter Haare. Offenbar hatte sie einen tödlichen Schlag versetzt bekommen, der ihr den Schädel gespalten hatte, und das mit einer Gewalt, die bei einer so zarten Person geradezu ein Overkill war.

„Glauben Sie, dass sie das ist?“, fragte er Maggie.

„Schwer zu sagen. Ich habe nur ein Foto von ihr. Die Art der Kopfwunde kommt mir aber sehr bekannt vor.“

„Ja, das habe ich auch gerade gedacht.“ Henry rieb sich die Augen. Sie hatten noch nicht mal alle Opfer aus den Fässern geholt, und da war schon wieder eines. „Arliss, rufen Sie Carl an. Er soll das mobile kriminaltechnische Labor mitbringen. Und Dr. Stolz.“

„Die sind vermutlich draußen im Steinbruch, Sir.“

„Ich weiß, wo die vermutlich sind. Rufen Sie sie an und sagen Sie denen, die sollen ihre Hintern hierher bewegen.“

„Sir, soll ich genau das weitergeben?“

Henry hätte den Burschen am liebsten erdrosselt, sagte jedoch nur: „Charlie, würden Sie bitte …“

„Ist schon erledigt, Sheriff.“

Henry bemerkte, dass O’Dell dastand und auf das Opfer sah, als könnte sie es nicht fassen. Dabei war sie es doch gewesen, die ihn auf diese Spur gesetzt hatte. Er trat näher, um besser sehen zu können, und beugte den Kopf unter den Kofferraumdeckel, ohne etwas zu berühren. Er betrachtete den Bereich um die Leiche, ob da etwas zurückgelassen worden war. Irgendetwas, das ihnen die Identität dieser Frau bestätigt hätte. Vielleicht hoffte er sogar, die Tatwaffe zu entdecken. Doch da war absolut nichts. Aus diesem Blickwinkel sah er das Gesicht der Toten von der Seite, und es kam ihm irgendwie bekannt vor. Ja, allerdings, und dabei hatte er O’Dells Foto von Joan Begley nicht einmal gesehen.

Vorsichtig zog er leicht an der Schulter, um die Frau besser zu sehen, und fuhr erschrocken zurück.

„Heilige Scheiße!“ Er schlug sich den Kopf am Kofferraumdeckel an, taumelte zurück, verlor das Gleichgewicht und wäre fast gestürzt.

Die anderen blickten auf den Rücken der Frau und versuchten zu erkennen, was die heftige Reaktion des Sheriffs verursacht hatte.

„Es ist die Fernsehreporterin“, stellte er atemlos fest und hatte das Gefühl, die Brust könnte ihm platzen. „Die Kleine, die mir überallhin gefolgt ist.“

„Wovon reden Sie da?“, fragte Maggie, trat näher an den Kofferraum, wartete jedoch, bis der Sheriff wieder herankam.

Er rollte die Schultern und wischte sich die Hände an den Seiten seiner Hose ab, als könnte er sich so vor dem Anblick wappnen. Dann beugte er sich wieder in den Kofferraum, aber nur so weit wie nötig. Nach kurzem Zögern legte er die Hand auf die Schulter der Toten und zog.

„Er hat ihr die Augen genommen“, sagte er und drehte sie so, dass die anderen ihr Gesicht sehen konnten – vor allem die leeren Höhlen, in denen einmal ausdrucksvolle blaue Augen gewesen waren.

57. KAPITEL

Maggie hörte ihr Handy piepen, ein Warnton, dass die Batterie fast leer war. Sie hatte vergessen, den Akku über Nacht aufzuladen.

„Tully, mein Handy ist gleich leer, also sag mir nur das Wichtigste. Habt ihr etwas in Sonnys E-Mails entdeckt?"

„Er schreibt, dass er als Kind sehr krank war und seine Mutter ihm Medizin gab, die alles nur noch schlimmer machte. Dr. Patterson war mit mir einer Meinung, obwohl es vielleicht etwas weit hergeholt erscheint, aber wir glauben, dass er Opfer des Münchhausen-Stellvertreter-Syndroms geworden ist. Bist du damit vertraut?"

„Du meinst, seine Mutter hat ihn absichtlich krank gemacht, um Aufmerksamkeit auf sich zu lenken?"

„Ja, genau. Dr. Patterson spricht schon mit dem örtlichen Krankenhaus. Sie hofft, dass ihr jemand Zugang zu den Krankenhausberichten der letzten fünf bis zehn Jahre verschafft."

„Könntest du noch einen Namen für mich überprüfen? Jacob Marley. Schau nach, ob wir was über ihn haben."

„Jacob Marley?"

„Ja, er ist der Bestattungsunternehmer hier. Ich glaube, Joan Begley hat in der Nacht ihres Verschwindens Pizza mit ihm gegessen. Als ich ihn gestern aufgesucht habe, wirkte er nervös und schuldbewusst. Und er ist ein Junior, der es verabscheut, junior genannt zu werden. Vielleicht nennt man ihn Sonny."

„Als Bestattungsunternehmer hätte er Zugang zum Leichnam von diesem Steve Earlman gehabt."

„Ja, und er war mir verdächtig gut vorbereitet, über Steve Earlman zu sprechen. Allerdings passt er nicht in das Profil unseres Killers. Du sagst mir also, ich soll nach einem Hypochonder Ausschau halten, der auch noch ein paranoider, delusorischer

Irrer ist, weil seine Mutter ihn absichtlich krank gemacht hat? Der sollte ja leicht zu finden sein."

„Sehr witzig, O'Dell. Ich versuche dir zu helfen."

„Ich weiß. Tut mir leid. Ich bin nur frustriert." Sie ging vom Gas und nahm weitere Serpentinen in Angriff. „Wir haben gerade eine neue Leiche entdeckt."

„Ach herrje. Weißt du, ob es Joan Begley ist?"

„Nein, sie ist es nicht. Aber es war vielleicht ihr Mietwagen, in dem die Tote lag. Das wird noch überprüft. Es war eine Lokalreporterin mit schlechter Sehkraft."

„Lass mich raten. Er hat ihr die Augen entfernt."

„Ja. Und dann hat er die Leiche in den Kofferraum eines Autos gestopft. Ich hatte befürchtet, dass so etwas passiert. Unser Täter fühlte sich wahrscheinlich von ihr verfolgt. Laut Sheriff Watermeier war sie jeden Tag am Steinbruch und hat versucht, ihn zu interviewen."

Ihr Handy piepte wieder.

„Tully, die Leitung bricht gleich zusammen."

„Ich rufe dich an, wenn ich etwas über Marley finde. Und Dr. Patterson meldet sich bei dir, wenn sie im Krankenhaus etwas erfährt."

„Die Zeit drängt. Falls Joan Begley noch lebt, befürchte ich, dass ihre Zeit abläuft. Dieser letzte Mord bedeutet, dass der Täter in Panik ist. Und ich habe als Anhaltspunkte nicht mehr zu bieten als ein paar fehlende kranke Körperteile, eine Menge Zufälle und etwas weißes, wachsartiges Papier aus einem Fleischerladen."

„Fleischereinschlagpapier?"

„Ja, ich glaube, so nennt man das. Er scheint es ständig zur Verfügung zu haben und benutzt es vermutlich, um die entfernten Körperteile vorübergehend einzuwickeln und zu lagern. Ich denke mir, das ist bedeutsam, aber inwiefern? Irgendwelche Ideen?"

„Ich frage mich, wo man das Papier kauft."

„Jedenfalls nicht im örtlichen Stop N Shop. Das haben wir schon überprüft."

„Hast du nicht gesagt, dieser Steve Earlman war früher Fleischer?"

„Ja, das stimmt."

„Hat er Söhne?"

„Nein. Daran habe ich auch schon gedacht. Der Laden wurde nach Earlmans Tod geschlossen. Jemand hat die ganze Einrichtung gekauft, aber das Geschäft nicht weitergeführt." Sie fuhr fast bei Rot über die Kreuzung, bremste heftig und provozierte ein lautes Hupen vom Fahrer hinter ihr. Warum hatte sie nicht eher darüber nachgedacht? Luc hatte bereits erwähnt, dass jemand die gesamte Einrichtung erworben hatte. „Warum kauft jemand die Einrichtung eines Fleischerladens, wenn er das Geschäft gar nicht führen will? Ist das nicht äußerst merkwürdig?"

„Ich weiß nicht. Guck dir mal das verrückte Zeug an, das die Leute tagtäglich im Internet kaufen."

„Und woher weißt du, was die Leute im Internet kaufen?" Wieder ein Piepton aus ihrem Handy. „Meine Batterie hat wirklich kaum noch Saft, Tully. Bevor ich aufhöre, nur noch zwei Dinge: Wie geht es Harvey? Er macht euch doch nicht verrückt, oder?"

„Überhaupt nicht. Ich glaube sogar, dass du Emma bestechen musst, damit sie dir den Hund zurückgibt."

„Erlaube ihr bloß nicht, sich in meinen Hund zu verlieben, Tully."

„Könnte schon zu spät sein."

„Zweitens, wie geht es Gwen?"

Längeres Schweigen, und sie fürchtete schon, die Leitung wäre unterbrochen, als er endlich erwiderte: „Ich glaube, ganz gut."

„Würdest du mir einen Riesengefallen tun und dich um sie kümmern?“

„Klar, mache ich.“

„Danke, Tully. Und sag Emma, sie bekommt meinen Hund nicht.“

Sie beendete das Gespräch und lenkte den Wagen in eine Parkbucht. Irgendwo hatte sie einen Stadtplan außer der Skizze von Tully. Es war nur eine Ahnung, aber woran sollte sie sich sonst halten? Sie musste das Gerichtsgebäude finden und überprüfen, wer die Einrichtung des Fleischerladens ersteigert hatte, inklusive aller Rollen Einschlagpapier.

58. KAPITEL

Henry Watermeier war losgefahren zum Steinbruch, machte kurz vor dem Ziel jedoch kehrt und fuhr Richtung Wallingford. Ja, er brauchte eine starke Tasse Kaffee, aber vor allem wollte er eine Pause im Buchladen einlegen und seine Frau sehen. Sobald die Medien Wind von dem neuen Mord bekamen, brach hier die Hölle los. Besonders, wenn publik wurde, dass das letzte Opfer eine der ihren war.

Er fürchtete immer mehr, dass er und seine Frau Rosie sich von dem Gedanken eines geruhsamen Lebens als respektierte Rentner in dieser Gemeinde verabschieden konnten.

Das Fenster heruntergelassen schlängelte er sich über Nebenstraßen um die Innenstadt herum. Er fuhr langsam und versuchte tief durchzuatmen, um die Enge und den Druck in der Brust loszuwerden. Geschah ihm ganz recht, wenn er mit der Einnahme seiner Blutdruckmedikamente so nachlässig war.

Schließlich war er dem Anschlag vom 11. September nicht entgangen, um dann auf einer Landstraße in Connecticut an einem Herzanfall zu sterben.

Er fuhr am Friedhof St. Francis vorbei, der sich den Hang hinaufzog, als er einen Mann bemerkte, der sich eilig hinter einen großen Grabstein duckte. Zuerst glaubte Henry, es sich eingebildet zu haben. Vielleicht drohte ihm wirklich eine Herzattacke, obwohl man davon keine Halluzinationen bekam.

Henry bog in die Friedhofseinfahrt und hielt den Wagen an. Aus diesem Blickwinkel konnte er den Grabstein nur sehen, wenn er ausstieg. Er blieb sitzen, überzeugt, einem Trugbild aufgesessen zu sein. Falls sich jemand auf dem Friedhof aufhielt, war das nicht weiter verdächtig. Schließlich war das ein öffentlicher Ort. Die Leute kamen oft her, um Kränze oder Blumen auf die Gräber zu legen. Es bestand also kein Grund, sich zu verstecken.

Er setzte zurück und fuhr wieder auf die Straße. Rosie würde ihn auslachen. Nicht weil er seine Medizin vergessen hatte, sondern weil er Geister sah. Als er um die nächste Kurve biegen wollte, sah er in den Rückspiegel. Ehe der Friedhof aus seinem Blickfeld entschwand, entdeckte er den Mann wieder. Diesmal hielt Henry außer Sichtweite des Friedhofs auf dem Randstreifen an.

Er ließ den Wagen stehen und marschierte, um nicht gesehen zu werden, durch den Straßengraben zurück. Der Friedhof grenzte an einen Wald. Als Henry hinaufspähte, entdeckte er einen Pick-up zwischen den Bäumen – an einer Stelle, wo sich definitiv keine Straße befand.

Er kletterte den steilen Anstieg hinauf in der Hoffnung, verborgen zu bleiben, bis er die Bäume erreichte. Lehm und Steine bröckelten unter seinen Stiefeln ab, und er war überzeugt, dass der Mann dort ihn hören musste. Hinter einem Windbruch dürrer Immergrüne versteckt erhielt er den ersten ungehinderten Blick auf den Mann.

Der kehrte ihm den Rücken zu und grub mit einer Schaufel. Okay, er hob also ein Grab aus. Aber warum versteckte er sich dann, wenn ein Auto vorüberfuhr? Außerdem, seit wann benutzte man zum Gräberausheben wieder Schaufeln? Erledigten das sonst nicht diese Maschinen, diese kleinen Minibagger mit den Stahlschaufeln? Ja, er war jetzt sicher, dass die Gräber maschinell ausgehoben wurden. Er meinte sich sogar zu erinnern, dass Vargus und Hobbs mit mehreren Bestattern für diese Arbeit Verträge abgeschlossen hatten.

Henry trat näher, um besser sehen zu können. Und da bemerkte er, dass der Mann kein neues Grab schaufelte, sondern ein vorhandenes öffnete. In dem Moment drehte sich der Mann ein wenig, sodass Henry ihn erkannte. Es war Wally Hobbs, und der hastete davon, um sich hinter einen großen Grabstein zu ducken, als ein weiteres Auto vorbeifuhr.

59. KAPITEL

Luc hatte das Haus den ganzen Morgen noch nicht verlassen. Nicht einmal, um die Zeitung zu holen. Seit Agentin O'Dell fort war, lief er hin und her und versuchte dabei Fernsehen zu gucken, während er mit dem Baseballschläger in der Hand von einem Fenster zum nächsten ging.

Scrapple hatte ihn bereits vor Stunden als hoffnungslosen Fall aufgegeben und sich auf seinen Lieblingsläufer zurückgezogen. Bis auf ein gelegentliches Zucken der Ohren schlief er fest.

Luc hörte immer mehr Fahrzeuge auf dem Whippoorwill Drive. Vielleicht war unten im Steinbruch wieder etwas los. Er glaubte, vorhin Sirenen gehört zu haben. In den lokalen Mittagsnachrichten hatten sie von einem Wagen berichtet, der im Hubbard Park gefunden worden war. Aber das war in Meriden, nicht unten an der Straße. Er würde das Haus nicht verlassen und nachsehen. Früher hätte man ihn kaum davon abhalten können. Aber heute ... heute konnte er nicht mal den Fuß auf die Veranda setzen, ohne dass er zu zittern begann. War das ein Vorgeschmack auf das, was aus ihm werden würde: ein alter Mann, der das Haus nicht mehr verließ und sich nicht erinnerte, wo er war?

Agentin O'Dell hatte ihn heute Morgen gebeten, doch bitte Julia anzurufen, damit sie wusste, dass es ihm gut ging. Aber wenn seine Tochter von dieser Geschichte hier gar nichts erfuhr, brauchte er ihr auch nicht zu bestätigen, dass es ihm gut ging. Jedenfalls war das seine Argumentation. Er wusste, dass er sie anrufen sollte. Er wollte ja auch. Seit er mit ihr gesprochen hatte ... großer Gott, wann war das gewesen? Lag das erst Tage zurück oder bereits Wochen?

Er hörte wieder einen Wagen, doch diesmal klang es, als wäre er in seiner Zufahrt. Als er die Tür erreichte, kam Agentin O'Dell bereits die Stufen zu seiner Veranda hinauf. Er hielt die Tür auf, leicht verlegen, als er merkte, dass er immer noch den Baseballschläger in der Hand hatte.

„Was ist das für ein Aufruhr da unten an der Straße?"

„Ich bin mir nicht sicher", erwiderte sie ein wenig atemlos. „Ich konnte Sheriff Watermeier nicht erreichen. Vielleicht hat es einen Unfall oder so etwas gegeben. Glauben Sie, dass Sie mir vielleicht helfen können, Luc?"

„Klar. Ich meine, ich kann es versuchen."

Sie breitete die mitgebrachte Straßenkarte auf dem überladenen Kaffeetisch aus. „Sie leben doch schon lange in der Gegend, richtig?"

„Fast mein ganzes Leben. Meine Frau Elizabeth stammte aus Philadelphia, aber ihr gefiel es hier. Deshalb sind wir geblieben. Ich wünschte, Julia hätte es auch so gefallen, dass sie geblieben wäre. Aber na ja, was kann ein Vater da schon machen?"

„Können Sie mir vielleicht sagen, wo das Anwesen von Ralph Shelby liegt?"

„Ralph? Der Fleischer? Ralph ist doch schon lange tot. Das ist vielleicht schon zehn Jahre her. Mein Gott, ich kann mich nicht mal mehr erinnern. Habe ich Ihnen heute Morgen nicht erzählt, dass Steve Earlman Ralph das Geschäft abgekauft hat? Aber Steve ist jetzt auch schon tot. Das habe ich Ihnen doch erzählt, oder? Haben wir nicht heute Morgen darüber gesprochen?"

„Ja, darüber haben wir gesprochen. Aber Mr Shelbys Anwesen, wo er gelebt hat, können Sie mir zeigen, wo das ist? Es liegt in der Nähe, oder?"

„Ja, ein Stück die Straße hinauf, an Millers alter Sägemühle vorbei. Mrs Shelby ist vor ein paar Jahren verstorben. Aber ich glaube, ihr Sohn lebt noch dort oben."

„Können Sie mir das auf der Karte zeigen?"

Er blickte auf die Linien und blauen Flecke, und nichts kam ihm vertraut vor.

„Wir sind genau hier." Sie zeigte auf eine Stelle, doch für Luc waren das nur bedeutungslose, sich überschneidende rote Linien. Sie sah ihn leicht stirnrunzelnd an. War sie besorgt? Er kannte sie nicht gut genug, um zu entscheiden, ob ihr Ausdruck Ungeduld oder Mitleid bedeutete. Ungeduld wäre ihm lieber. „Luc, können Sie es mir auf der Karte zeigen?"

„Ich kann es Ihnen zeigen, aber nicht auf der Karte." Auf dem Weg zur Tür schnappte er sich sein schwarzes Barett und die Jacke.

„Nein, Sie können nicht mitkommen, Luc."

„Anders kann ich es Ihnen nicht zeigen."

„Können Sie mir nicht einfach den Weg beschreiben? Wie weit die Straße hinauf? Liegt es noch am Whippoorwill Drive?"

„Ich bin wirklich nicht störrisch", betonte er und wollte sich seine Verlegenheit nicht anmerken lassen. „Aber ich kann es Ihnen wirklich nicht sagen. Ich kann es nicht beschreiben." Er gestikulierte heftig, um seine Worte zu unterstreichen. „Ich muss es Ihnen zeigen, indem ... indem ich es Ihnen zeige."

Unentschlossen blieb sie mit vor der Brust verschränkten Armen stehen. „Okay, aber Sie versprechen mir, im Wagen zu bleiben."

„Klar, das mache ich. Warum interessieren Sie sich für das alte Shelby-Anwesen?"

„Ich muss nur etwas überprüfen. Erinnern Sie sich, Sie haben mir erzählt, dass nach der Schließung des Fleischerladens das gesamte Inventar verkauft wurde."

„Oh ja, aber ich weiß nicht mehr, an wen. Obwohl ich es wissen sollte."

„Ich habe es herausgefunden. Es ging an Shelbys Sohn. Er hat alles genommen, bis auf das letzte Stück."

„Wirklich? Hm ... ich frage mich, was er mit dem ganzen alten Zeug wollte."

„Genau das möchte ich herausfinden."

60. KAPITEL

Henry Watermeier war sicher, dass er den Steinbruchkiller hatte. Während der gesamten Fahrt klagte Wally Hobbs über seine Magenschmerzen. Mit seiner blechernen Stimme bat er Henry anzuhalten, damit er sich übergeben könne. Na ja, wenigstens hatte der Bastard damit gewartet, bis sie das Büro erreichten. Henry dachte ernsthaft darüber nach, Hobbs die Schweinerei säubern zu lassen, doch er wusste, dass er sein Glück nicht strapazieren durfte.

Hobbs saß nun mit Handschellen an einen Metallklappstuhl gefesselt im Verhörraum. Eigentlich war es kein Verhörraum, sondern ein Pausenzimmer mit Kaffeemaschine und einem bis auf wenige Krümel leeren Teller.

Henry hatte ihm bereits seine Rechte vorgelesen oder zumindest seine Version davon. Er wusste, dass er manchmal ein paar Worte ausließ.

„Was hast du dir dabei gedacht, Walter?", begann er und fragte sich, ob er den kleinen Mann so überrumpeln konnte, dass er gestand. Dann fiel ihm ein, dass der Partner von Wally Hobbs der größte Tyrann der Stadt war. Wahrscheinlich hatte Wally eine gewisse Immunität gegen psychischen Druck entwickelt. „Soll ich deine Schwester anrufen?"

„Nein. Sagen Sie Lillian nicht Bescheid."

„Was ist los? Du willst nicht, dass deine Schwester davon erfährt, wie du Leichen ausgräbst und sie zerstückelst?"

„Wovon reden Sie da?"

„Ich habe deine Untaten gesehen, Hobbs. Was ist los mit dir? Du bringst ein paar Leute um, und wenn es dir langweilig wird, gräbst du Leichen aus?"

„Ich habe niemanden umgebracht."

„Wie konntest du jemanden wie Steve Earlman ausgraben? Hast du denn gar keinen Respekt vor den Toten?"

„Ich habe ihn nicht ausgegraben.“

Wally Hobbs machte erstaunte, kreisrunde Augen, und Schweiß rann ihm über die Stirn. Henry roch ihn. Jetzt hatte er ihn.

„Wie viele hast du getötet, und wie viele hast du ausgegraben?“

„Warten Sie. Sie müssen mir zuhören, ich habe niemanden getötet.“

„Na klar doch.“

„Marley und ich, wir wollten nur ein bisschen zusätzliches Geld verdienen.“

„Marley? Jake Marley?“ Henry setzte sich auf die Tischkante. „Marley steckt mit dir unter einer Decke?“

„Wir dachten, es schadet niemandem. Gewöhnlich wird alles von der Lebensversicherung abgedeckt. Es ist ja nicht so, als hätten wir es den Familien abgeknöpft.“

„Wovon zum Kuckuck redest du?“

„Ich war gerade dabei, es herzurichten, damit keiner was merkt, falls es überprüft wird.“

„Was soll überprüft werden?“ Plötzlich wurde es heiß im Raum, und Henry musste das Fenster öffnen.

„Falls jemand … na ja, Sie wissen schon, falls jemand Steve Earlmans Grab überprüft. Marley berechnet den Leuten eine Gruftbestattung. Aber wir nehmen dann gar keine Gruft, und das zu viel gezahlte Geld teilen wir uns dann.“ Wally Hobbs sah ängstlich aus. „Es war Marleys Idee.“

Henry fuhr sich enttäuscht mit einer Hand über das Gesicht. Wally Hobbs war ein Wiesel und ein Dieb, aber er war kein Killer.

61. KAPITEL

Adam Bonzado war entsetzt über seine Entdeckung. Das konnte doch nicht wahr sein. Dennoch ergab es Sinn.

Er war nach West Haven in sein Labor an der Universität zurückgefahren, um die restlichen Polaroidfotos zu holen, die Dr. Stolz ihm überlassen hatte. Schlimm genug, dass die Kopfwunden der Opfer genau zu dem Stemmeisen in seinem El Camino passten. Jetzt musste er etwas anderes überprüfen.

Im Labor schnappte er sich die Fotos und eilte zurück, wobei er in seiner Hast mit einigen Studenten zusammenstieß und kaum eine Begrüßung murmelte. Wieder auf dem Parkplatz blieb er an der hinteren Ladeklappe seines Pick-up stehen und zögerte. Das Foto, das er in der Hand hielt, zeigte das Opfer mit den ausgeprägten Leichenflecken am Rücken.

Da sich nach dem Tod als Folge der Erdanziehung alles Blut am tiefsten Punkt des Körpers sammelte, war davon auszugehen, dass dieses Opfer nach dem Tod mehrere Stunden auf dem Rücken gelegen hatte. Das erklärte die Röte. Die Haut mit ihrer veränderten Struktur nahm oft das Muster der Fläche an, auf der die Leiche lag. Eine Leiche, die auf einem gepflasterten Gehweg lag, wies demnach Abdrücke von Steinen und Fugen auf. Eine Leiche von einem Kiesweg hatte eventuell viele Dellen kleiner Steine in der Haut. In diesem Fall hatte die Leiche ein Waffelmuster auf dem Rücken, ähnlich dem der Plastikauskleidung der Ladefläche seines Pick-up.

Adam zog die Ladeklappe herunter und verglich mit hoch gehaltenem Foto die beiden Muster. Das Muster der Auskleidung war identisch mit dem auf dem Rücken der Toten. Und so sehr er sich auch gegen den Gedanken sträubte, er wusste, dass Simon Shelby der Einzige war, der sich den Pick-up ausgeliehen hatte.

62. KAPITEL

Maggie war klar, dass sie nicht auf Watermeier warten konnte. Wo immer er steckte, er antwortete nicht auf ihre Anrufe, und der Akku ihres Handys war fast leer.

Jennifer Carpenter musste innerhalb der letzten zwölf Stunden getötet worden sein, was bedeutete, dass der Killer immer stärker unter Verfolgungswahn litt. Falls er Joan Begley bei sich hatte und am Leben hielt, dann nicht mehr für lange, so viel stand für Maggie fest.

Sie fuhr langsam den Whippoorwill Drive entlang in entgegengesetzter Richtung zum Steinbruch. Langsamer, als ihr lieb war, denn Luc schien ein bisschen reisekrank zu werden. Zumindest deutete sie seine plötzliche Schweigsamkeit so. Hoffentlich hatte er nicht wieder einen geistigen Aussetzer. Jedenfalls nicht, ehe er ihr gezeigt hatte, wo Simon Shelby lebte.

„Biegen Sie hier ab. In diese Richtung“, sagte er und winkte lebhaft mit einem Arm. „Von der Straße kann man die Gebäude nicht sehen. Als Briefkasten hat er eines dieser galvanisierten Stahldinger, die auf einem Fass sitzen. Sie wissen schon, eines dieser großen Holzfässer.“

Maggie streifte ihn mit einem Blick. Das musste ein Scherz sein. Ein Fass? Aber Luc erkannte die Ironie nicht.

Die Gerichtsbedienstete, die ihr geholfen hatte, die Unterlagen zum Inventarverkauf von Steve Earlman durchzusehen, hatte ihr gesagt, Simon Shelby sei ein sehr netter junger Mann. „Armer Kerl“, hatte sie unaufgefordert hinzugefügt, „er verlor seinen Vater, als er noch ein Junge war. Er liebte seinen Daddy. Ich erinnere mich, wenn ich früher samstags in den Fleischerladen kam, war der Junge auch dort und hat seinem Daddy geholfen. Er war wirklich total am Boden zerstört, als Ralph starb. Ich glaube, Sophie, die Mutter, wusste nicht recht was mit dem

Jungen anzufangen. Zu der Zeit fing er auch an zu kränkeln. Sophie hat uns allen sehr leid getan. Die vielen Sorgen haben sie wahrscheinlich früh ins Grab gebracht. Aber Simon ist heute ein netter junger Mann."

Die Frau hatte einfach drauflos geplappert, und Maggie, der belangloses Geplauder eigentlich zuwider war, hatte aufmerksam gelauscht und sich einiges eingeprägt. Besonders als die Frau hinzugefügt hatte: „Er macht derzeit seinen Weg am College."

„Wirklich?", hatte sie erwidert, eigentlich mehr an den einzelnen Auktionsposten interessiert.

„Was er studiert, hat irgendwas mit Knochen von Toten zu tun." Maggie hätte fast das Buch mit der Inventarliste fallen lassen. „Ich finde, das ergibt irgendwie Sinn, oder?", bemerkte die Frau lachend. „Also, mir wäre das ja ein bisschen zu morbide, aber ihm gefällt das wohl. Er arbeitet auch noch Teilzeit bei Marley. Bei dem Bestatter Marley. Simon ist wirklich sehr fleißig."

Maggie entdeckte den Briefkasten auf dem Holzfass, ehe Luc wieder mit dem Arm winken konnte, fuhr jedoch an der Einfahrt vorbei.

„Nein, es ist gleich hier", belehrte er sie. „Sie sind daran vorbeigefahren."

„Ich parke den Wagen dort drüben." Damit bog sie in einen Feldweg ein. „Ich möchte, dass Sie hier im Wagen bleiben."

„Okay."

„Das ist mein Ernst, Luc, Sie bleiben hier!" Vorsichtshalber nahm sie auch noch ihr Handy aus der Tasche und gab es ihm. „Wenn ich in einer Viertelstunde nicht zurück bin, rufen Sie bitte die 911 an."

Er sah das Telefon unverwandt an, schien jedoch zufrieden, dass sie ihm eine Aufgabe übertrug, ihr zu helfen. Maggie ging es vor allem um die Gewissheit, dass er tatsächlich im Wagen blieb. Dass der Akku des Handys praktisch leer war, machte nichts.

63. KAPITEL

Simon betrachtete die Werkzeuge an der Wand und versuchte zu entscheiden, welches er bei Joan anwenden sollte. Er hatte sich an ihre Gesellschaft gewöhnt. Obwohl er es leid war, ihre Sauerei wegzuwischen, fand er es schön, einen Gast zu haben. Ihm gefiel auch, dass Joan nicht mehr darum bat, freigelassen zu werden. Er hatte völlige Kontrolle über sie, und das gefiel ihm am meisten. Nur diese Reporterin hatte alles verdorben. Aber jetzt musste er sich um Joan kümmern.

Er hatte sich bei der Sekretärin im Beerdigungsinstitut unter dem Vorwand krank gemeldet, er brüte eine Grippe aus. So etwas hatte er noch nie gemacht. Er würde heute Nachmittag auch nicht zur Vorlesung gehen. Auch das war ein Novum. Seit seiner Jugend hatte er weder die Arbeit noch Vorlesungen geschwänzt. Nach den vielen krankheitsbedingten Versäumnissen während der Schulzeit hatte er immer das Gefühl gehabt, etwas nachholen zu müssen. Vielleicht steckte ja auch der Drang dahinter, etwas beweisen zu wollen.

Er hasste Versäumnisse. Er hasste es, seine tägliche Routine zu verändern. Es kam ihm falsch vor. Aber das hier war wichtig. Er hatte bereits zwei Tiefkühler ausgeräumt, einen hier im Werkzeugschuppen und einen drüben im Haus. Alle tiefgefrorenen, in weißes Fleischerpapier gewickelten Körperteile hatte er weggeworfen. Gleich drüben im Wald, wo sich wilde Tiere darum balgen würden, sobald alles aufgetaut war. Es war ihm schwer gefallen, sich von den Stücken zu trennen, doch keines hatte sich als interessant genug erwiesen, es auszustellen. Also brauchte er sie eigentlich nicht. Andererseits benötigte er den Platz, um Joan zu lagern. Zumindest bis er eine neue Deponie gefunden hatte.

Er begutachtete weiterhin die Werkzeuge. Die Kettensäge hatte er bereits ausgeschlossen. Er war immer noch nicht sicher, welches Organ den Hormonmangel hervorrief. Joan versuchte ihn stets zu überzeugen, dass es ihr gut ging. Dass sie die Geschichte nur erfunden hatte, um ihr übermäßiges Essen zu vertuschen. Armes Mädchen. Wie alle anderen erkannte sie nicht, welch wertvolles Gut sie mit ihrer Erkrankung besaß. Aber das machte nichts. Er würde einfach alle Drüsen herausschneiden. Bestimmt konnte er dann erkennen, welche krank war. Und wenn nicht, würde er eben alle behalten.

Ein Messer wäre am besten. Aber welches? Er hatte die vollständige Sammlung aus dem Laden seines Vaters zur Verfügung. Alles, vom großen Hackbeil bis zum feinen zarten Filetiermesser. Geeignet war vielleicht etwas, das in der Größe genau dazwischen lag.

Er wollte das wirklich nicht tun. Es war fast, als … na ja, als hätte er schon eine Beziehung zu Joan. Er kam gern nach Hause, redete mit ihr und zeigte ihr seine Sammlung. Er hatte nie ein Haustier gehabt. Nein, nein, nein, nicht Haustier. Sie war kein Haustier für ihn. Nein, wirklich nicht. Eigentlich war sie wie … er hatte noch nie Freunde gehabt. Wahrscheinlich kam sie ihm wie ein Freund vor. Trotzdem griff er nach dem Entbeinungsmesser.

In dem Moment hörte er draußen ein Geräusch.

Er blickte durch das kleine Fenster des Werkzeugschuppens. Drüben im Wäldchen regte sich nichts. Dann entdeckte er sie. Sie ging um das Haus herum zum Hintereingang. Er sah, wie sie langsam und vorsichtig regelrecht zum Hintereingang schlich. Und aus diesem Blickwinkel erkannte er auch, dass Spezialagentin Maggie O'Dell die Waffe gezogen hatte.

64. KAPITEL

Maggie entdeckte kein Fahrzeug, obwohl es genügend Schuppen gab, eines unterzustellen. War er schon zur Arbeit gefahren? Wenn nicht zur Arbeit, dann vielleicht zur Vorlesung. Vielleicht war er sogar im Steinbruch, Watermeier und Bonzado helfen? Was für eine Wendung. Simon Shelby hatte dabeigestanden, zugesehen und gelegentlich geholfen, während sie seine Verstümmelungen, sein Massaker aufdeckten.

Das Anwesen wirkte gut erhalten – weiß getünchte Gebäude, kurz geschnittener Rasen, und nirgends standen ausgemusterte alte Gerätschaften herum. Eines der Gebäude schien riesige Solarpaneele an den Seiten zu haben und war möglicherweise zur Werkstatt umgebaut worden.

Maggie ging zur Hintertür, ohne einen Blick durch die Fenster ins Innere zu werfen. Sie entschied sich anzuklopfen, um zu sehen, ob er wirklich fort war, wie sie glaubte. Sie schob die Smith & Wesson unter die Jacke, falls jemand an die Tür kam. Als niemand erschien, versuchte sie den Türknauf zu drehen. Zu ihrer Verblüffung gab er nach.

Mit gezogener Waffe stieß sie die Tür vorsichtig auf, blieb stehen und lauschte. Außer dem elektrischen Surren eines Gerätes hörte sie nichts, ging langsam weiter den Flur entlang und schaute sich suchend um. Zuerst kam zur Linken die Küche. Sie warf einen Blick hinein. Nichts außergewöhnliches. Das elektrische Summen stammte von einer alten Gefriertruhe in der Ecke oder einem Gerät, das aussah wie ein riesiger Luftbefeuchter. Sie ging weiter. Zur Rechten folgte jetzt eine Treppe. Maggie blickte hinauf. Nichts.

Der Wohnraum, besser der Salon, mit Antiquitäten, Spitzendeckchen und Gardinen ausgestattet, wirkte wie ein Schauraum. Sie kam zum Eingang und war so sehr auf das konzentriert, was vor ihr lag, dass sie ihn nicht von hinten anschleichen hörte, bis es zu spät war.

Maggie drehte sich um, als das Stemmeisen seitlich gegen ihren Kopf prallte.

65. KAPITEL

Das Warten missfiel Luc.

Er bedauerte, dass Agentin O'Dell ihm nicht gestattet hatte, Scrapple mitzubringen. Ohne den Hund zu sein fiel ihm schwer, da sie alles gemeinsam unternahmen. Außerdem war ihm das Winseln des Hundes bei der Abfahrt unter die Haut gegangen.

Er versuchte hinter die Bäume zu sehen und blickte den Weg entlang, auf dem Agentin O'Dell verschwunden war. Er verstand nicht, warum sie nicht in die Zufahrt abgebogen oder wenigstens dort hinaufgegangen war. Für jemanden, der ihm geraten hatte, sich keine Sorgen zu machen, benahm sie sich ziemlich vorsichtig. Sie erinnerte ihn an Julia. Vor ihrem Umzug nach Washington war sie ständig unterwegs gewesen, um irgendwelche Sachen zu überprüfen. Sachen, in die sie vermutlich nicht ihre Nase stecken sollte.

Aber vielleicht war das ja genau die Aufgabe der Polizei. Vielleicht lag das Polizisten einfach im Blut. Und Julia und er, sie hatten ja wohl teilweise dasselbe Blut, oder?

Er kratzte sich am Kopf, indem er das Barett zurückschob, und ließ den Blick schweifen, um festzustellen, wo Agentin O'Dell abgeblieben war. Er hielt das Handy hoch. Fünfzehn Minuten hatte sie gesagt. Nun ja, die waren fast vergangen, oder?

Er blickte auf sein Handgelenk, doch dann fiel ihm ein, dass er keine Armbanduhr mehr trug, seit er die Uhrzeit nicht mehr ablesen konnte. Ziffern waren bedeutungslos für ihn geworden. Er konnte auch keinen Scheck mehr ausschreiben. Wahrscheinlich hätte man ihm schon längst den Strom abgestellt, wenn er nicht in weiser Voraussicht vor langer Zeit für alle Rechnungen eine Einzugsermächtigung erteilt hätte. Hoffentlich ging ihm nicht das Geld aus, ehe seine Zeit ablief.

Er blickte wieder aus dem Wagenfenster und stellte mit leichter Panik fest, dass er seine Umgebung nicht kannte. Oh Gott, wo war er bloß? Er drehte sich im Wagen um und versuchte etwas Vertrautes zu entdecken. Dann hielt er den schwarzen Gegenstand in seiner Hand hoch und merkte, dass er ihn sehr fest hielt. War er wichtig? Aber wieso? Er konnte sich nicht erinnern, was das war.

66. KAPITEL

Maggie erwachte langsam mit schmerzhaft pochendem Kopf. Ihre Beine fühlten sich taub an und lagen irgendwie verdreht unter ihr. Es war stockdunkel, obwohl sie die Augen geöffnet hatte und blinzelnd etwas zu erkennen versuchte. Zwecklos. Sie konnte ihre Arme nicht bewegen. Und der Versuch, ihre Beine zu strecken, scheiterte. Der wenige Luftraum über ihr war durch eine glatte Fläche abgeschlossen, wie sie tastend erkundete. Wo hinein er sie auch gesteckt hatte, es war zu eng, um sich zu bewegen.

Zu eng und zu kalt. Sehr kalt.

Da sprang der elektrische Motor an, und sie erkannte das Brummen. Das gleiche Brummen, das sie beim Betreten des Hauses gehört hatte.

Allmächtiger! Er hatte sie in den Tiefkühler gestopft.

Nicht in Panik geraten! Panik war nicht hilfreich. Sie konnte noch nicht lange hier sein, oder sie wäre nicht aufgewacht. Sie musste Ruhe bewahren. Sie bemühte sich, die Beine unter dem Körper hervorzuziehen. Unmöglich. Sie waren fest eingeklemmt. Sogar die Arme konnte sie nur wenige Zentimeter zur Seite bewegen. Es fühlte sich an, als würde sie immer fester in die Truhe gequetscht. Das war doch nicht möglich.

Ruhig bleiben und gleichmäßig atmen. Das Atemschöpfen wurde jedoch bereits mühsam. Wie viel Luft konnte ihr hier zur Verfügung stehen? Und dann diese Kälte. Herrgott, das war unerträglich.

Trotz schmerzender Finger ballte sie die Hände zu Fäusten und drückte gegen den Deckel. Um dagegenschlagen zu können, fehlte der Platz zum Ausholen. Ihre Waffe fiel ihr ein. Ja, sie könnte einige Löcher in den Deckel schießen. Natürlich. Warum hatte sie nicht eher daran gedacht? Sie klopfte verzweifelt ihre

Jacke ab, suchte in den Taschen und musste feststellen, dass er sie natürlich ohne Waffe hier eingesperrt hatte.

Sie schrie „Hilfe!“ so laut sie konnte, immer wieder, bis ihr die Kehle rau wurde. Sie stemmte sich mit den Fäusten gegen den Deckel, bis die Hände schmerzten. Trotzdem versuchte sie es erneut, bis ihr Blut auf das Gesicht tropfte. Dabei ging ihr durch den Kopf, dass der einzige Mensch, der wusste, wo man nach ihr suchen sollte, mit einem Handy mit leerem Akku in ihrem Auto saß.

67. KAPITEL

Adam Bonzado sah Maggies Mietwagen neben der Straße parken, jedoch saß niemand darin. Wusste sie von Simon? Aber wie war das möglich? Er stellte seinen El Camino hinter dem Ford Escort ab, sprang hinaus und ging ein paar Schritte, stutzte, ging zum Pick-up zurück und holte das Stemmeisen von der Ladefläche.

Er war fast an dem Wäldchen, als er Luc Racine hinter den Gebäuden umherwandern sah. Der alte Mann wirkte verloren. Adam wollte ihn schon rufen, hielt sich jedoch zurück und schaute sich um, ob er Simon irgendwo entdeckte. Ehe er hierher gefahren war, hatte er im Bestattungsinstitut angerufen und gehofft, Simon offen mit seinem Verdacht konfrontieren zu können. Dort hatte man ihm jedoch erklärt, Simon hätte sich krank gemeldet. Das wiederum hatte ihn in ziemliche Unruhe versetzt. Simon meldete sich nie krank.

Er wünschte inständig, er hätte Sheriff Henry Watermeier informieren können. Beverly hatte ihm jedoch erklärt, der Sheriff befinde sich in einer wichtigen Besprechung und dürfe nicht gestört werden. Sein Deputy sei angewiesen worden, sich um sämtliche Notfälle zu kümmern.

Adam ging auf Luc zu, blieb jedoch zwischen den Bäumen stehen und hielt Ausschau nach Maggie oder Simon. Als er nahe genug war, um mit leiser Stimme rufen zu können, meldete er sich. „Mr Racine! He, Luc!“

Der alte Mann drehte sich so schnell um, dass er fast gestrauchelt wäre. Sein Blick sprang hin und her, und Adam fürchtete schon, Luc habe wieder einen seiner verwirrten Momente.

„Hier drüben, Mr Racine!“ Adam trat zwischen den Bäumen hervor und ging auf Luc zu, ohne die Umgebung aus den Augen zu lassen.

„Ach, Professor, Sie sind das. Meine Güte, haben Sie mich erschreckt!"

„Tut mir leid. Wo ist Maggie?"

„Ich weiß es nicht. Aber ich glaube, ich habe jemand in dem Schuppen da gehört."

„Haben Sie Simon gesehen?"

„Nein. Wir müssen Maggie finden. Ich habe kein gutes Gefühl. Ich glaube, sie ist schon zu lange weg." Er verlagerte das Gewicht immer wieder wie im Wiegeschritt vor und zurück, was fast wie ein nervöser Tanz aussah.

„Okay, beruhigen Sie sich. Wir werden sie finden. Sehen wir erst mal hier nach."

Es gelang ihnen nicht, durch die Fenster in das Gebäude zu schauen, und die Tür war mit Kette und Vorhängeschloss gesichert. Adam setzte das Stemmeisen an und hebelte, bis die Tür aufsprang.

Die Frau, die zusammengekrümmt gefesselt im Bett lag, schrie bei ihrem Anblick auf, lächelte und lachte dann und begann plötzlich vor Schmerzen zu jammern und zu weinen.

68. KAPITEL

Maggie spürte ihre zunehmende Erschöpfung. Sie musste nachdenken und ruhig bleiben. Panik schadete ihr nur. Ihre Hände pochten schmerzhaft, was gut war, weil es bedeutete, dass sie noch Empfindungen hatte. Auch dass die Kälte ihr in die Haut kniff, sah sie positiv, weil es zeigte, dass die Nerven noch funktionierten. Es war gut, dass sie ihre Zähne klappern hörte und ihren Körper zittern spürte.

Zittern war der reflexartige Versuch des Körpers, sich durch Bewegung zu wärmen. Bald würde sie jedoch zu müde werden zum Zittern. Das Blut würde dicker werden, und Herz und Lunge begannen langsamer zu arbeiten. Auch ihr Hirn würde seine Leistungsfähigkeit einbüßen, sobald sie die Grenze zur Unterkühlung überschritt.

Sie versuchte sich zu erinnern, was während einer Unterkühlung mit ihr geschah und auf was sie sich einrichten musste. Wenn sie die Symptome rechtzeitig erkannte, konnte sie vielleicht dagegen angehen.

Sie wusste, dass es möglich war, viele Stunden in extremer Kälte zu überstehen, aber wie viele? Zwei? Drei? Sie konnte sich nicht erinnern. Was gab es sonst noch zu wissen? Erinnere dich!

In der Kälte würde sich ihr Stoffwechsel verlangsamen. Die Lungen nahmen dann weniger Sauerstoff auf, und ihre Atmung würde so flach werden, dass man sie kaum noch wahrnahm. Das war gut, denn es war nicht viel Atemluft in der Kühltruhe. Oh Gott, würde sie ersticken, ehe sie erfror?

Auch ihr Herz würde reagieren und immer langsamer schlagen. Im Augenblick erschien ihr das allerdings unvorstellbar, so laut wie der Puls ihr in den Ohren dröhnte. Er würde jedoch so schwach und langsam werden, dass man ihn vermutlich nicht mehr ertasten konnte.

Sie machte sich Mut, indem sie sich einredete, ausreichend Zeit zu haben, bis man sie fand. Aber wer würde überhaupt nach ihr suchen? Außer Simon wusste nur Luc Racine, dass sie hier war. Würde er sie suchen kommen, wenn sie nicht zum Wagen zurückkehrte? Würde er nach Hilfe telefonieren? Aber wie sollte er das mit einem fast leeren Akku? Andererseits half ihm vielleicht auch ein intaktes Handy nicht, wenn er in einem verwirrten Moment nicht mehr wusste, wo sie sich warum befanden.

Allmählich beschlich sie Panik. Sie widerstand dem Drang, die Fäuste gegen die Wände der Kühltruhe zu stemmen, und beruhigte sich nun mit dem Gedanken, Panik sei gut. Erst wenn sie keine Angst mehr hatte, musste sie anfangen, sich Sorgen zu machen. Allerdings war ihr zu dem Zeitpunkt dann vermutlich alles egal.

Um ihr Gehirn zu beschäftigen, versuchte sie sich wieder auf die Liste zu erwartender Symptome zu konzentrieren.

Was gab es da sonst noch? Ach ja, der Sauerstoffmangel würde Halluzinationen auslösen, die visueller oder akustischer Natur sein konnten. Vielleicht sah sie Menschen, die sie retten wollten, obwohl niemand da war. Sie hörte vielleicht jemanden ihren Namen rufen oder mit ihr reden, doch das spielte sich alles nur in ihrem Gehirn ab.

Dann kam ein plötzliches und extremes Hitzegefühl. Ja, nach der Kälte kam die Hitze. Eine der grausamen Paradoxien heftiger Unterkühlung. Angeblich war es ein brennendes Gefühl, das Menschen veranlasste, sich die Kleidung vom Leib zu reißen und an ihrer Haut zu zerren. Damit würde sie kein Problem haben. Es war so eng hier drin, dass sie weder das eine noch das andere tun konnte. Ironischerweise war die Hitze das Letzte, woran sich die Opfer erinnerten, ehe sie bewusstlos wurden. Vorausgesetzt, sie wurden gerettet und konnten später darüber berichten.

Schließlich schützte sich das Gehirn durch Amnesie. Vielleicht war das die letzte Verteidigungsmaßnahme des Körpers, eine Art Gnade, die Erinnerung an Schmerz und Kälte durch schlichte Leere zu ersetzen.

Sie spürte ihre Muskeln allmählich steif werden und vom Zittern schmerzen. Sie versuchte an Wärme zu denken. Vielleicht hatte Gwen recht, vielleicht brauchte sie wirklich Urlaub. Sie versuchte sich einen Strand vorzustellen, heißen Sand zwischen den Zehen, die Sonne brannte ihr auf die Haut, und warme Wellen umspülten sie. Und wenn sie nicht am Strand war, dann saß sie vielleicht in eine dicke Decke gemummelt vor einem prasselnden Kaminfeuer, einen Becher mit heißer Schokolade zwischen den Händen. Es war so warm, sie könnte sich zusammenrollen und … und schlafen.

Sie war so erschöpft. Ja, schlafen war gut. Sie würde einfach die Augen schließen. Sie spürte ihre Atmung langsamer gehen und flacher werden. Ihre Hände schmerzten nicht mehr, oder sie konnte die Schmerzen nicht mehr spüren. Ihre Panik ließ nach und verschwand allmählich ganz. Sie war so entsetzlich müde und erschöpft. Sie würde jetzt die Augen schließen, nur für eine Minute. Es war so schön dunkel und ruhig.

Ja, sie musste die Augen schließen und schlafen. Im warmen Sonnenschein einschlafen. Sie konnte die Wellen plätschern und die Möwen schreien hören. Von irgendwo in ihrem nicht mehr voll funktionsfähigen Hirn kam jedoch eine leise, aber beharrliche Warnung, die Augen nicht zu schließen und sich nicht der Dunkelheit zu überlassen.

Im selben Moment merkte sie, dass sie aufgehört hatte zu zittern. Und da wusste sie, es war zu spät.

69. KAPITEL

Luc durchsuchte jedes Zimmer im Haus, ohne Maggie zu finden. Wo war sie abgeblieben? Hatte Simon sie mitgenommen? Würde er sie irgendwo verstecken und ihr dasselbe antun wie dieser armen anderen Frau?

Er hörte noch die Sirene des Ambulanzwagens, der den Whippoorwill Drive entlangfuhr. Einer der Sanitäter hatte gesagt, es sähe so aus, als sei die Frau, Joan hieß sie wohl, vergiftet worden. Und wenn Simon nun auch Maggie vergiftet hatte?

Er rang unschlüssig die Hände, lief aber noch einmal die Treppe hinauf, um in Schränken und sämtlichen Ecken nachzusehen, die er schon einmal kontrolliert hatte. Die ganze Zeit musste er daran denken, dass Maggie ihn beschützt hatte. Er durfte sie nicht im Stich lassen. Da er leider nicht mehr wusste, wann sie ihn im Auto zurückgelassen hatte, konnte er nicht ausschließen, dass Simon schon vor Stunden mit ihr geflüchtet war.

„Luc?" Adam Bonzado stand im Flur zwischen Küche und Treppe. „Haben Sie was entdeckt?"

„Nein, ich habe überall nachgesehen."

„Ich habe Henry endlich erreicht. Er hat Simon zur Fahndung ausgeschrieben. Falls er Maggie mitgenommen hat, werden die ihn schnappen."

„Ich habe kein gutes Gefühl bei der Sache."

„Sie ist eine zähe Person. Sie kann auf sich aufpassen."

Luc bemerkte jedoch, dass auch Adam Bonzado davon nicht überzeugt war.

„Wie wahnsinnig muss man sein, um so etwas zu tun?" Es war Luc unangenehm, dass ihm die Sorge um Maggie die Kehle zuschnürte und seine Stimme brüchig machte. „Da draußen zwischen den Bäumen liegen Berge weißer Pakete mit gefrorenem

Fleisch. Er hat einfach alles dahingekippt, damit es da verrottet. Was für ein Verrückter macht so was?"

„Moment mal." Adam schaute sich suchend um. „Sie sagen, er hat seinen Tiefkühler ausgeräumt?"

„Ja, da liegt bergeweise Tiefgekühltes. Ich war da draußen und …" Er entdeckte sie im selben Moment wie Adam. Gemeinsam eilten sie zur Kühltruhe in der Ecke der Küche, verharrten kurz und sahen sich ängstlich und hoffnungsvoll an.

70. KAPITEL

Maggie hörte in der Finsternis ein Brummen und ein fernes Heulen, das nicht aufhörte. Es wurde lauter, war jedoch immer noch fern. Ein ärgerliches Heulen. War das eine Stimme? Bildete sie es sich ein? Eine Halluzination?

Sie war zu müde, sich darüber Gedanken zu machen.

Ihre Lider brannten, als ein kurzer Blitz sie traf. Laserstrahlen. Noch ein Blitz und Dunkelheit.

„Weg."

Ja, stimmt. Die Blitze sind so schnell wieder weg, wie sie gekommen sind.

„Sie ist weg."

Moment mal. Das war eine Stimme. Sie konnte sie kaum verstehen. Die leisen gedämpften Worte ergaben für sie keinen Sinn und schienen durch einen Windkanal zu ihr zu dringen.

„Sie ist weg."

Ihre Muskeln waren steif. Der Arm erfror ihr an der Seite. Auch unter Aufbietung aller Willenskraft konnte sie ihn nicht bewegen. Wieder ein Lichtblitz, aber diesmal in Farbe, Blau und verschwommenes Orange.

„Kein Puls."

Sie war zu müde, um sich zu erkundigen, was die Stimme meinte. Außerdem konnte sie nicht sprechen, auch wenn sie gewollt hätte. Ihr Körper gehorchte ihr nicht mehr. Er war ihr gestohlen worden. Sie konnte ihn weder spüren noch sehen.

„Wir haben sie verloren", hörte sie, und diesmal formte sich in ihrem Hirn die Erkenntnis: Die meinen dich! Die reden über dich!

Aber nein, sie war nicht tot! Das musste sie denen sagen!

„Kein Puls."

Nein, wartet! wollte sie schreien, konnte es jedoch nicht, weil sie in die Ferne entschwebte und keine Kontrolle über ihren Körper hatte. Die sollten ihre Brust abhorchen, am Handgelenk war kein Puls mehr zu spüren. Ihr Herzschlag hatte sich so extrem verlangsamt, dass er nur noch ein schwaches Zucken war, aber ihr Herz schlug! Sie spürte es!

„Kein Pupillenreflex."

Bitte wartet! Warum konnte sie die Leute nicht sehen, wenn die ihr doch in die Augen blickten? Ja, das mussten die Lichtblitze gewesen sein. Ihre Augen reagierten zwar nicht, aber sie war noch da. Wie konnte sie denen mitteilen, dass sie noch lebte?

„Sie ist tot."

Nein, nein, nein! schrie ihr Hirn, doch es hatte keinen Sinn. Die hielten sie für tot, und sie sah nichts außer Dunkelheit, unfähig, auch nur einen Muskel zu bewegen.

Moment mal, vielleicht war sie ja wirklich tot.

Fühlte sich so der Tod an? Eine schwache Bewusstlosigkeit ohne Kontrolle über den eigenen Körper?

Oh Gott, vielleicht hatten die ja recht! Vielleicht war sie wirklich von dieser Welt gegangen – für immer. Sie spürte sich wieder hinübergleiten. Sie wollte die Augen schließen und noch ein wenig schlafen. Oder waren sie geschlossen? Sie schlief und hörte wieder etwas. Nichts. Wieder Schlaf. Vielleicht für Stunden. Warme Dunkelheit schloss sie fest ein. Flüssige Wärme rann ihr durch die Adern. Und sie spürte sich wieder weggleiten. Ja, vielleicht fühlte sich der Tod so an. Keine zweite Chance, keine Warnung, einfach weg.

Dann dachte sie plötzlich, sie sähe … nein, das konnte nicht sein. Verzerrt durch grauen Dunst sah sie ihren Vater. Da wusste sie, es stimmte. Sie war wirklich tot.

71. KAPITEL

„Maggie?“

Es schmerzte, die Augen zu öffnen. Das Licht blendete sie. Bilder drehten sich über ihrem Kopf, und summende Geräte dröhnten ihr in den Ohren. Sie hatte ein pelziges Gefühl im Mund und einen Geschmack, als hätte sie Gummi gekaut. Sie versuchte sich auf die Stimme und die Richtung, aus der sie kam, zu konzentrieren. Falls das real war, spürte sie jemand ihre Hand drücken.

„Maggie? Du musst zurückkommen, oder ich verzeihe dir das nie.“

„Gwen?“ Das Reden tat weh, doch zumindest konnte sie es. Sie versuchte es wieder. „Wo bin ich?“

„Du hast uns Angst gemacht, O'Dell.“

Sie drehte den Kopf. Schon diese leichte Bewegung verursachte ihr Schwindel. Tully stand neben ihrem Bett.

„Was ist passiert? Wo bin ich?“

„Im Yale New Haven Medical Center“, erklärte Gwen ihr. „Du warst hochgradig unterkühlt.“

„Sie mussten dir das ganze Blut abnehmen, es aufwärmen und dir wieder zuführen. Du kannst also nie mehr behaupten, kaltblütig zu sein.“

„Sehr witzig.“ Gwen warf Tully einen warnenden Blick zu.

„Was ist, darf man keine Witze mehr machen?“

„Du hast uns wirklich in Angst versetzt, Maggie“, gestand Gwen und fuhr ihr mit der warmen Hand über die Stirn.

„Was ist passiert?“

„Maggie, du kannst dich vermutlich jetzt nicht mehr an viel erinnern. Wir können die Geschichte später durchgehen, wenn du kräftiger geworden bist, okay?“

„Aber wie lange war ich weg?“

„Seit Donnerstag."

„Und welchen Tag haben wir heute?"

„Samstagabend, Liebes." Gwen hielt ihr immer noch eine Hand und strich ihr das Haar zurück.

„Was ist mit Simon Shelby?"

„Daran erinnert sie sich immerhin. Immer im Dienst, nicht wahr, O'Dell?", neckte Tully und lächelte sie an. „Die County Deputys von New Haven haben ihn gestern Abend gefasst. Der Bursche ist wahnsinnig. Ich wette, der endet irgendwo in einer Gummizelle."

„Und Joan Begley kommt wieder in Ordnung", fügte Gwen hinzu. „Sie ist im MidState Medical Center in Meriden. Es sieht ganz danach aus, dass Shelby ihr kleine Dosen Arsen verabreicht hat. Sie hat eine lange Genesungsphase vor sich, aber die Ärzte denken, sie wird wieder gesund."

„Ich dachte, ich würde sterben", gestand Maggie. Daran konnte sie sich erinnern.

„Das dachten die beiden Männer, die dich gefunden haben, auch", erwiderte Gwen. „Luc Racine erzählte mir, er sei sicher gewesen, du wärst tot. Sie konnten keinen Puls mehr fühlen, und deine Pupillen reagierten nicht mehr auf Licht. Er sagte, Professor Bonzado hätte dich aber nicht aufgeben wollen. Da hattest du wirklich Glück, Maggie. Ein Mensch mit starker Unterkühlung kann leicht für tot gehalten werden."

„Sind sie hier, Luc und Adam?"

„Sie kommen später vorbei. Tully, eigentlich könntest du sie schon anrufen."

Maggie glaubte, dass Tully und Gwen einen vielsagenden Verschwörerblick tauschten.

„Ich bin gleich zurück." Tully drückte Maggie kurz die Schulter. „Ich soll dir von Emma ausrichten, dass sie gut für Harvey sorgt."

„Lass sie nur nicht in dem Irrglauben, sie könnte ihn behalten, Tully."

„Ja, ich weiß." Damit ging er.

„Maggie, ich muss dir etwas beichten."

Sie wappnete sich vor einer unangenehmen Eröffnung und versuchte die Beine zu bewegen. Ja, es ging. Die Arme funktionierten auch.

„Was tust du?" Gwen lachte. „Wie ich sehe, geht es dir wirklich besser. Ich dachte nur, ich sollte dich vorwarnen. Deine Mutter ist hier. Sie macht unten in der Cafeteria eine Pause. Sie war seit Donnerstagnacht an deinem Bett."

„Ja, okay. Wow, dann hattet ihr ja wirklich Angst um mich, was?"

„Das Verfahren, Menschen mit bedrohlicher Unterkühlung ins Leben zurückzuholen, kann tödlich enden", erklärte Gwen, und die seit Tagen aufgestauten Emotionen waren ihr anzumerken. „Tut mir leid. Aber ich habe mir wirklich Sorgen gemacht. Deine Mutter ist nicht die Einzige, die ich benachrichtigt habe. Du kannst mir böse sein, wenn du willst, aber ich habe noch jemanden angerufen." Gwen drückte ihr ein letztes Mal die Hand und ging zur Tür. „Sie können jetzt hereinkommen."

Patrick trat ohne Zögern ein und ging geradewegs zu Maggie ans Bett. Dort blieb er stehen und blickte auf sie hinunter.

„Sie haben es dir gesagt?"

„Und das ist auch gut so. Wer weiß, wie viele Besuche und Diät-Colas es dich sonst gekostet hätte." Er lächelte wie ihr Vater.

„Du warst das", sagte sie.

„Was?"

„Ich dachte, ich wäre tot. Ich dachte, ich hätte Dad gesehen, unseren Dad. Aber das musst du gewesen sein."

„Dann erzählst du mir irgendwann von ihm?"
„Wie viel Zeit hast du?", fragte sie lächelnd.
Er setzte sich neben sie auf Gwens Stuhl. „Meine Schicht beginnt erst in einigen Stunden."

EPILOG

Drei Monate später.
Nervenklinik, Connecticut

Simon verabscheute diesen Raum. Er roch nach Desinfektionsmittel, und trotzdem war er nicht sauber. In der gegenüberliegenden Zimmerecke sah er Spinnweben. Und die Schwestern oder Aufseherinnen, oder wie man die nannte, waren auch nicht besonders reinlich. Die mit den Tätowierungen hatte fettige lange Haare und schlechten Atem. Aber wenigstens behandelten sie ihn anständig. Und Dr. Kramer hatte ihm sogar was für seinen Magen gegeben, das wirklich zu helfen schien … manchmal jedenfalls. Gelegentlich tat er ihm trotzdem noch weh. Und immer gegen Mitternacht.

Sie hatten zwei Tabletts mit Essen gebracht, was bedeutete, dass er einen neuen Mitbewohner bekam. Er hatte schon seinen Saft getrunken und das Glas unter einer Diele unter dem Bett verborgen, die er bearbeitet und aufgebogen hatte. Dort bewahrte er seine neuen Sachen auf. Er musste sich beeilen. Aber es wurde immer einfacher, Gläser aus dem Vorratsschrank zu stehlen. Die Nachtschwester, besser bekannt als Besen Hilda, vergaß manchmal ihn abzuschließen.

Er hörte die Türschlösser klickend aufspringen. Das Geräusch erschreckte ihn immer noch.

„Simon." Und da war sie auch schon. „Hier ist dein neuer Mitbewohner. Ich möchte dir Daniel Bender vorstellen."

Er sah wie ein Kind aus, dürr und blass mit braunem, zotteligem Haar und leeren braunen Augen.

„Hi, Daniel", sagte er, stand auf, schüttelte ihm die Hand und fand sie eklig kalt und verschwitzt. Er wischte sich die Hand an Daniels Bettüberwurf ab, während Besen Hilda dem Neuling zeigte, wo er seine paar Sachen unterbringen konnte.

Als sie fort war, setzte Daniel sich auf die Bettkante und starrte das Tablett mit dem Essen an.

„Die Suppe ist gewöhnlich gut“, erklärte Simon. „Bei Suppe kann man nicht viel falsch machen.“ Er stocherte in seinem Salat herum, piekste die welken Blätter auf die Gabel und legte sie an den Rand.

„Ich kann überhaupt nichts essen“, klagte Daniel mit seiner Kinderstimme. „Ich habe ein blutendes Magengeschwür.“

Simon war sofort interessiert und schob seinen Salat beiseite.

„Erzähl mir alles über dein Magengeschwür“, bat er und schob die Gabel unter die Matratze, bis er sie in sein Versteck legen konnte.

– ENDE –

Lesen Sie auch:

Tanja Noy

Teufelsmord

Ab Juli 2014 im Buchhandel

Ihr Atem ging heftig, als sie zuerst auf das Messer in ihrer Hand und dann auf die Leiche zu ihren Füßen starrte. „Das ... Das ...“ Der Anblick war ihr unerträglich. Der Anblick seiner entstellten Leiche. Der Anblick seiner leeren Augen. Der Anblick des vielen Blutes auf dem Teppich, das sich immer weiter unter seinem leblosen Körper ausbreitete. Sie musste zur Seite sehen.

„Du hast ihn umgebracht, Kerstin.“

Der Raum um sie herum schien zu schrumpfen. Sie machte den Mund auf und schloss ihn wieder, wollte sich irgendwo festhalten, aber es gab nichts. Sie schwankte.

Sofort stand er hinter ihr und fing sie auf. „Du musst dich setzen.“

„Ich habe ... ihn umgebracht.“ Sie hörte den weinerlichen Klang ihrer eigenen Stimme. Ihre Unterlippe zitterte.

„Ja“, sagte er. „Du hast ihn umgebracht, Kerstin.“

*

Drei Stunden später, um kurz vor Mitternacht, steuerte Arnulf Ebeling, die linke Hand lässig auf das Lenkrad gelegt, den Streifenwagen durch die nächtlichen Straßen Wittenrodes. Ruhig, wie ich es liebe, dachte er zufrieden.

Die Straßenlampen bildeten strichförmige Schatten auf der Motorhaube des Wagens. Er drosselte das Tempo, blinkte nach rechts, bog ab und verließ die Hauptstraße. Nun fuhr er in Richtung Wohnviertel. Vor ihm lag die leere Straße, die langsam breiter wurde, dann kam er bereits zu den ersten Einfamilienhäusern. Es war vollkommen still. So still, dass er den Kies unter den Reifen knirschen hörte.

Wenn er mit der Fahrt fertig war, würde er sich etwas zu essen machen, überlegte er, Brot und hausgemachte Wurst, und einen

Blick in den kleinen Fernseher werfen, den er auf der Wache stehen hatte. Vielleicht würde er sich auch ein kleines Bier gönnen und danach ein Nickerchen machen.

Am Ende der Sackgasse wendete Ebeling den Streifenwagen, und während er mit Fernlicht zurückfuhr, kniff er mit einem Mal die Augen zusammen. „Was, zum …?"

Wie aus dem Nichts stand auf einmal eine Frau mitten auf der Straße, mit zerzaustem Haar und wehendem dünnem Kleid. Im Licht der Scheinwerfer konnte der Polizist ihre aufgerissenen Augen erkennen und einen Mund, der offen stand und ein schwarzes Loch bildete.

„Verdammte Scheiße!" Reflexartig trat Ebeling auf die Bremse. Als er zum Stehen kam, passte keine Zeitungsseite mehr zwischen den Wagen und die Frau.

Sofort sprang er aus dem Wagen. Er kannte sie, natürlich, jeder kannte jeden in Wittenrode.

„Was, um Himmels willen, tust du mitten in der Nacht auf der Straße?", fuhr er sie an.

Die Frau antwortete nicht, sah ihn nur mit großen, verweinten Augen an, die fast aus den Höhlen zu fallen schienen.

Unsicher leckte Ebeling sich über die Lippen. Dann trat er einen Schritt an sie heran und bemerkte, dass ihr dünnes Kleid voller Blut war. Augenblicklich wich er wieder zurück. „Meine Güte! Was ist passiert?"

Die Zähne der Frau klapperten. „Er liegt … drinnen. Im … Esszimmer."

„Wer?"

„Jürgen. Ich habe ihn … umgebracht."

Wäre es besser gewesen, wenn er vorher gewusst hätte, was ihn im Haus erwartete?

Später dachte Ebeling noch oft darüber nach, dass er das Haus vermutlich niemals betreten hätte, hätte man ihm vorher gesagt, was er dort vorfinden würde. So aber machte er einen Schritt nach dem anderen, ließ das Wohnzimmer hinter sich und betrat das Esszimmer.

Und dann sah er. Sprachlos vor Entsetzen starrte er auf den Leichnam, der nackt vor ihm auf dem Boden lag. Sein Blick fiel auf das Messer daneben und auf das viele Blut. Der ganze Raum stank förmlich danach.

Ebeling war so erschrocken, dass es ihm den Atem nahm. Es war, als drücke eine eiserne Faust auf seinen Brustkorb und quetschte ihm alle Luft aus der Lunge.

Der Leichnam lag auf dem Rücken, sein Kopf hing zur Seite, die Kehle war von links nach rechts durchschnitten, das freigelegte Fleisch ein Wirrwarr aus mattroten Farbtönen. Die Augen, weit aufgerissen und blutunterlaufen, blickten erstaunt. Und verraten. Ja, sie blickten verraten. Und dann ... Ebeling entdeckte es erst beim zweiten Hinsehen. Unterhalb des Nabels war etwas in den Bauch des Toten geritzt worden: ein Pentagramm.

Erinnerungsfetzen blitzten im Kopf des Polizisten auf. Er kniff die Augen zusammen und öffnete sie wieder, sah tanzende Punkte, Schatten und Geister, die keine Täuschung waren, sondern die Vergangenheit, die zurückgekehrt war, um die Gegenwart heimzusuchen. Da halfen weder Kopfschütteln noch Blinzeln.

Als er das verstanden hatte, spürte Ebeling einen Brechreiz in sich aufsteigen. Er stürzte rückwärts aus dem Esszimmer und durch die Haustür nach draußen. Vor der Tür beugte er sich nach vorne und übergab sich.

Kriminalhauptkommissar Wolfgang Lange lebte nun schon seit fast fünfundzwanzig Jahren in Wittenrode. Immer noch gebaut wie ein Terrier, mittelgroß, muskulös, kräftiger Nacken, kräftige Arme, mit Millimeter kurzen Haaren, war er inzwischen Anfang Sechzig und hatte nicht mehr lange bis zur verdienten Pension. Seine Laufbahn bei der Polizei war mustergültig verlaufen, er hatte einen tadellosen Ruf, galt als ehrlich und tüchtig. Vor allem aber war er 1987 dabei gewesen. Vermutlich deshalb war Ebeling der Meinung, dass es niemanden sonst gegeben hätte, den er unter diesen Umständen mitten in der Nacht anrufen konnte.

Um fünfzehn Minuten nach Mitternacht wählte er Langes Nummer. „Tut mir leid, dass ich störe", meldete er sich aufgeregt. „Ich bin bei den Jakobs – Jürgen und Kerstin Jakob. Sie hat ihn umgebracht, Wolfgang. Kapierst du das? Sie hat ihn umgebracht. Du musst sofort herkommen. Du musst …"

„Ich komme", sagte Lange und machte sich auf den Weg.

*

Julia träumte.

Während draußen der Himmel über der Ostsee ein heftiges Gewitter mit Blitzen den Himmel erhellte, mühte sie sich den Traum abzuschütteln, und einen Moment schien es tatsächlich so, als würde sie aus der Tiefe auftauchen. Doch dann zuckten erneut Bilder durch ihren Kopf; Menschen und Ereignisse, durch Jahrzehnte getrennt, tot oder lebendig, trafen sich an einem Ort, an dem so etwas wie Zeit nicht existierte. Und wie in so vielen Träumen zuvor schritt Julia zwischen den Menschen dahin, die Menge teilte sich auf und ihr Vater trat vor sie. Er trug denselben dunklen Anzug, den er immer getragen hatte, wenn er zum Gericht gefahren war. Dieses Mal aber bemerkte Julia Blut an seiner Jacke. Der

Fleck wurde größer, das Rot vertiefte sich. Dann formte ihr Vater die Lippen zu zwei Worten: „*Sei vorsichtig.*“ Für einen Moment war Julia verwirrt, weil sie seine Stimme nicht hören konnte, dann begriff sie: Der Grund dafür war natürlich der, dass er seit über zwanzig Jahren tot war, genau wie ihre Mutter. Gemeinsam bei einem Autounfall zerquetscht wie zertretenes Obst.

Ein vollkommen schwarzer Moment. Dann schlug Julia mit einem Ruck die Augen auf. Das Herz pochte wild in ihrer Brust, ihr Atem ging flach und schnell.

Jeder Versuch, wieder einzuschlafen, war zwecklos, das wusste sie aus leidvoller Erfahrung. Also schob sie die Bilder in ihrem Kopf entschlossen zur Seite, schlug die Decke zurück und schwang die Beine über die Bettkante. Das T-Shirt klebte nass auf ihrer Haut.

Mit verspannten Muskeln erhob sie sich und griff gerade nach einem Löffel und einer Kaffeetasse, als das Handy klingelte. Sie ignorierte es, schüttete Kaffeepulver in die Tasse und schritt zum Wasserkocher. Das Handy klingelte weiter. Das Wasser wurde heiß, sie ließ es in die Tasse laufen. Das Handy klingelte immer noch. Mit dem Löffel rührte Julia in der Tasse und atmete das Kaffeearoma ein. Das Handy klingelte unermüdlich weiter. Schließlich nahm sie das Gespräch an. „Hallo?“

„Julia? Gut, dass ich dich erwische. Pfarrer Jordan hier.“

Alle Muskeln versteiften sich augenblicklich wieder. „Pfarrer Jordan? Was für eine Überraschung. Was macht der Job?“

„Er ist immer noch meine Berufung und ich gehe ihm mit Leib und Seele nach. Aber deswegen rufe ich nicht an. Ich wollte dir mitteilen, dass Eva wieder in Wittenrode ist.“

Überrascht hob Julia die Augenbrauen in die Höhe. „Wirklich? Seit wann?“

„Seit gestern Abend. Greger wird auch noch kommen."

„Nach Wittenrode? Herzlichen Glückwunsch. Und was habe ich damit zu tun?"

„Hast du es denn nicht gehört?"

Julia trank einen Schluck Kaffee, stellte die Tasse ab und suchte nach ihren Zigaretten. „Was hätte ich hören sollen?"

„Es kam in allen Nachrichten."

„Ich befinde mich im Urlaub, Pfarrer Jordan. Ich bin an der Ostsee. Nachrichten interessieren mich gerade nicht. Was ist passiert?"

Jordan antwortete erst nach kurzem Zögern. „Es geht um Kerstin." Anscheinend hatte er die ganze Zeit gesessen, denn am anderen Ende schrammten nun Stuhlbeine über den Boden. „Sie hat sich im Gefängnis erhängt."

Wie vom Blitz getroffen richtete Julia sich auf. „Was? Das ist ein Witz, oder? Was hat Kerstin denn im Gefängnis gemacht?"

„Sie hat ihren Mann getötet. Offenbar konnte sie mit der Schuld nicht leben und hat sich nun selbst gerichtet."

Julia ließ das Handy sinken, zwei Sekunden, drei, dann hob sie es wieder ans Ohr. „Kerstin soll ihren Mann umgebracht haben?" Sie versuchte sich das vorzustellen, was ihr beim besten Willen nicht gelang.

„Sie hat alles weggeworfen, Julia. Ihre Ehe, ihr Zuhause, ihr Leben. Und jetzt ... Hör zu, morgen ist die Beerdigung, und ihr vier, Kerstin, Greger, du und Eva, ihr wart doch mal Freunde. Ich bitte dich in Erinnerung an diese Freundschaft ..."

Julia spürte, wie eine unsichtbare Faust gegen ihre Brust schlug und dort verharrte. „Sie wollen mich jetzt aber nicht dazu überreden, zurück nach Wittenrode zu kommen, oder?"

„Nein, natürlich will ich dich nicht überreden. Ich bitte dich darum. Um eurer alten Freundschaft willen."

Keine Antwort von Julia.

„Also, was sagst du?“, redete Jordan weiter. „Wirst du kommen?“

„Ehrlich gesagt habe ich überhaupt kein Interesse daran, in meinem ganzen Leben noch einmal einen Fuß nach Wittenrode zu setzen. Ich finde schon allein den Gedanken daran unerträglich.“

Es rauschte und knackte in der Leitung, und Julia hegte die vage Hoffnung, dass das Schicksal das Gespräch vielleicht beendet hatte, doch Jordans Stimme durchbrach schon in der nächsten Sekunde wieder das Rauschen: „Meine liebe Julia ...“ Wenn er sie früher so angesprochen hatte, wusste sie, dass sie keine andere Wahl hatte. „Meine liebe Julia, kommst du nie auf den Gedanken, dass du dich irren könntest?“

„Ich weiß nicht, was Sie meinen.“

„Du denkst, dass Wittenrode und die Zeit im Waisenhaus nur Schlechtes hatte. Und du nimmst an, wenn du es einfach ignorierst, dann ist es vergessen.“ Der Pfarrer hatte sich offenbar fest vorgenommen, am Ball zu bleiben. „Aber so ist es nicht. Du kannst weglaufen, Julia, du kannst laufen, wohin du willst, es wird dich trotzdem nicht loslassen. Ihr hattet damals keine Wahl. Ihr wurdet nicht gefragt. Ihr musstet mit unheimlichem Mut die Dinge angehen und habt ungeheuer schnell gelernt, was andere vielleicht nie im Leben lernen – nämlich alleine zu überleben.“

„Danke für die psychologische Lehrstunde, Herr Pfarrer, aber es ist doch ein bisschen komplizierter.“

„Es geht um Kerstin. Nicht um dich, nicht um mich, nicht um sonst irgendetwas. Eva und Greger fühlen sich nicht weniger unwohl und nehmen trotzdem an der Beerdigung teil.“

Schweigen.

„Also, was ist?“, fragte Jordan noch einmal. „Kommst du?“

„Nein. Und ich werde auch nicht noch einmal darüber nachdenken.“

Der Pfarrer konnte nicht weiter protestieren. Julia hatte bereits aufgelegt.

Und sie dachte doch darüber nach.

„In Touch" mit MIRA!
Das Verlagsprogramm elektronisch abrufbar
Interaktiv dabei sein: Buchbesprechungen, Gewinnspiele, Aktionen, Leseproben und vieles mehr.
Folgen Sie uns auf Twitter, Facebook, Instagram, Pinterest und google+
www.mira-taschenbuch.de
mtb MIRA TASCHENBUCH

Lesen Sie auch von Alex Kava:

Alex Kava
Das Grauen

Es war ein langer, zermürbender Einsatz, bis die FBI-Profilerin Maggie O'Dell den Serienkiller Albert Stucky überführen konnte – jetzt ist er geflohen und setzt seine Bluttaten fort …

Band-Nr. 25702
8,99 € (D)
ISBN: 978-3-86278-833-0
eBook: 978-3-86278-180-5
352 Seiten

Alex Kava
Schwarze Seelen

Ein brutaler Mord an einem Mädchen, bizarre Verschwörungstheorien und ihre eigene Mutter, die sich von dem mysteriösen Reverend Everett angezogen fühlt, führen Maggie O'Dell zu der Sekte „Kirche der geistigen Freiheit".

Band-Nr. 25716
8,99 € (D)
ISBN: 978-3-86278-851-4
eBook: 978-3-86278-182-9
320 Seiten

Die Zuckers – zwei unkonventionelle Ermittler:

Band-Nr. 25730
8,99 € (D)
ISBN: 978-3-86278-870-5
368 Seiten

Laura Wulff
Nr. 13

„Er trug die Kutte eines Mönchs …“, so beschreibt die verwirrte alte Frau den Mörder, den sie in der gegenüberliegenden Wohneinrichtung für rehabilitierte Sexualstraftäter beobachtet haben will. Einzig mit dieser Aussage kann der Kölner Kriminalkommissar Daniel Zucker – nach einem Unfall, der ihn an den Rollstuhl fesselte, wieder frisch im Dienst – jedoch nicht anfangen zu ermitteln, ohne einen Eklat zu verursachen. Als Zeichnerin zu dem Fall hinzugezogen, stößt seine Frau Marie auf Hinweise, die ihren Chef in Verbindung mit den Straftätern bringen. Währenddessen beschließt Maries Cousin Ben, um Daniel zu helfen und seine eigenen Dämonen zu besiegen, das Vertrauen der Bewohner zu gewinnen. Wird es ihm gelingen, etwas über den Mord zu erfahren, ohne sich selbst in Lebensgefahr zu bringen?